絕對合格！

こんどうともこ、王愿琦　著／元氣日語編輯小組　總策劃

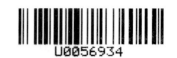

作者序

新試験N3に効率よく備える

1984年から開始された日本語能力試験が、2010年より新たな形で実施されてから少し経ちます。改定前に主催者団体から事前に提出されたデータと、ここ数年実施された試験をもとに研究、分析を重ねて完成したのが本書です。改定がなされたことで不安になっている受験者のみなさまの、不安解消に役立てれば幸いです。

新試験では、読解や聴解に新しいタイプの問題が登場し、「言語知識」でも、運用力を問う問題の比重が高くなりました。今までのように丸暗記して、読解がほぼできれば合格できる、というものではなくなったようです。改定の最大のポイントは、その言語知識を利用したコミュニケーション能力の測定にあります。

中でも「N3」は、改定後しばらくたった現在でも、内容の把握が難しいといわれているやっかいものです。かつての2級と3級間のレベルで、「日常的な場面で使われる日本語をある程度理解することができる」レベルと設定されてはいますが、範囲が幅広く、市販されている教材内容もまちまちなことがその原因です。そこで、提供されている情報と、ここ数年実施されている試験の出題傾向を分析し、N3受験者たちが短期間内で内容を完全に把握し、実力をつけられるよう作成しました。

この模擬試験には、公表された試験内容と全く同じ形式の模擬テストが3回分入っています。使用されている漢字や語彙も「日本語能力試験出題基準」に従っています。後半部の「完全解析」と合わせ、何度か練習を重ねることで、自信をもって試験に臨めることと思います。

試験終了時には合格通知が届くよう、お祈りしています！

こんどうともこ

因為堅持，所以有了這本一定會讓您考上新日檢N3的好書

這真是一本千呼萬喚始出來的好書。

怎麼說呢？先從「千呼萬喚」說起。

自從日語檢定，從實施多年的舊制一級、二級、三級、四級這四個級數，在2010年轉換成新日檢N1、N2、N3、N4、N5這五個級數以來，已經歷經了多次的新日檢考試。而這之間，以日語第一品牌自我期許的瑞蘭國際出版，也陸陸續續出版了不少新日檢的書籍，但是唯獨這一本《新日檢N3模擬試題＋完全解析》，從得知日檢要改制起即開始策劃，整整耗時三年才得以完工。為什麼會拖這麼久呢？因為大家都知道，新日檢最大的變革，除了題型有所改變之外，最重要的，是在難度很高的「舊制二級」和不難過關的「舊制三級」之間，多加了一個級數，成為「新日檢N3」。而所有的N1、N2、N4、N5這幾個級數的考試內容，都還有舊制可供參考，唯獨這個「新日檢N3」，「言語知識」科目究竟會考哪些單字、要背哪些文法？「讀解」科目的文章究竟是難、是易？還有「聽解」科目的會話究竟是深、是淺？這一切的一切，別說考生不清楚、老師不確定，就連遠在日本的出題人員，也還在琢磨嘗試中。也正因為如此，儘管書店、讀者紛紛來電，詢問到底此書何時才會出刊，本書的作者こんどうともこ老師，仍堅持現在才出手。

但是，一出手就是最好的。

這本《新日檢N3模擬試題＋完全解析》除了依照最新公布的考試題型、題數出題之外，最重要的就是在考題的精準度上下了許多功夫。日檢之所以改制，就是希望應考者所學的日語，能更貼近日本日常生活，而從多次新日檢所出的內容來看，的確也印證了這個宗旨。無庸置疑的，這本書在一、考試題型，即各個考試科目的各個大題的走向；二、考試題數，即各個大題、小題的題數；三、考試範圍，即單字和文法

的難易度；四、考試面向，即文章和聽力的活潑度，皆完全符合新日檢規格，絕非一般市面上其他濫竽充數的檢定書所能比擬，所以它是最好的。

常常有同學問我，該如何準備新日檢考試、要先讀哪一科才好？

這個時候，我都會回答他們，端看何時開始準備。如果時間還很長，那麼排定計畫，好好背單字，一天讀一點點文法，偶爾上網閱讀日本的新聞，每天早上聽個十分鐘的日文，循序漸進累積實力，必能手到擒來。而如果時間緊迫，則考前一週猛K文法，考前三天猛背單字，臨陣磨槍，或許不亮也光。但是無論如何，不可或缺的，都要買本「模擬試題」寫一下。因為只要有一本好的模擬試題，不管時間充裕與否，把裡面的單字通通背起來、把文法通通弄懂、讀熟文章抓住考試重點、多聽幾次CD讓耳朵習慣日文，這樣的準備，有時候比讀好幾個月、或是比買好幾本參考書還來得有效。但是儘管如此，想要提升應考戰力，除了做模擬試題之外，還是得靠「完全解析」。別擔心，這本《新日檢N3模擬試題＋完全解析》，每一回的每一題考題，均有詳盡的解析，只要能夠釐清盲點，考題再怎麼變化，也難不倒您！

現在距離日檢還有多久呢？不管還有多久，相信本書必能助您一臂之力。有堅持就有完美，莘莘學子們，讓我們一起努力戰勝新日檢，高分過關吧！

瑞蘭國際出版　社長・總編輯

王愿琦

戰勝新日檢，掌握日語關鍵能力

元氣日語編輯小組

日本語能力測驗（日本語能力試験（にほんごのうりょくしけん））是由「日本國際教育支援協會」及「日本國際交流基金會」，在日本及世界各地為日語學習者測試其日語能力的測驗。自1984年開辦，迄今超過20多年，每年報考人數節節升高，是世界上規模最大、也最具公信力的日語考試。

新日檢是什麼？

近年來，除了一般學習日語的學生之外，更有許多社會人士，為了在日本生活、就業、工作晉升等各種不同理由，參加日本語能力測驗。同時，日本語能力測驗實行20多年來，語言教育學、測驗理論等的變遷，漸有改革提案及建言。在許多專家的縝密研擬之下，自2010年起實施新制日本語能力測驗（以下簡稱新日檢），滿足各層面的日語檢定需求。

除了日語相關知識之外，新日檢更重視「活用日語」的能力，因此特別在題目中加重溝通能力的測驗。同時，新日檢也由原本的4級制（1級、2級、3級、4級）改為5級制（N1、N2、N3、N4、N5），新制的「N」除了代表「日語（Nihongo）」，也代表「新（New）」。新舊制級別對照如下表所示：

新舊制日檢級別對照	
新日檢N1	比舊制1級的程度略高
新日檢N2	近似舊制2級的程度
新日檢N3	介於舊制2級與3級之間的程度
新日檢N4	近似舊制3級的程度
新日檢N5	近似舊制4級的程度

新日檢N3究竟是什麼？

舊制日檢3級主要測驗在教室內習得的基礎日語，而舊制2級則是測驗廣泛的現實生活日語應用能力，二者間程度落差過大，因此特別設立了新的級數N3，作為初級日語與中、高級日語之間的橋樑。

根據新發表的內容，新日檢N3合格的目標，是希望考生能對日常生活中常用的日文有一定程度的理解。

<table>
<tr><th colspan="3">新舊制日檢程度標準</th></tr>
<tr><td>舊制2級</td><td colspan="2">除了習得中高級的文法、漢字（約1,000字）、語彙（約6,000字）之外，對於一般事務已能以日語交談、對話及書寫（已學習日語600小時之水準）。</td></tr>
<tr><td>舊制3級</td><td colspan="2">除了習得基本的文法、漢字（約300字）、語彙（約1,500字）之外，還要擁有對日常生活有幫助的會話能力，以及能夠讀寫簡單的文章能力（已學習日語300小時之水準）。</td></tr>
<tr><td rowspan="2">新日檢
N3</td><td>讀解</td><td>・能閱讀理解與日常生活相關、內容具體的文章。
・能大致掌握報紙標題等的資訊概要。
・與一般日常生活相關的文章，即便難度稍高，只要調整敘述方式，就能理解其概要。</td></tr>
<tr><td>聽解</td><td>・以接近自然速度聽取日常生活中各種場合的對話，並能大致理解話語的內容、對話人物的關係。</td></tr>
</table>

舊制日檢不分級數，考試科目都是「文字語彙」、「文法讀解」、「聽解」三科，新日檢N3改為「言語知識（文字・語彙）」、「言語知識（文法）・讀解」與「聽解」三科考試，計分則為「言語知識（文字・語彙・文法）」、「讀解」、「聽解」各60分，總分180分。不管在考試時間、成績計算方式或是考試內容上也和舊制2、3級不盡相同，詳細考題如後文所述。

舊制2、3級總分是400分，考生只要獲得240分就合格。而新日檢N3除了總分大幅變革為180分，更設立各科基本分數標準，也就是除了總分須通過合格分數（=通過標準）之外，各科也須達到一定成績（=通過門檻），才能獲發合格證書，如果總分達到合格分數，但有一科成績未達到通過門檻，亦不算是合格。N3之總分通過標準及各分科成績通過門檻請見下表。

N3總分通過標準及各分科成績通過門檻			
總分通過標準	得分範圍	0~180	
	通過標準	95	
分科成績通過門檻	言語知識（文字・語彙・文法）	得分範圍	0~60
		通過門檻	19
	讀解	得分範圍	0~60
		通過門檻	19
	聽解	得分範圍	0~60
		通過門檻	19

從上表得知，考生必須總分超過95分，同時「言語知識（文字・語彙・文法）」、「讀解」、「聽解」皆不得低於19分，方能取得N3合格證書。

而從分數的分配來看，「聽解」與「讀解」的比重都較以往的考試提高，尤其是聽解部分，分數佔比約為1/3，表示新日檢將透過提高聽力與閱讀能力來測試考生的語言應用能力。

新日檢N3的考題有什麼？

除了延續舊制日檢既有的考試架構，新日檢N3更加入了新的測驗題型，所以考生不能只靠死記硬背，而必須整體提升日文應用能力。考試內容整理如下表所示：

考試科目（時間）		題型			
		大題		內容	題數
言語知識（文字・語彙）30分鐘	文字・語彙	1	漢字讀音	選擇漢字的讀音	8
		2	表記	選擇適當的漢字	6
		3	文脈規定	根據句子選擇正確的單字意思	11
		4	近義詞	選擇與題目意思最接近的單字	5
		5	用法	選擇題目在句子中正確的用法	5
言語知識（文法）・讀解 70分鐘	文法	1	文法1（判斷文法形式）	選擇正確句型	13
		2	文法2（組合文句）	句子重組（排序）	5
		3	文章文法	文章中的填空（克漏字），根據文脈，選出適當的語彙或句型	5
	讀解	4	內容理解（短文）	閱讀題目（包含生活、工作等各式話題，約150～200字的文章），測驗是否理解其內容	4
		5	內容理解（中文）	閱讀題目（解說、隨筆等，約350字的文章），測驗是否理解其因果關係或關鍵字	6
		6	內容理解（長文）	閱讀題目（經過改寫的解說、隨筆、書信等，約550字的文章），測驗是否能夠理解其概要	4
		7	資訊檢索	閱讀題目（廣告、傳單等，約600字），測驗是否能找出必要的資訊	2

聽解 40分鐘	1	課題理解	聽取具體的資訊，選擇適當的答案，測驗是否理解接下來該做的動作	6
	2	重點理解	先提示問題，再聽取內容並選擇正確的答案，測驗是否能掌握對話的重點	6
	3	概要理解	測驗是否能從聽力題目中，理解說話者的意圖或主張	3
	4	說話表現	邊看圖邊聽說明，選擇適當的話語	4
	5	即時應答	聽取單方提問或會話，選擇適當的回答	9

其他關於新日檢的各項改革資訊，可逕查閱「日本語能力試驗」官方網站http://www.jlpt.jp/。

台灣地區新日檢相關考試訊息

測驗日期：每年七月及十二月第一個星期日

測驗級數及測驗時間：N1、N2在下午舉行；N3、N4、N5在上午舉行

測驗地點：台北、桃園、台中、高雄

報名時間：第一回約於四月初，第二回約於九月初

實施機構：財團法人語言訓練測驗中心
（02）2365-5050
http://www.lttc.ntu.edu.tw/JLPT.htm

如何使用本書

《新日檢N3模擬試題＋完全解析　修訂二版》依照「日本國際教育支援協會」及「日本國際交流基金會」所公布的新日檢N3範圍內的題型與題數，100%模擬新日檢最新題型，並加以解析，幫助讀者掌握考題趨勢，發揮實力。

STEP 1 測試實力

《新日檢N3模擬試題＋完全解析　修訂二版》共有三回考題。每一回考題均包含實際應試時會考的三科，分別為第一科：言語知識（文字・語彙）；第二科：言語知識（文法）・讀解；第三科：聽解。詳細說明如下：

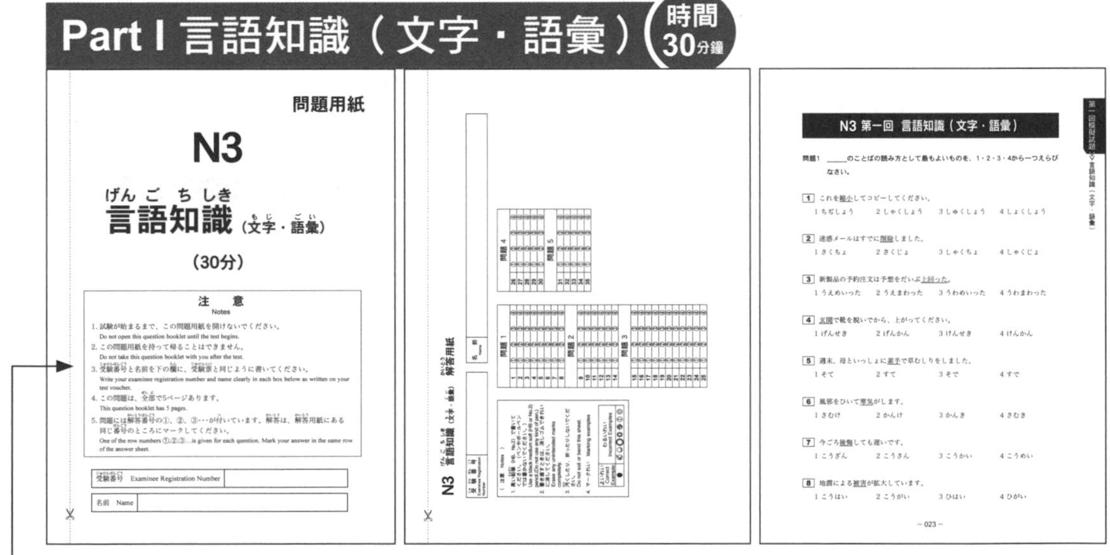
Part I 言語知識（文字・語彙）

時間 30分鐘

問題用紙

N3

言語知識（文字・語彙）

（30分）

注　意
Notes

1. 試験が始まるまで、この問題用紙を開けないでください。
Do not open this question booklet until the test begins.
2. この問題用紙を持って帰ることはできません。
Do not take this question booklet with you after the test.
3. 受験番号と名前を下の欄に、受験票と同じように書いてください。
Write your examinee registration number and name clearly in each box below as written on your test voucher.
4. この問題は、全部で5ページあります。
This question booklet has 5 pages.
5. 問題には解答番号の①、②、③…が付いています。解答は、解答用紙にある同じ番号のところにマークしてください。
One of the row numbers ①,②,③…is given for each question. Mark your answer in the same row of the answer sheet.

受験番号　Examinee Registration Number	
名前　Name	

N3 第一回 言語知識（文字・語彙）

問題1　＿＿＿のことばの読み方として最もよいものを、1・2・3・4から一つえらびなさい。

1 これを縮小してコピーしてください。
1 ちぢしょう　2 しゃくしょう　3 しゅくしょう　4 しょくしょう

2 迷惑メールはすでに削除しました。
1 さくちょ　2 さくじょ　3 しゃくちょ　4 しゃくじょ

3 新製品の予約注文は予想をだいぶ上回った。
1 うえめいった　2 うえまわった　3 うわめいった　4 うわまわった

4 玄関で靴を脱いでから、上がってください。
1 げんせき　2 げんかん　3 けんせき　4 けんかん

5 週末、母といっしょに素手で草むしりをしました。
1 そて　2 すて　3 そで　4 すで

6 風邪をひいて寒気がします。
1 さむけ　2 かんけ　3 かんき　4 さむき

7 今ごろ後悔しても遅いです。
1 こうざん　2 こうさん　3 こうかい　4 こうめい

8 地震による被害が拡大しています。
1 こうはい　2 こうがい　3 ひはい　4 ひがい

－023－

• 設計仿照實際考試的試題冊及答案卡形式，並完全模擬實際考試時的題型、題數，因此請將作答時間控制在30分之內，確保應試時能在考試時間內完成作答。

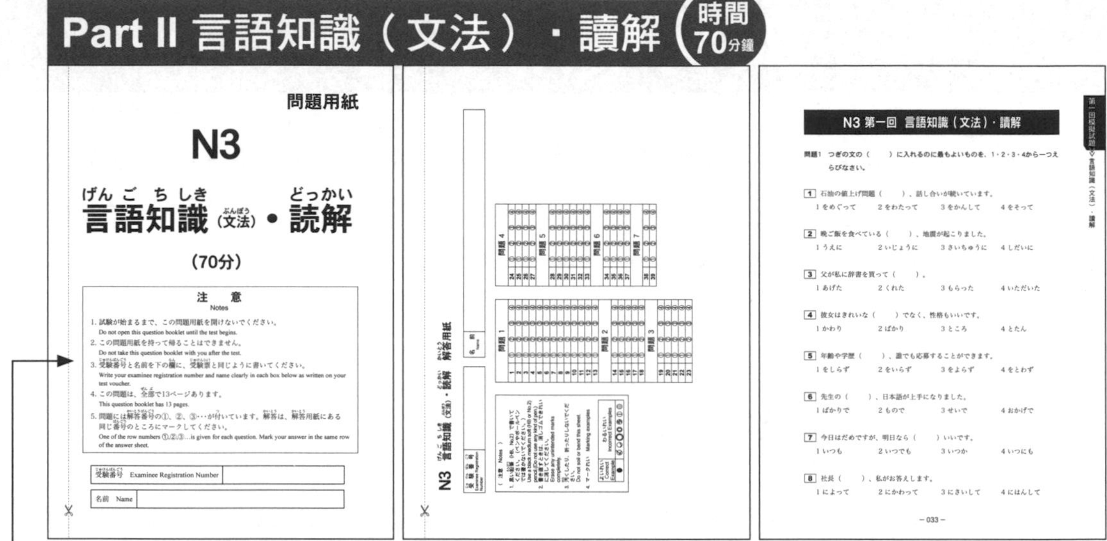

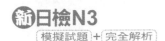

設計仿照實際考試的試題冊及答案卡形式，並完全模擬實際考試時的題型、題數，因此請將作答時間控制在70分之內，確保應試時能在考試時間內完成作答。

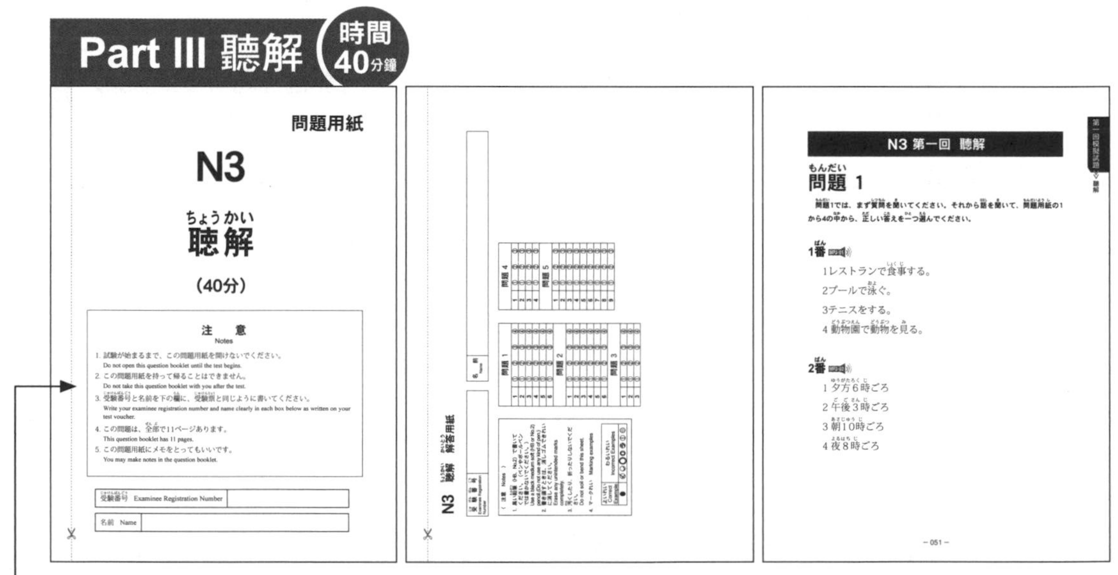

模擬實際考試的試題冊及答案卡，依據實際考試時的題型、題數，並比照正式考試說話速度及標準語調錄製試題。請聆聽試題後立即作答，培養實際應試時的反應速度。

STEP 2 厚植實力

在測試完《新日檢N3模擬試題＋完全解析　修訂二版》各回考題後，每一回考題均有解答、中譯、以及專業的解析，讓您不需再查字典或句型文法書，便能有通盤的了解。聽力部分也能在三回的測驗練習之後，實力大幅提升！

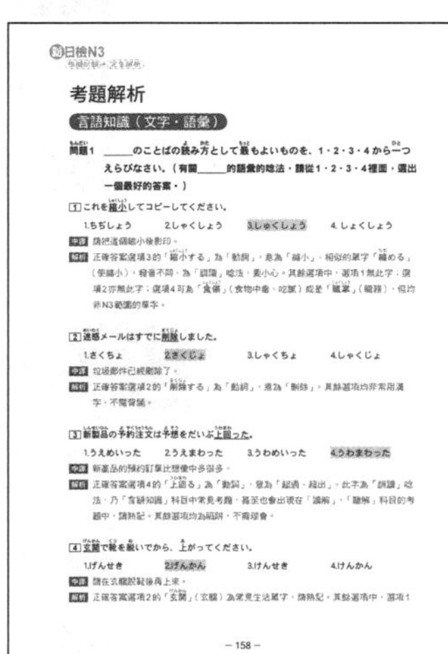

新日檢N3

考題解析

言語知識（文字・語彙）

問題1 ＿＿＿のことばの読み方として最もよいものを、1・2・3・4から一つえらびなさい。（有關＿＿＿的語彙的唸法，請從1・2・3・4裡面，選出一個最好的答案。）

1 これを縮小してコピーしてください。

1.ちぢしょう　2.しゃくしょう　3.しゅくしょう　4.しょくしょう

中譯 請把這個縮小後影印。

解析 正確答案選項3的「縮小する」為「動詞」，意為「縮小」。相似的單字「縮める」（使縮小），發音不同，為「訓讀」唸法，要小心。其餘選項中，選項1無此字；選項2亦無此字；選項4可為「食傷」（食物中毒、吃膩）或是「職掌」（職務），但均非N3範圍的單字。

2 迷惑メールはすでに削除しました。

1.さくちょ　2.さくじょ　3.しゃくちょ　4.しゃくじょ

中譯 垃圾郵件已經刪除了。

解析 正確答案選項2的「削除する」為「動詞」，意為「刪除」。其餘選項均非常用漢字，不需背誦。

3 新製品の予約注文は予想をだいぶ上回った。

1.うえめいった　2.うえまわった　3.うわめいった　4.うわまわった

中譯 新產品的預約訂單比想像中多很多。

解析 正確答案選項4的「上回る」為「動詞」，意為「超過、越出」。此字為「訓讀」唸法，乃「言語知識」科目中常見考題，甚至也會出現在「讀解」、「聽解」科目的考題中，請熟記。其餘選項均為陷阱，不需理會。

4 玄関で靴を脱いでから、上がってください。

1.げんせき　2.げんかん　3.けんせき　4.けんかん

中譯 請在玄關脫鞋後再上來。

解析 正確答案選項2的「玄関」（玄關）為常見生活單字，請熟記。其餘選項中，選項1

－158－

Part I 考題解析：言語知識（文字・語彙）

所有題目及選項，均有中文翻譯與詳細解析。不管是長音、短音、促音，還是漢字的音讀或訓讀，只要是考試中容易出現的陷阱，均可在此了解學習上的盲點，掌握自我基本實力。

新日檢N3

言語知識（文法）・讀解

問題1 つぎの文の（　　）に入れるのに最もよいものを、1・2・3・4から一つえらびなさい。（請從1・2・3・4裡面，選出一個放進下列句子的（　　）中最好的答案。）

1 石油の値上げ問題（　　）、話し合いが続いています。

1.をめぐって　2.をわたって　3.をかんして　4.をそって

中譯 圍繞著石油價格上漲問題，協議繼續著。

解析 四個選項中，選項1「～をめぐって」意為「圍繞著～、就～」；選項2「～をわたって」為錯誤句型，應為「～にわたって」，意為「在～範圍內、涉及～、一直～」；選項3「～を関して」為錯誤句型，應為「～に関して」，意為「關於～、有關」；選項4「～を沿って」為錯誤句型，應為「～に沿って」，意為「沿著～、跟著～、按照～」。故正確答案為選項1。

2 晩ご飯を食べている（　　）、地震が起こりました。

1.うえに　2.いじょうに　3.さいちゅうに　4.しだいに

中譯 正在吃晚飯時，發生了地震。

解析 四個選項中，選項1「～上に」意為「再加上～、而且～」；選項2「～以上に」意為「比～還要～」；選項3「～最中に」意為「正在～」；選項4「～次第に」為錯誤句型，應為「～次第」，意為「一～立刻就～、馬上～」。故正確答案為選項3。

3 父が私に辞書を買って（　　）。

1.あげた　2.くれた　3.もらった　4.いただいた

中譯 父親為我買了字典。

解析 四個選項中，選項1「～てあげる」意為「授予者為接受者做～動作」；選項2「～てくれる」意為「授予者為我或我們做～動作」；選項3「～てもらう」意為「接受者從授予者處得到～動作」；選項4「～ていただく」意為「接受者從授予者處得到～動作」，是「～てもらう」的謙讓用法。故正確答案為選項2。

4 彼女はきれいな（　　）でなく、性格もいいです。

1.かわり　2.ばかり　3.ところ　4.とたん

中譯 她不只是漂亮而已，個性也好。

－168－

Part II 考題解析：言語知識（文法）・讀解

所有題目及選項，均有中文翻譯與詳細解析。此外，解說中還會補充意思相似或容易誤用的文法幫助分析比較。而文法前後接續固定的詞性、用法、助詞等，也面面俱到地仔細說明。只要熟讀詳解，文法功力必能突飛猛進，讀解自然也不再是難題！

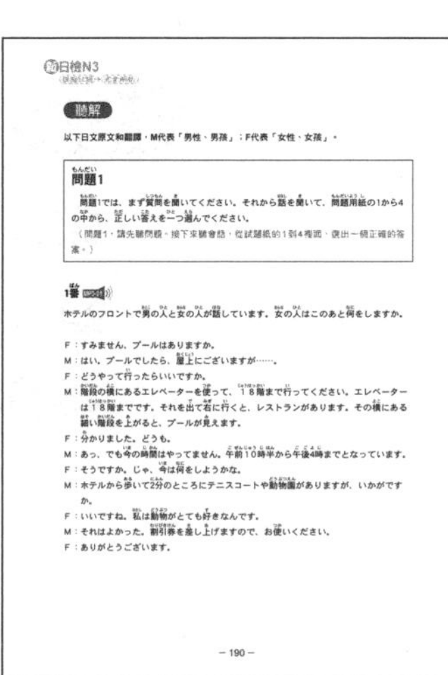

新日檢N3

聽解

以下日文原文和翻譯，M代表「男性、男孩」；F代表「女性、女孩」。

問題1

問題1では、まず質問を聞いてください。それから話を聞いて、問題用紙の1から4の中から、正しい答えを一つ選んでください。

（問題1，請先聽問題，接下來聽會話，從試題紙的1到4裡面，選出一個正確的答案。）

1番

ホテルのフロントで男の人と女の人が話しています。女の人はこのあと何をしますか。

F：すみません、プールはありますか。

M：はい、プールでしたら、屋上にございますが……。

F：どうやって行ったらいいですか。

M：階段の横にあるエレベーターを使って、18階まで行ってください。エレベーターは18階までです。それを出て右に行くと、レストランがあります。その横にある細い階段を上がると、プールが見えます。

F：分かりました。どうも。

M：あっ、でも今の時間はやってません。午前10時半から午後4時までとなっています。

F：そうですか。じゃ、今は何をしようかな。

M：ホテルから歩いて2分のところにテニスコートや動物園がありますが、いかがですか。

F：いいですね。私は動物がとても好きなんです。

M：それはよかった。割引券を差し上げますので、お使いください。

F：ありがとうございます。

－190－

Part III 考題解析：聽解

完全收錄聽解試題內容，針對測驗時聽不懂的地方請務必跟著MP3複誦，熟悉日語標準語調及說話速度，提升日語聽解應戰實力。此外，所有題目及選項，均有中文翻譯與詳細解析，可藉此釐清應考聽力的重點。

目　錄

N3模擬試題解答、翻譯與解析 153

N3

第一回模擬試題

問題用紙

N3

言語知識（文字・語彙）

（30分）

注　意
Notes

1. 試験が始まるまで、この問題用紙を開けないでください。
   Do not open this question booklet until the test begins.
2. この問題用紙を持って帰ることはできません。
   Do not take this question booklet with you after the test.
3. 受験番号と名前を下の欄に、受験票と同じように書いてください。
   Write your examinee registration number and name clearly in each box below as written on your test voucher.
4. この問題は、全部で5ページあります。
   This question booklet has 5 pages.
5. 問題には解答番号の①、②、③…が付いています。解答は、解答用紙にある同じ番号のところにマークしてください。
   One of the row numbers ①,②,③…is given for each question. Mark your answer in the same row of the answer sheet.

受験番号　Examinee Registration Number	

名前　Name	

N3 言語知識（文字・語彙） 解答用紙

受験番号 Examinee Registration Number	

名前 Name	

〈 注意 Notes 〉

1. 黒い鉛筆（HB、No.2）で書いてください。（ペンやボールペンでは書かないでください。）
   Use a black medium soft (HB or No.2) pencil.(Do not use any kind of pen.)
2. 書き直すときは、消しゴムできれいに消してください。
   Erase any unintended marks completely.
3. 汚くしたり、折ったりしないでください。
   Do not soil or bend this sheet.
4. マークれい Marking examples

よいれい Correct Example	わるいれい Incorrect Examples
●	⊗ ◎ ○ ◐ ⊘ ⦶ ◍

問題 1				
1	①	②	③	④
2	①	②	③	④
3	①	②	③	④
4	①	②	③	④
5	①	②	③	④
6	①	②	③	④
7	①	②	③	④
8	①	②	③	④
問題 2				
9	①	②	③	④
10	①	②	③	④
11	①	②	③	④
12	①	②	③	④
13	①	②	③	④
14	①	②	③	④
問題 3				
15	①	②	③	④
16	①	②	③	④
17	①	②	③	④
18	①	②	③	④
19	①	②	③	④
20	①	②	③	④
21	①	②	③	④
22	①	②	③	④
23	①	②	③	④
24	①	②	③	④
25	①	②	③	④

問題 4				
26	①	②	③	④
27	①	②	③	④
28	①	②	③	④
29	①	②	③	④
30	①	②	③	④
問題 5				
31	①	②	③	④
32	①	②	③	④
33	①	②	③	④
34	①	②	③	④
35	①	②	③	④

N3 第一回　言語知識（文字・語彙）

問題1　＿＿＿のことばの読み方として最もよいものを、1・2・3・4から一つえらびなさい。

1 これを縮小してコピーしてください。

1 ちぢしょう　　2 しゃくしょう　　3 しゅくしょう　　4 しょくしょう

2 迷惑メールはすでに削除しました。

1 さくちょ　　2 さくじょ　　3 しゃくちょ　　4 しゃくじょ

3 新製品の予約注文は予想をだいぶ上回った。

1 うえめいった　　2 うえまわった　　3 うわめいった　　4 うわまわった

4 玄関で靴を脱いでから、上がってください。

1 げんせき　　2 げんかん　　3 けんせき　　4 けんかん

5 週末、母といっしょに素手で草むしりをしました。

1 そて　　2 すて　　3 そで　　4 すで

6 風邪をひいて寒気がします。

1 さむけ　　2 かんけ　　3 かんき　　4 さむき

7 今ごろ後悔しても遅いです。

1 こうざん　　2 こうさん　　3 こうかい　　4 こうめい

8 地震による被害が拡大しています。

1 こうはい　　2 こうがい　　3 ひはい　　4 ひがい

問題2 ＿＿＿のことばを漢字で書くとき、最もよいものを、1・2・3・4から一つえらびなさい。

9 年内は休まずえいぎょうします。

1 営商　2 営業　3 商業　4 販商

10 先生が私をすいせんしてくれました。

1 推宣　2 薦選　3 出選　4 推薦

11 鈴木くんがまた問題をおこしたそうです。

1 作こした　2 発こした　3 行こした　4 起こした

12 送料はこちらでふたんします。

1 付任　2 付担　3 負担　4 負任

13 自分一人ではんだんしないほうがいいです。

1 決断　2 診断　3 行断　4 判断

14 割れやすいので、ていねいにあつかってください。

1 扱って　2 操って　3 洗って　4 拭って

問題3 （　　）に入れるのに最もよいものを、1・2・3・4から一つえらびなさい。

15 広告を出したら、（　　）電話がかかってきた。

1 早速　2 相当　3 一層　4 即席

16 彼女はアメリカで育ったから、英語が（　　）です。

1 すらすら　2 ぺらぺら　3 ふらふら　4 いらいら

17 あそこにサングラスをかけた（　　　）人がいる。

1 あやしい　　2 うすぐらい　　3 きつい　　4 くわしい

18 電話がつながらないので、相手の（　　　）が分かりません。

1 条件　　2 場面　　3 状況　　4 行動

19 連絡がとれないので心配しました。でも、（　　　）でよかったです。

1 安事　　2 無事　　3 没事　　4 平事

20 合格発表を待つときは（　　　）しました。

1 どきどき　　2 ぎりぎり　　3 ばらばら　　4 にこにこ

21 週末は家で（　　　）したいです。

1 すっきり　　2 のんびり　　3 うっかり　　4 がっかり

22 これは弟が心を（　　　）作ったプレゼントです。

1 こめて　　2 いれて　　3 つれて　　4 ためて

23 最近、体の（　　　）はいかがですか。

1 都合　　2 機能　　3 調子　　4 事態

24 ご飯を食べたあと眠くなるのは、（　　　）ことです。

1 自然な　　2 天然な　　3 適当な　　4 確かな

25 きのうは（　　　）眠れましたか。

1 どっきり　　2 じっくり　　3 がっかり　　4 ぐっすり

問題4　＿＿＿に意味が最も近いものを、1・2・3・4から一つえらびなさい。

26 掃除したばかりだから、床がきれいです。

1 ぴかぴか　　2 からから　　3 するする　　4 ぼつぼつ

27 許可をもらってから、中に入ってください。

1 済んで　　2 得て　　3 認めて　　4 応じて

28 あしたはけっして遅刻しないでください。

1 ひじょうに　　2 きがるに　　3 ぜったいに　　4 じょじょに

29 グラスにワインを注ぎました。

1 ぬらしました　　2 そろえました　　3 ながしました　　4 いれました

30 地震が起きたときは、冷静に行動しましょう。

1 なごやかに　　2 しずかに　　3 あんしんして　　4 おちついて

問題5　つぎのことばの使い方として最もよいものを、一つえらびなさい。

31 せっかく

1 感謝の気持ちはせっかく忘れません。

2 できるかどうか分かりませんが、せっかくやってみます。

3 せっかく日本に留学したのだから、日本語が上手になりたい。

4 風邪がせっかく治らなくて困っている。

32 めざす

1 大学合格をめざしてがんばります。

2 来年の秋には新しいビルがめざす予定です。

3 友だちがたんじょう日をめざしてくれた。

4 この問題が解決するようめざします。

33 うすめる

1 味が濃すぎるから、もう少しうすめてください。

2 洗たくしたら、セーターがうすめてしまった。

3 寒いから、エアコンをうすめてくれますか。

4 最近すごく太ったので、ご飯の量をうすめてください。

34 もしかしたら

1 もしかしたら、近いうちに会いましょう。

2 便利だけど、もしかしたら、人には勧められないだろう。

3 もしかしたら、来年、仕事をやめるかもしれない。

4 メールか、もしかしたら、ファックスで返事してください。

35 さらに

1 新しくなって、さらに使いやすくなりました。

2 もうすぐお客さんが来るから、さらに掃除します。

3 今は、さらに富士山に登ってみたいです。

4 この前の話、さらにどうしましたか。

問題用紙

N3

言語知識（文法）・読解

（70分）

注　　意

Notes

1. 試験が始まるまで、この問題用紙を開けないでください。
   Do not open this question booklet until the test begins.
2. この問題用紙を持って帰ることはできません。
   Do not take this question booklet with you after the test.
3. 受験番号と名前を下の欄に、受験票と同じように書いてください。
   Write your examinee registration number and name clearly in each box below as written on your test voucher.
4. この問題は、全部で13ページあります。
   This question booklet has 13 pages.
5. 問題には解答番号の①、②、③・・・が付いています。解答は、解答用紙にある同じ番号のところにマークしてください。
   One of the row numbers ①,②,③…is given for each question. Mark your answer in the same row of the answer sheet.

受験番号　Examinee Registration Number	

名前　Name	

N3 言語知識（文法）・読解　解答用紙

受験番号 Examinee Registration Number		名前 Name	

〈 注意 Notes 〉

1. 黒い鉛筆（HB、No.2）で書いてください。（ペンやボールペンでは書かないでください。）
   Use a black medium soft (HB or No.2) pencil.(Do not use any kind of pen.)
2. 書き直すときは、消しゴムできれいに消してください。
   Erase any unintended marks completely.
3. 汚くしたり、折ったりしないでください。
   Do not soil or bend this sheet.
4. マークれい Marking examples

よいれい Correct Example	わるいれい Incorrect Examples
●	⊗ ◒ ◯ ⓪ ⊜ ⦶ ◉

問題 1				
1	①	②	③	④
2	①	②	③	④
3	①	②	③	④
4	①	②	③	④
5	①	②	③	④
6	①	②	③	④
7	①	②	③	④
8	①	②	③	④
9	①	②	③	④
10	①	②	③	④
11	①	②	③	④
12	①	②	③	④
13	①	②	③	④
問題 2				
14	①	②	③	④
15	①	②	③	④
16	①	②	③	④
17	①	②	③	④
18	①	②	③	④
問題 3				
19	①	②	③	④
20	①	②	③	④
21	①	②	③	④
22	①	②	③	④
23	①	②	③	④

問題 4				
24	①	②	③	④
25	①	②	③	④
26	①	②	③	④
27	①	②	③	④
問題 5				
28	①	②	③	④
29	①	②	③	④
30	①	②	③	④
31	①	②	③	④
32	①	②	③	④
33	①	②	③	④
問題 6				
34	①	②	③	④
35	①	②	③	④
36	①	②	③	④
37	①	②	③	④
問題 7				
38	①	②	③	④
39	①	②	③	④

N3 第一回 言語知識（文法）・讀解

問題1　つぎの文の（　　　）に入れるのに最もよいものを、1・2・3・4から一つえらびなさい。

1 石油の値上げ問題（　　　）、話し合いが続いています。

1 をめぐって　　2 をわたって　　3 をかんして　　4 をそって

2 晩ご飯を食べている（　　　）、地震が起こりました。

1 うえに　　2 いじょうに　　3 さいちゅうに　　4 しだいに

3 父が私に辞書を買って（　　　）。

1 あげた　　2 くれた　　3 もらった　　4 いただいた

4 彼女はきれいな（　　　）でなく、性格もいいです。

1 かわり　　2 ばかり　　3 ところ　　4 とたん

5 年齢や学歴（　　　）、誰でも応募することができます。

1 をしらず　　2 をいらず　　3 をよらず　　4 をとわず

6 先生の（　　　）、日本語が上手になりました。

1 ばかりで　　2 もので　　3 せいで　　4 おかげで

7 今日はだめですが、明日なら（　　　）いいです。

1 いつも　　2 いつでも　　3 いつか　　4 いつにも

8 社長（　　　）、私がお答えします。

1 によって　　2 にかわって　　3 にさいして　　4 にはんして

9 留学したくない（　　　）、お金がないのだからあきらめるしかない。

1 ようではないが　　2 はずではないが
3 べきではないが　　4 わけではないが

10 やっと桜が咲い（　　　）、もう散ってしまった。

1 たかと思ったら　　2 たらと思うと
3 たかと思うのに　　4 たらと思えば

11 買い物に行く（　　　）、卵を買ってきてください。

1 かぎりに　　2 うちに　　3 ところに　　4 ついでに

12 これはあなたのために、心を（　　　）作ったケーキです。

1 ぬいて　　2 いれて　　3 こめて　　4 しいて

13 失って（　　　）、友だちの大切さが分かった。

1 とたん　　2 はじめて　　3 ものの　　4 つうじて

問題2　つぎの文の＿★＿に入る最もよいものを、1・2・3・4から一つえらびなさい。

（問題例）

テーブルの ＿＿ ＿★＿ ＿＿ ＿＿ います。

1 に　　2 が　　3 下　　4 猫

（解答(かいとう)の仕方(しかた)）

1 正しい文はこうです。

> テーブルの ＿＿＿ ＿★＿ ＿＿＿ ＿＿＿ います。
> 3 下　1 に　4 猫　2 が

2 ＿★＿ に入る番号(ばんごう)を解答用紙(かいとうようし)にマークします。

（解答用紙(かいとうようし)）

（例(れい)）	●②③④

---

14 昨日、部長に ＿＿＿ ＿＿＿ ＿★＿ ＿＿＿ でした。

1 中　2 電話　3 しましたが　4 話し

15 もし ＿＿＿ ＿★＿ ＿＿＿ ＿＿＿ ことです。

1 ぜったいに　2 それが　3 許されない　4 本当なら

16 今まで ＿＿＿ ＿＿＿ ＿＿＿ ＿★＿ 合格しました。

1 何度も　2 受けました　3 ついに　4 が

17 朝食は ＿＿＿ ＿＿＿ ＿★＿ ＿＿＿ べきです。

1 食べる　2 ちゃんと　3 健康の　4 ために

18 さっきまで ＿＿＿ ＿★＿ ＿＿＿ ＿＿＿ なくなってしまった。

1 あった　2 そこに　3 いつの間にか　4 のに

問題3　つぎの文章を読んで、 19 から 23 の中に入る最もよいものを、1・2・3・4から一つえらびなさい。

わたしの夢

遠藤由美子

わたしの将来の夢は、翻訳家になることです。日本では知られていない 19 を翻訳して、日本中の人に 20 です。

21 、その夢を実現するのは、簡単ではないと思います。だから、毎日たくさんの本を読んだり、文章が上手に書けるように練習しています。 22 、語学力も大事なので、英会話スクールに通って勉強しています。大学生になったら、中国語やフランス語も勉強してみたいです。

最近、アメリカ人留学生と知り合いになりました。いろいろな国の人と友だちになれたら、すばらしいことだと思います。 23 一つです。

19
1 海外にあるしたしい本　　2 すばらしい海外の作品
3 海外にあるさわがしい本　　4 するどい海外の作品

20
1 しょうかいしたい　　2 しょうたいしたい
3 しょうかいします　　4 しょうたいします

21
1 だから　　2 でも　　3 それで　　4 そのうえ

22
1 それで　　2 それでも　　3 それにも　　4 それから

23
1 これはわたしがもつ夢の　　2 これもわたしの夢の
3 わたしが夢を見ている　　4 わたしは夢をもっている

問題4　つぎの文章を読んで、質問に答えなさい。答えは、1・2・3・4から最もよいものを一つえらびなさい。

> 麻雀(マージャン)（※1）をしてみませんか！
>
> 　いっしょに麻雀(マージャン)を楽しむ人を探しています。経験がない初めての人でも参加できます。指や頭を使うので、老化(ろうか)防止やストレス解消にも効果的です。ゲーム中は、タバコやお酒は禁止です。もちろん、お金を賭(か)けることも禁止です。お年寄りや女性、できない方には指導者が親切に教えますので、初めての方でも心配はいりません。プロの方はご遠慮ください。
>
> 　日曜～金曜日、11～16時半。参加費1500円（飲み物代を含む）、入会金3000円。定員20人。電話で予約してください。
>
> サクラ麻雀(マージャン)教室：
>
> 東京都立川市北山町2-7（立川駅北口から歩いて3分）
>
> TEL:042(874)3899

（※1）麻雀(マージャン)：136個の牌を用いて行う室内ゲームのこと

24　この広告の中の紹介について、正しいのはどれか。

1「サクラ麻雀(マージャン)教室」では、お金を賭けて遊びたい人を探しています。

2「サクラ麻雀(マージャン)教室」では、純粋に麻雀(マージャン)を楽しむ人を探しています。

3「サクラ麻雀(マージャン)教室」では、麻雀(マージャン)が教えられる人を探しています。

4「サクラ麻雀(マージャン)教室」では、経験のある麻雀(マージャン)の上手な人を探しています。

25　この広告に書かれていることについて、正しいのはどれか。

1 禁止されているのは、喫煙、飲酒と、お金を賭けることです。

2 ゲーム中はビールを飲みながら、麻雀(マージャン)を楽しみます。

3 医者によれば、麻雀(マージャン)は老化防止やストレス解消に効果があるそうです。

4 指導者が指導する教室なので、経験のない人だけ参加してください。

26 ここに書かれていないのは、次のどれか。

1 経験のないお年寄りでもだいじょうぶ。

2 月曜日以外は毎日やっている。

3 初めて参加する人は4500円払う。

4 営業時間は5時間半である。

27 この広告を読んで、参加できない人はどの人か。

1 一人暮らしのさびしい老人

2 麻雀（マージャン）をしたことのないOL

3 子供をつれた若い母親

4 麻雀（マージャン）で生活している男性

問題5　つぎの文章（ぶんしょう）を読んで、質問に答えなさい。答えは、1・2・3・4から最もよいものを一つえらびなさい。

日本の漫画やアニメ（※1）は、フランスでも人気があります。去年行われた「ジャパンエキスポ（日本博覧会（はくらんかい））」には、日本が好きなフランス人が何十万人も訪れました。

会場では、日本の漫画やDVDなどが売られ、無料（むりょう）でゲームができたり、アニメが見られるところもありました。また、日本人歌手が歌を歌い、その下では若い人たちが踊ったりしていて、とても楽しそうでした。ただ、日本の伝統文化を紹介する場所がなかったのは、残念でした。茶道や生け花、歌舞伎（かぶき）だけが日本の文化ではありませんが、昔からある文化が忘れられてしまうのは、少し寂しいことです。

パリ（※2）の街では、日本のファッションに影響された若者をたくさん見ました。それに、日本食のレストランも多く、日本の漫画がそろった「漫画喫茶（きっさ）」

もありました。そこでは飲み物を注文すれば、無料で漫画を読んだり、ゲームをして遊ぶこともできます。

フランスに憧れる日本人は多いですが、フランス人が日本に憧れる様子を見て、とても驚きました。でも、日本人としてうれしかったです。

（※1）アニメ：animation、動画のこと

（※2）パリ：Paris、フランスの首都

28 「ジャパンエキスポ」では、どんなことをすると言っているか。

1 日本好きのフランス人による話し合いなど

2 茶道や歌舞伎（かぶき）など日本の伝統文化の紹介など

3 漫画の販売（はんばい）やアニメ鑑賞（かんしょう）、コンサートなど

4 日本食や日本のファッションの紹介など

29 「ジャパンエキスポ」でお金を払わないでできることは何か。

1 漫画を読むことができる。

2 ゲームをすることができる。

3 飲み物を飲むことができる。

4 歌手のサインがもらえる。

30 「ジャパンエキスポ」で残念だと思ったのはどんなことか。

1 日本食を食べる場所がなかったこと

2 伝統文化が紹介されていなかったこと

3 若い人たちがさわがしかったこと

4 ファッションが日本に影響されていたこと

31 日本の伝統文化として、ここに書かれていないものは次のどれか。

1 か道　　2 しょ道　　3 すい道　　4 ほっかい道

32 パリの街でどんなものを見たと言っているか。

1 日本の服やアクセサリーを売っている店

2 日本人みたいな服装をしている人

3 日本の漫画や小説が借りられる本屋

4 日本のゲームができるゲームセンター

33 どんなことが「うれしかった」と言っているか。

1 日本人が憧れるフランス人でも、日本に憧れているのを感じたから。

2 今まで日本が嫌いだったフランス人が、日本に憧れているのを感じたから。

3 フランスでも、日本にいるときと同じゲームで遊べたから。

4 日本に憧れるはずのないフランス人が、日本に憧れているのを感じたから。

問題6　つぎの文章（ぶんしょう）を読んで、質問に答えなさい。答えは、1・2・3・4から最もよいものを一つえらびなさい。

旅行中、よく眠れないという人は多い。その原因は環境の変化だ。①中でも、慣れない枕が一番の原因だと言われている。だから、旅先にいつも使っている枕を持って行くという人もいる。しかし、枕は大きいので、邪魔になると考える人もいるだろう。それなら、いつも寝るときに着ている服を持っていくのはどうだろうか。子供なら、気に入っているぬいぐるみ（※1）を持たせるのも効果がある。②自宅に近い環境にすることで、ストレス（※2）や興奮を抑え、いつものように眠ることができるのだ。

睡眠の専門家によれば、旅先で眠れないもう一つの原因として、空気の乾燥（かんそう）があげられるそうだ。ホテルなどの空気が乾燥（かんそう）する場所では、呼吸を補（おぎな）うため、寝ているときに③「口呼吸」になりやすい。鼻での呼吸が苦しいために、口を開いたまま眠ってしまうと、喉（のど）が乾燥（かんそう）して目が覚めてしまう。その結果、喉（のど）が痛くなるだけでなく、空気中の細菌も口に入ってしまう。だから、できるだけ「鼻呼吸」をしたほうがいいのだそうだ。

そこで、専門家に旅先で「鼻呼吸」をしやすくするコツ（※3）をあげてもらった。

1 舌が呼吸の妨（さまた）げにならないように「横向き」に寝る。

2 ④部屋の湿度を適度に保つ。

3 薬局で売っている「鼻の穴拡張テープ」をはって寝る。

実際、私もやってみたら、とてもよく眠れた。旅先で眠れないと悩んでいる人には、ぜひこれで気持ちのいい朝を迎えてほしい。

（※1）ぬいぐるみ：中に綿などを入れ動物などの形にした玩具（おもちゃ）のこと

（※2）ストレス：stress、精神的に負担となる刺激のこと

（※3）コツ：秘訣、上手な方法

34 ①中でも、慣れない枕が一番の原因だと言われているとあるが、それはどうしてか。

1 ホテルなどの枕には他の人の匂いがあるために、気持ちが落ち着かず、ストレスになるから。

2 枕の高さが睡眠の良し悪しを決めるが、旅先の枕は慣れているいつもの枕の高さとちがうから。

3 人は慣れた匂いをかいで、安心して眠ることができるが、旅先での枕にはその匂いがないから。

4 人は環境が変わると、ストレスを感じて眠れなくなるが、枕はその大事な環境の一つだから。

35 ②自宅に近い環境にすることでとあるが、上記の文から効果がありそうなものはどれか。

1 いつもいっしょに寝ている人の匂いのあるものをそばに置いてみる。

2 いつも寝るときに握っているタオルを持っていってみる。

3 いつも寝るときに聴いている音楽を流してみる。

4 いつも寝る前に食べている果物などを食べてみる。

36 ③「口呼吸」になりやすいとあるが、どうしてか。

1 環境が変わると、ストレスを感じるから。

2 空気が乾いているので、水が飲みたくなるから。

3 環境が変わると、呼吸がしにくくなるから。

4 空気が乾くと、鼻で息がしにくくなるから。

37 ④部屋の湿度を適度に保つとあるが、この方法として正しいものはどれか。

1 お風呂に長い時間入る。

2 クーラーを長い時間つけておく。

3 ぬれたタオルを部屋に吊るしておく。

4 窓を開けて外の空気を入れる。

問題7　つぎの文章（ぶんしょう）は、病気やけがのときに役立つ医療保険（いりょうほけん）の案内である。下の質問に答えなさい。答えは、1・2・3・4から最もよいものを一つえらびなさい。

田村さんは今、60歳です。来年は会社を辞めなければならない年です。奥さんは2年前に亡くなり、子供はいません。一人で暮らしています。田村さんは胃が悪く、よく病院に行きます。だから、お金がたくさんかかります。それに、来年から仕事がなくなるので、生活が心配です。それで、保険（ほけん）に入ろうと考えています。今の田村さんが毎月払える保険料は、10,000円までです。でも、仕事がなくなってからは、6,000円以上は払えません。

38 田村さんが入れる保険はどれか。

1 Dのみ　　2 DとE　　3 Cのみ　　4 CとD

39 お金のことを心配しないなら、田村さんが入りたい保険はどれか。

1 AとC　　2 CとE　　3 BとD　　4 AとD

ハッピー保険

日本で一番人気のある保険です！

保険の種類はいろいろあります。毎月払う値段もちがいます。自分に合った保険を選んでください。

▹Aタイプ

特徴：病気やけがで入院（※1）した場合、1日30,000円の保障がある。ただし、病院で治療を受けただけの場合は、保障はない。

毎月払う値段

	年					
	20才	30才	40才	50才	60才	70才
男	7,500円	8,000円	8,500円	9,900円	11,000円	12,200円
女	6,800円	7,200円	7,800円	8,900円	9,200円	10,900円

▹Bタイプ

特徴：病気やけがで治療を受けたとき、保障される。病気やけがによる入院（にゅういん）は保障するが、ガン（※2）による入院（にゅういん）は保障されない。60才をすぎると、払う値段は毎年200円ずつ上がる。

毎月払う値段

	年					
	20才	30才	40才	50才	60才	70才
男	3,700円	4,600円	5,000円	5,200円	5,900円	7,900円
女	2,900円	3,200円	3,800円	4,100円	4,800円	6,800円

▹Cタイプ

特徴：病気による入院でも、交通事故でも1日6,000円の保障がある。治療を受けただけの場合でも、保障がある。対象者は18歳～59歳。

毎月払う値段

	年				
	20才	30才	40才	50才	59才
男	2,080円	2,300円	2,600円	3,000円	3,400円
女	1,700円	1,900円	2,030円	2,300円	3,000円

▹Dタイプ

特徴：病気やけがで病院に行ったとき、1回に1,200円くらい保障される。

毎月払う値段

	年					
	20才	30才	40才	50才	60才	70才
男	2,600円	3,000円	3,800円	4,000円	4,500円	4,800円
女	1,800円	2,400円	2,700円	3,200円	3,800円	4,000円

▹Eタイプ

特徴：女性特有の病気のみ保障。3年ごとに10万円が受け取れる。入院費は1日15,000円保障される。

毎月払う値段

年					
20才	30才	40才	50才	60才	70才
2,200円	2,800円	3,000円	3,200円	3,500円	3,900円

（※1）入院：治療のために、ある期間病院に入ること

（※2）ガン：癌、悪性のしゅようのこと

問題用紙

N3

ちょうかい
聴解

(40分)

注　意
Notes

1. 試験が始まるまで、この問題用紙を開けないでください。
   Do not open this question booklet until the test begins.
2. この問題用紙を持って帰ることはできません。
   Do not take this question booklet with you after the test.
3. 受験番号(じゅけんばんごう)と名前を下の欄(らん)に、受験票(じゅけんひょう)と同じように書いてください。
   Write your examinee registration number and name clearly in each box below as written on your test voucher.
4. この問題は、全部(ぜんぶ)で11ページあります。
   This question booklet has 11 pages.
5. この問題用紙にメモをとってもいいです。
   You may make notes in the question booklet.

受験番号(じゅけんばんごう)　Examinee Registration Number	

名前　Name	

N3 聴解 解答用紙

受験番号 Examinee Registration Number	

名前 Name	

〈 注意 Notes 〉

1. 黒い鉛筆（HB、No.2）で書いてください。（ペンやボールペンでは書かないでください。）
   Use a black medium soft (HB or No.2) pencil.(Do not use any kind of pen.)
2. 書き直すときは、消しゴムできれいに消してください。
   Erase any unintended marks completely.
3. 汚くしたり、折ったりしないでください。
   Do not soil or bend this sheet.
4. マークれい Marking examples

よいれい Correct Example	わるいれい Incorrect Examples
●	⊘ ◒ ◯ ⓞ ⊜ ⦶ ◉

問題 1				
1	①	②	③	④
2	①	②	③	④
3	①	②	③	④
4	①	②	③	④
5	①	②	③	④
6	①	②	③	④
問題 2				
1	①	②	③	④
2	①	②	③	④
3	①	②	③	④
4	①	②	③	④
5	①	②	③	④
6	①	②	③	④
問題 3				
1	①	②	③	④
2	①	②	③	④
3	①	②	③	④

問題 4			
1	①	②	③
2	①	②	③
3	①	②	③
4	①	②	③
問題 5			
1	①	②	③
2	①	②	③
3	①	②	③
4	①	②	③
5	①	②	③
6	①	②	③
7	①	②	③
8	①	②	③
9	①	②	③

N3 第一回 聽解

問題 1

問題1では、まず質問を聞いてください。それから話を聞いて、問題用紙の1から4の中から、正しい答えを一つ選んでください。

1番 MP3-01

1レストランで食事する。

2プールで泳ぐ。

3テニスをする。

4 動物園で動物を見る。

2番 MP3-02

1 夕方6時ごろ

2 午後3時ごろ

3 朝10時ごろ

4 夜8時ごろ

3番(ばん) MP3-03

1 今週(こんしゅう)の土曜日(どようび)

2 来週(らいしゅう)の土曜日(どようび)

3 今週(こんしゅう)の水曜日(すいようび)

4 来週(らいしゅう)の水曜日(すいようび)

4番(ばん) MP3-04

1 ラーメン屋(や)で食事(しょくじ)する。

2 母(はは)の誕生日(たんじょうび)プレゼントを買(か)う。

3 同僚(どうりょう)とお酒(さけ)を飲(の)む。

4 「料理(りょうり)の鉄人(てつじん)」の店(みせ)に入(はい)る。

5番(ばん) MP3-05

1 28日(にじゅうはちにち)

2 20日(はつか)

3 18日(じゅうはちにち)

4 14日(じゅうよっか)

6番(ばん) MP3-06

1 3つ(みっつ)

2 5つ(いつつ)

3 6つ(むっつ)

4 8つ(やっつ)

問題 2

問題2では、まず質問を聞いてください。そのあと、問題用紙を見てください。読む時間があります。それから話を聞いて、問題用紙の1から4の中から正しい答えを一つ選んでください。

1番 MP3-07

1 会社の給料が少ないから。

2 同僚とうまくいかないから。

3 病気で入院するから。

4 実家に戻るから。

2番 MP3-08

1 映画を見る。

2 ボーリングをする。

3 男の人の家でＤＶＤを見る。

4 カラオケをする。

3番(ばん) MP3-09

1 うるさくて夜眠(よるねむ)れないから。

2 家(いえ)が汚(よご)れるから。

3 かまれたことがあるから。

4 いやな臭(にお)いがするから。

4番(ばん) MP3-10

1 資料(しりょう)を家(うち)に届(とど)けてほしい。

2 資料(しりょう)を隠(かく)しておいてほしい。

3 資料(しりょう)をファックスしてほしい。

4 資料(しりょう)の内容(ないよう)を読(よ)んでほしい。

5番(ばん) MP3-11

1 8両目(はちりょうめ)の座席(ざせき)の上(うえ)

2 8両目(はちりょうめ)の網棚(あみだな)の上(うえ)

3 1両目(いちりょうめ)の座席(ざせき)の上(うえ)

4 1両目(いちりょうめ)の網棚(あみだな)の上(うえ)

6番 MP3-12

1 味噌ラーメンの辛いのを１つと辛くないのを１つ、
餃子を１つ

2 辛いのと普通の味噌ラーメンを１つずつ、
醤油ラーメンの餃子セットを１つ

3 味噌ラーメンの辛いのと辛くないのを１つずつ、
醤油ラーメンを１つ

4 辛い味噌ラーメンを１つと辛い醤油ラーメンを１つ

問題3

問題3では、問題用紙に何も印刷されていません。まず話を聞いてください。それから、質問を聞いて、正しい答えを1から4の中から一つ選んでください。

— メモ —

1番 MP3-13

2番 MP3-14

3番 MP3-15

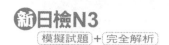

問題4

問題4では、絵を見ながら質問を聞いてください。それから、正しい答えを1から3の中から一つ選んでください。

1番 MP3-16

2番 MP3-17

3番（ばん） MP3-18

4番（ばん） MP3-19

問題5

問題5では、問題用紙に何も印刷されていません。まず、文を聞いてください。それから、その返事を聞いて、1から3の中から、正しい答えを一つ選んでください。

— メモ —

1番 MP3-20

2番 MP3-21

3番 MP3-22

4番 MP3-23

5番 MP3-24

6番
MP3-25

7番
MP3-26

8番
MP3-27

9番
MP3-28

N3

第二回模擬試題

問題用紙

N3

言語知識（文字・語彙）

（30分）

注　意
Notes

1. 試験が始まるまで、この問題用紙を開けないでください。
   Do not open this question booklet until the test begins.
2. この問題用紙を持って帰ることはできません。
   Do not take this question booklet with you after the test.
3. 受験番号と名前を下の欄に、受験票と同じように書いてください。
   Write your examinee registration number and name clearly in each box below as written on your test voucher.
4. この問題は、全部で5ページあります。
   This question booklet has 5 pages.
5. 問題には解答番号の①、②、③…が付いています。解答は、解答用紙にある同じ番号のところにマークしてください。
   One of the row numbers ①,②,③…is given for each question. Mark your answer in the same row of the answer sheet.

受験番号　Examinee Registration Number	

名前　Name	

N3 言語知識（文字・語彙） 解答用紙

受験番号 Examinee Registration Number	

名前 Name	

〈 注意 Notes 〉

1. 黒い鉛筆（HB、No.2）で書いてください。（ペンやボールペンでは書かないでください。）
   Use a black medium soft (HB or No.2) pencil.(Do not use any kind of pen.)
2. 書き直すときは、消しゴムできれいに消してください。
   Erase any unintended marks completely.
3. 汚くしたり、折ったりしないでください。
   Do not soil or bend this sheet.
4. マークれい　Marking examples

よいれい Correct Example	わるいれい Incorrect Examples
●	⊘ ◒ ◎ ⓪ ⊜ ⦶ ◍

問題 1				
1	①	②	③	④
2	①	②	③	④
3	①	②	③	④
4	①	②	③	④
5	①	②	③	④
6	①	②	③	④
7	①	②	③	④
8	①	②	③	④
問題 2				
9	①	②	③	④
10	①	②	③	④
11	①	②	③	④
12	①	②	③	④
13	①	②	③	④
14	①	②	③	④
問題 3				
15	①	②	③	④
16	①	②	③	④
17	①	②	③	④
18	①	②	③	④
19	①	②	③	④
20	①	②	③	④
21	①	②	③	④
22	①	②	③	④
23	①	②	③	④
24	①	②	③	④
25	①	②	③	④

問題 4				
26	①	②	③	④
27	①	②	③	④
28	①	②	③	④
29	①	②	③	④
30	①	②	③	④
問題 5				
31	①	②	③	④
32	①	②	③	④
33	①	②	③	④
34	①	②	③	④
35	①	②	③	④

N3 第二回 言語知識（文字・語彙）

問題1 ＿＿＿のことばの読み方として最もよいものを、1・2・3・4から一つえらびなさい。

1 申込書に写真を<u>添付</u>する。

1 てんぷ　　2 てんふ　　3 そえつき　　4 そえづき

2 弟は4月に<u>転勤</u>します。

1 ころきん　　2 ていきん　　3 こうきん　　4 てんきん

3 姉は来月、子供が<u>誕生</u>する。

1 たんしょう　　2 たんじょう　　3 だんしょう　　4 だんじょう

4 日本の<u>首相</u>は今、誰ですか。

1 しゅうそう　　2 しゅうしょう　　3 しゅそう　　4 しゅしょう

5 もうちょっと楽しい<u>話題</u>に変えましょう。

1 わたい　　2 わだい　　3 はたい　　4 はだい

6 ここから空港まではかなりの<u>距離</u>がある。

1 ちゅり　　2 きゃり　　3 しゅり　　4 きょり

7 <u>冷めない</u>うちに食べてください。

1 ひめない　　2 つめない　　3 さめない　　4 ためない

8 <u>手続き</u>はとても簡単です。

1 しゅつづき　　2 しゅづつき　　3 てつづき　　4 てづつき

問題2 ＿＿＿のことばを漢字で書くとき、最もよいものを、1・2・3・4から一つえらびなさい。

9 日本のしゅとはどこですか。

1 主県　2 主部　3 首都　4 首部

10 あまりの暑さでしょくよくがない。

1 食望　2 食欲　3 食希　4 食発

11 キャベツをきざんでから炒めます。

1 割んで　2 破んで　3 刻んで　4 切んで

12 他に何かていあんはありませんか。

1 提見　2 提想　3 提案　4 提示

13 おひまなときに、いつでもおこしください。

1 来　2 越　3 行　4 呼

14 昨夜はむしばが痛んで眠れませんでした。

1 虫歯　2 菌歯　3 虫腹　4 菌腹

問題3 （　　）に入れるのに最もよいものを、1・2・3・4から一つえらびなさい。

15 このレストランはおいしくて（　　）がいいので、気に入っています。

1 雰囲気　2 雰分気　3 気囲雰　4 気分雰

16 その小説の（　　　）を教えてください。

1 内態　　2 内話　　3 内容　　4 内実

17 私と妹は双子なので（　　　）です。

1 じっくり　　2 そっくり　　3 すっきり　　4 どっきり

18 電車が遅れるという（　　　）があった。

1 アドバイス　　2 チャンネル　　3 アナウンス　　4 デザイン

19 助けてもらったら、お礼をするのは（　　　）のことです。

1 平等　　2 平凡　　3 正当　　4 当然

20 私が日本に行ったのは、（　　　）前のことです。

1 かなり　　2 いっしゅん　　3 いったい　　4 さっさと

21 ここの料理はおいしくて（　　　）安いので、人気がある。

1 それで　　2 だけど　　3 しかし　　4 しかも

22 最近、やさいの（　　　）が上がっているそうだ。

1 資格　　2 価格　　3 温度　　4 程度

23 彼のことをもっと知り、（　　　）好きになった。

1 たまたま　　2 ますます　　3 なかなか　　4 らくらく

24 雨で試合が来月に（　　　）。

1 すぎた　　2 のびた　　3 かいた　　4 ふえた

25 （　　　）近いうちに集まって、食事しましょう。

1 また　　2 もし　　3 さて　　4 だが

問題4　＿＿＿に意味が最も近いものを、1・2・3・4から一つえらびなさい。

26 朝のうちに出発すれば、夕方には九州につくだろう。

1 みれば　　2 でれば　　3 すれば　　4 くれば

27 テストの前、いっしょうけんめい勉強しましたか。

1 しんけんに　　2 たしかに　　3 れいせいに　　4 さかんに

28 旅行のじゅんびはもうできましたか。

1 行業　　2 準行　　3 仕度　　4 仕業

29 平和ほどきちょうなものはありません。

1 たいせつな　　2 きれいな　　3 かくじつな　　4 しんせつな

30 事件はほぼ解決しました。

1 だいたい　　2 だんだん　　3 しばしば　　4 とうとう

問題5　つぎのことばの使い方として最もよいものを、一つえらびなさい。

31 あこがれる

1 質問のある人は、手をあこがれてください。

2 床が汚れているので、あこがれてください。

3 子供のころは、都会の生活にあこがれていました。

4 このバッグは最近、若い人の間であこがれています。

32 はげしい

1 きずが治るまで、はげしい運動はしないでください。

2 最近太ったので、ズボンのゴムが少しはげしい。

3 りすの歯ははげしいので、硬い実が食べられます。

4 あの政治家の考え方はいつもはげしいと思います。

33 つうじる

1 出発の時間をもう少しつうじることにした。

2 遠くに行っても、よくつうじてください。

3 いつも私とつうじてくれて、ありがとう。

4 彼とは仕事をつうじて知り合った。

34 クラブ

1 主人の好きな運動はクラブです。

2 学生のとき、どんなクラブに入っていましたか。

3 母は近所のスーパーでクラブをしています。

4 息子は勉強もしないで、クラブばかりしています。

35 むける

1 私にむけた仕事を見つけたいです。

2 ちゃんとこっちをむけて話しなさい。

3 試験にむけて、いっしょうけんめい勉強しなさい。

4 両親は弟ばかりに興味をむけています。

問題用紙

N3

言語知識（文法）・読解

（70分）

注　　意
Notes

1. 試験が始まるまで、この問題用紙を開けないでください。
   Do not open this question booklet until the test begins.
2. この問題用紙を持って帰ることはできません。
   Do not take this question booklet with you after the test.
3. 受験番号と名前を下の欄に、受験票と同じように書いてください。
   Write your examinee registration number and name clearly in each box below as written on your test voucher.
4. この問題は、全部で12ページあります。
   This question booklet has 12 pages.
5. 問題には解答番号の①、②、③･･･が付いています。解答は、解答用紙にある同じ番号のところにマークしてください。
   One of the row numbers ①,②,③…is given for each question. Mark your answer in the same row of the answer sheet.

受験番号　Examinee Registration Number	

名前　Name	

N3 言語知識（文法）・読解　解答用紙

受験番号 Examinee Registration Number	

名前 Name	

〈 注意 Notes 〉

1. 黒い鉛筆（HB、No.2）で書いてください。（ペンやボールペンでは書かないでください。）
   Use a black medium soft (HB or No.2) pencil.(Do not use any kind of pen.)
2. 書き直すときは、消しゴムできれいに消してください。
   Erase any unintended marks completely.
3. 汚くしたり、折ったりしないでください。
   Do not soil or bend this sheet.
4. マークれい　Marking examples

よいれい Correct Example	わるいれい Incorrect Examples
●	⊘ ◌ ◯ ◍ ⊜ ⦶ ●

問題 1				
1	①	②	③	④
2	①	②	③	④
3	①	②	③	④
4	①	②	③	④
5	①	②	③	④
6	①	②	③	④
7	①	②	③	④
8	①	②	③	④
9	①	②	③	④
10	①	②	③	④
11	①	②	③	④
12	①	②	③	④
13	①	②	③	④
問題 2				
14	①	②	③	④
15	①	②	③	④
16	①	②	③	④
17	①	②	③	④
18	①	②	③	④
問題 3				
19	①	②	③	④
20	①	②	③	④
21	①	②	③	④
22	①	②	③	④
23	①	②	③	④

問題 4				
24	①	②	③	④
25	①	②	③	④
26	①	②	③	④
27	①	②	③	④
問題 5				
28	①	②	③	④
29	①	②	③	④
30	①	②	③	④
31	①	②	③	④
32	①	②	③	④
33	①	②	③	④
問題 6				
34	①	②	③	④
35	①	②	③	④
36	①	②	③	④
37	①	②	③	④
問題 7				
38	①	②	③	④
39	①	②	③	④

N3 第二回　言語知識（文法）・讀解

問題1　つぎの文の（　　　）に入れるのに最もよいものを、1・2・3・4から一つえらびなさい。

1 他の国で生活する（　　　）、その国の規則に従うべきだ。

1 までには　　2 ようには　　3 からには　　4 ものには

2 おとといから今日に（　　　）、雨がずっと降っている。

1 つれて　　2 かけて　　3 めぐって　　4 つうじて

3 そんなつまらない話（　　　）聞きたくない。

1 など　　2 ほど　　3 さえ　　4 やら

4 彼が東京大学に合格するなんて、信じ（　　　）。

1 やすい　　2 がたい　　3 きない　　4 きらい

5 将来は、夫（　　　）、田舎でのんびり生活したい。

1 ともとに　　2 となしに　　3 とともに　　4 ともにに

6 明日から朝6時に起きる（　　　）。

1 ものにする　　2 ことにする　　3 ものになる　　4 ことになる

7 人は年をとる（　　　）、いろいろなことを忘れてしまう。

1 において　　2 にあたり　　3 にわたり　　4 につれて

8 説明書（　　　）、この棚を組み立てましょう。

1 にそって　　2 にたいして　　3 にこたえて　　4 にかけて

9 雨の日は（　　　）として、毎日ジョギングをしています。

1 とく　　2 べつ　　3 ぬき　　4 よく

10 若い（　　　）、いろいろな国に行ってみたいです。

1 うちに　　2 ままに　　3 よりに　　4 うえに

11 彼女と別れ（　　　）、ずっと1人です。

1 たいらい　　2 たきり　　3 ていらい　　4 てきり

12 そんな安（　　　）服はいりません。

1 っぱい　　2 っぽい　　3 っぱな　　4 っぽな

13 もしもらう（　　　）、何がほしいですか。

1 としたら　　2 としても　　3 といえば　　4 というなら

問題2　つぎの文の__★__に入る最もよいものを、1・2・3・4から一つえらびなさい。

（問題例）

庭に ____ __★__ ____ ____ います。

1 バラの　　2 が　　3 咲いて　　4 花

（解答の仕方）

1 正しい文はこうです。

庭に ____ __★__ ____ ____ います。
1 バラの　4 花　2 が　3 咲いて

2 ＿★＿に入る番号を解答用紙にマークします。

（解答用紙）

（例）	①②③●

---

14 恐れ ＿＿＿ ＿＿＿ ＿＿＿ ＿★＿ いただけますか。

1 教えて　　2 が　　3 ご住所を　　4 入ります

15 みんな ＿★＿ ＿＿＿ ＿＿＿ ＿＿＿ 決めなさい。

1 合って　　2 で　　3 よく　　4 話し

16 正直 ＿＿＿ ＿＿＿ ＿★＿ ＿＿＿ 嫌いです。

1 本当は　　2 に　　3 言う　　4 と

17 これを ＿＿＿ ＿＿＿ ＿＿＿ ＿★＿ です。

1 今日中に　　2 やる　　3 不可能　　4 なんて

18 姉の ＿＿＿ ＿★＿ ＿＿＿ ＿＿＿ いいです。

1 が　　2 大変です　　3 給料は　　4 仕事は

問題3　つぎの文章を読んで、19から23の中に入る最もよいものを、1・2・3・4から一つえらびなさい。

歯医者さんは怖くない

山田洋子

6月7日の午後、母と歯医者さんへ行きました。奥（※1）にある歯が斜めに生え、

別の歯が **19** 、斜(なな)めに生えている歯を抜かなければなりません。

「山田さん」

と、名前を **20** 。歯医者さんが注射器(ちゅうしゃき)を持ってそばに来たので、 **21** 。

「麻酔(ますい)はちょっと痛いけど、すぐ終わるからね」

と言いました。とても痛くて、涙が出ました。

22 、歯医者さんがペンチ（※2）のようなもので、歯をグリグリ回しました。ぜんぜん痛くありませんでした。ぐいっ、ぐいっ、ぐいっとやっても、なかなか抜けません。最後に思い切り引っぱったら、抜けました。

先生が取れた歯をガーゼ（※3）に包んで、見せてくれました。血で真っ赤でした。帰るとき、母が

「 **23** 」

と言って、頭をなでてくれました。うれしかったです。

（※1）奥(おく)：中に深く入ったところ

（※2）ペンチ：金属(きんぞく)のものを切ったり曲げたりする道具

（※3）ガーゼ：消毒(しょうどく)などに使う柔らかい布

19
1 成長できようが　　2 成長できもせず
3 成長できるものなら　　4 成長できないので

20
1 呼びました　　2 呼ばれました
3 呼んであげました　　4 お呼びしました

21
1 ぶつぶつしました　　2 はきはきしました
3 どきどきしました　　4 どんどんしました

22 1 それから　　2 それなら
3 つまり　　4 いわば

23 1 うまかったね　　2 えらかったね
3 いそがしかったね　　4 かなしかったね

問題4　つぎの文章を読んで、質問に答えなさい。答えは、1・2・3・4から最もよいものを一つえらびなさい。

便秘薬「バナナーナ」について

「バナナーナ」は「おいしくて、効果がある」ので、人気のある便秘薬です。とてもよく効きますが、長く使用すると効かなくなったり、痔（※1）になったりするので、注意しましょう。人によって、おなかが痛くなったり、下痢（※2）になったりすることがあります。1回に3錠以上は飲まないでください。

次の人は、飲んではいけません。妊娠中、または妊娠の可能性のある人、15才以下のお子さん、腎臓病の患者さんなどです。

ところで、便秘を改善するには、野菜や果物など繊維の多いものをたくさん取り、毎日水を1リットル以上飲むことが大事です。また、生活習慣や食事の改善も必要です。

（※1）痔：肛門付近にできる病気
（※2）下痢：便が液状になって出てくること

24 「バナナーナ」は、次のどんな症状に効くか。

1 痔になってしまったとき

2 便が水のようになったとき

3 便が5日以上出ないとき

4 おなかがとてもすいたとき

25 「バナナーナ」が人気なのはどうしてか。

1 効果があるだけでなく、味もいいから。

2 効果があるだけでなく、体にもいいから。

3 痔やダイエットにも効果があるから。

4 高齢者や妊娠中の人も飲めるから。

26 「バナナーナ」のよくない点はどれか。

1 おなかがすくことがある。

2 おなかがくたびれることがある。

3 おなかがいたむことがある。

4 おなかがかわくことがある。

27 ここに書かれていないのは、次のどれか。

1 便秘を治すには、「バナナーナ」を飲むだけでなく、繊維のあるものをたくさん食べることだ。

2 小学生の子どもやおなかの中に子どもがいる女性は、「バナナーナ」を飲んではいけない。

3 毎日水を1リットル以上飲み、繊維をたくさん取れば、ぜったい便秘にならない。

4 「バナナーナ」は1日に2錠飲んでもだいじょうぶだ。

問題5　つぎの文章を読んで、質問に答えなさい。答えは、1・2・3・4から最もよいものを一つえらびなさい。

人はなぜ太るのでしょうか。その理由はとても簡単です。食べたもの（入れたもの）のカロリーと、消費したもの（使ったもの）のカロリーの間に差があり、使いきれないカロリーが脂肪となって太るのです。

それなら、太らないためにはどうしたらいいのでしょうか。その方法も簡単です。消費できる分だけを体に入れればいいのです。もしカロリーをとりすぎてしまったら、その分を消費します。

そこで、太らない体質の作り方について考えてみましょう。食事の調整と運動は欠かせませんが、もっとも大事なのは、規則正しい生活です。とくに、朝食は大事です。食べると、体温が上がります。体温が上がると、エネルギー消費量が増えます。1日の始まりの朝食をとり、燃えやすい体にすることで、太らない体質ができあがるというわけです。

28 太る理由の説明について、正しいのはどれか。

1（使ったカロリー）―（入れたカロリー）＝脂肪
2（食べ物のカロリー）―（消費カロリー）＝脂肪
3（使ったカロリー）＋（入れたカロリー）＝脂肪
4（食べ物のカロリー）＋（消費カロリー）＝脂肪

29 太らないためにはどうしたらいいと言っているか。

1 食べたもののカロリーを、毎日書いておけばいい。
2 朝食だけを食べ、それ以外は食べなければいい。
3 食べたもののカロリーを、使い切ればいい。
4 ぜんぶ消費したあとに、カロリーを入れればいい。

30 「カロリー」ということばを使った文で、正しいのはどれか。

1 この料理はカロリーが高そうだから、やめましょう。

2 パソコンは毎日カロリーをたくさん取る。

3 母は豆腐を焼いて、おいしいカロリーを作った。

4 兄は毎日トレーニングをし、カロリーを増やしている。

31 太らない体質はどうやって作ると言っているか。

1 朝食をたくさん食べて、すぐに運動をすること

2 食べたら、よくねて、規則正しい生活をすること

3 毎日運動をして、体温を上げたままにしておくこと

4 毎日規則正しい生活をし、運動もきちんとすること

32 「朝食は大事」だというその理由は何だと言っているか。

1 朝食をとると体から熱がたくさん出て、エネルギーが消費され、やせやすい体になるから。

2 朝食をとると体が温まり、エネルギー消費量が増えて、太らない体質になるから。

3 朝食を食べると体温が高くなり、体の中の脂肪が燃えて、太れない体質になるから。

4 朝食を食べると体が熱くなり、食べ物がエネルギーになって、運動がしやすくなるから。

33 文章に合った「太らない」生活は、次のどの人のものか。

1 吉田さん「わたしは毎日寝るのが遅いので、11時ごろ起きます。それから朝食と昼食をいっしょに食べます。そのあと、太らないために、2時間くらいトレーニングをします」

2 田中さん「わたしは毎朝7時に起きます。顔を洗って、新聞を読んでから、ごはんを食べます。ちょっと休んでから、犬を連れて散歩に出かけます。8時半に会社へ行きます」

3 鈴木さん「わたしは毎朝6時くらいに起き、1時間くらい走ります。たくさん汗が出て、気持ちがいいです。それからシャワーを浴びて、学校に行きます。朝ごはんは食べません」

4 木村さん「わたしは太りたくないので、食べ物に気を使っています。朝はかならず果物を食べて、ビタミンをとります。会社へは車で行きます。ほとんど歩きません。スポーツは1ヶ月に1回くらいします」

問題6　つぎの文章を読んで、質問に答えなさい。答えは、1・2・3・4から最もよいものを一つえらびなさい。

寒い冬がやってきた。この季節は、大根（※1）がとてもおいしい。

大根にはビタミンCがたくさんあり、消化を助ける酵素が含まれている。そのため、①食べすぎたときや、お酒を飲んだあとに食べるといい。

大根をおいしく食べるには、それぞれの部位を上手に使い分けることだ。②大根の上の部分はやわらかく甘みがあるので、生で食べたほうがいい。真ん中は煮物に向いている。下の部分は辛みが強いので、味噌汁に入れるといい。

ところで、昔の大根には独特の③臭みがあった。そのため、わたしの母は、米を洗ったその汁でゆでてから、料理していた。しかし、最近の大根にはほとんど臭みがない。気になるなら、電子レンジ（※2）で少し加熱すると、臭みが消える。保存するときは、新聞紙で包んで冷暗所におこう。

最後に、④むいていらなくなった大根の皮や葉の部分だが、栄養がたくさんあるので、捨てないで使ってほしい。皮は細切りにして、味噌やしょう油などに漬けて、漬物にするといい。葉はごま油などで炒めると、おいしく食べられる。

（※1）大根：野菜の名前

（※2）電子レンジ：食べ物を温める調理器のこと

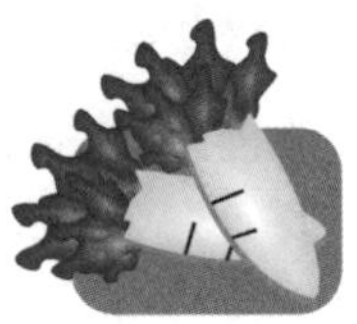

34 ①食べすぎたときや、お酒を飲んだあとに食べるといいとあるが、それはどうしてか。

1 大根（だいこん）にはビタミンCがたくさんあり、お酒などと合わさると肌がきれいになるから。

2 大根（だいこん）の消化酵素（こうそ）が胃腸の働きをよくし、次の日、胃が重く感じるのを防いでくれるから。

3 大根（だいこん）に含まれるビタミンCと消化酵素（こうそ）が、お酒を飲んで気持ちが悪くなるのを抑えるから。

4 大根（だいこん）は消化を助けるため、どんなにたくさん食べても飲んでもぜんぜん太らないから。

35 ②大根（だいこん）の上の部分の料理の仕方で、一番おいしいのはどれか。

1 カレー

2 ラーメン

3 デザート

4 サラダ

36 大根（だいこん）の③臭（くさ）みをとる方法として、昔も今も共通しているのは次のどれか。

1 熱を加えること

2 よく洗うこと

3 よく冷やすこと

4 味噌汁にすること

37 ④むいていらなくなった大根（だいこん）の皮や葉の部分は、どうするのがいいと言っているか。

1 栄養はあるがおいしくないので、皮も葉も捨てたほうがいい。

2 栄養があるので、皮と葉をいっしょに炒めて食べるといい。

3 栄養分が豊富なので、葉は油で炒め、皮は漬物（つけもの）にするといい。

4 栄養がたくさんあるので、葉は漬物（つけもの）にして、皮と身は炒めるといい。

問題7　つぎの文章（ぶんしょう）は、社員旅行に参加する人を募集するための案内である。下の質問に答えなさい。答えは、1・2・3・4から最もよいものを一つえらびなさい。

> 鈴木さんは、会社で募集している旅行に参加したいと考えています。できれば2人の子どもも連れて、3人で行きたいと思っています。子どもは、上の子は10歳で下の子は3歳です。
>
> でも、上の子どもは学校があるので、平日はだめです。それから、7月21日から8月31日までは夏休みですが、7月24日からの一週間は、学校のキャンプに参加しますから、行けません。
>
> 費用は、3人合わせて5万円以内までだいじょうぶです。

38 鈴木さんが参加できるのはどれか。

1 （A）と（C）

2 （B）と（D）

3 （C）と（D）

4 （E）と（H）

39 鈴木さんは、何月何日までに申し込まなければならないか。

1 7月1日

2 7月4日

3 7月7日

4 7月17日

ニコニコ電気社員のみなさん、
いっしょに旅行に行きませんか。

- 場所：行き先は3つあります。希望の場所を選んでください。スケジュールが合えば、いくつ参加してもかまいません。
  東京（1泊2日）
  箱根（1泊2日）
  日光（1泊2日）

- 申込方法：6月17日から7月1日までの間に、申込書に必要なことを書いて、人事部の加藤に渡してください。申込書は、人事部の受付においてあります。

- 説明会：7月7日（木）の午後2時から、社員食堂で、説明会をします。

- 一人分の費用：東京は9,900円、箱根は14,000円、日光は45,000円です。

- 期間：行く日は3つあります。旅行のスケジュールは以下の表を参考にしてください。

参加できる人：

期間／行き先	7月16日（土）、17日（日）	7月28日（木）、29日（金）	8月2日（火）、3日（水）
東京	社員のみ（A）	社員以外も参加できる（B）	社員以外も参加できる（C）
箱根	社員以外も参加できる（D）	社員のみ（E）	社員のみ（F）
日光	社員のみ（G）	社員以外も参加できる（H）	社員のみ（I）

問題用紙

N3

聴解（ちょうかい）

（40分）

注　　意
Notes

1. 試験が始まるまで、この問題用紙を開けないでください。
   Do not open this question booklet until the test begins.
2. この問題用紙を持って帰ることはできません。
   Do not take this question booklet with you after the test.
3. 受験番号（じゅけんばんごう）と名前を下の欄（らん）に、受験票（じゅけんひょう）と同じように書いてください。
   Write your examinee registration number and name clearly in each box below as written on your test voucher.
4. この問題は、全部（ぜんぶ）で11ページあります。
   This question booklet has 11 pages.
5. この問題用紙にメモをとってもいいです。
   You may make notes in the question booklet.

受験番号（じゅけんばんごう）　Examinee Registration Number	

名前　Name	

N3 聴解 解答用紙

受験番号 Examinee Registration Number	

名前 Name	

〈 注意 Notes 〉

1. 黒い鉛筆（HB、No.2）で書いてください。（ペンやボールペンでは書かないでください。）
   Use a black medium soft (HB or No.2) pencil.(Do not use any kind of pen.)
2. 書き直すときは、消しゴムできれいに消してください。
   Erase any unintended marks completely.
3. 汚くしたり、折ったりしないでください。
   Do not soil or bend this sheet.
4. マークれい Marking examples

よいれい Correct Example	わるいれい Incorrect Examples
●	⊘ ◯ ◯ ◯ ◯ ◯ ◯

問題 1				
1	①	②	③	④
2	①	②	③	④
3	①	②	③	④
4	①	②	③	④
5	①	②	③	④
6	①	②	③	④

問題 2				
1	①	②	③	④
2	①	②	③	④
3	①	②	③	④
4	①	②	③	④
5	①	②	③	④
6	①	②	③	④

問題 3				
1	①	②	③	④
2	①	②	③	④
3	①	②	③	④

問題 4			
1	①	②	③
2	①	②	③
3	①	②	③
4	①	②	③

問題 5			
1	①	②	③
2	①	②	③
3	①	②	③
4	①	②	③
5	①	②	③
6	①	②	③
7	①	②	③
8	①	②	③
9	①	②	③

N3 第二回　聽解

問題 1

問題1では、まず質問を聞いてください。それから話を聞いて、問題用紙の1から4の中から、正しい答えを一つ選んでください。

1番 MP3-29

1 スパゲティ

2 お寿司

3 ピラフ

4 お弁当

2番 MP3-30

1 4日の午前

2 4日の午後

3 8日の午前

4 8日の午後

3番 MP3-31

1 リサイクル問題

2 地球の温暖化問題

3 老人問題

4 少子化問題

4番 MP3-32

1 １時5分

2 １時１５分

3 １時３０分

4 １時 ４ 5分

5番 MP3-33

1 図書室

2 売店

3 トイレ

4 職員室

6番 MP3-34

1 自分の思いを親に伝える。

2 台湾と中国に留学する。

3 親の希望する医学部に進む。

4 先生から親に伝えてもらう。

問題 2

問題2では、まず質問を聞いてください。そのあと、問題用紙を見てください。読む時間があります。それから話を聞いて、問題用紙の1から4の中から正しい答えを一つ選んでください。

1番 MP3-35

1 汚れていたから。

2 小さすぎたから。

3 大きすぎたから。

4 他の色にしたいから。

2番 MP3-36

1 韓国

2 上海

3 台湾

4 シンガポール

3番（ばん） MP3-37

1 値段（ねだん）

2 画面（がめん）の大（おお）きさ

3 軽（かる）さ

4 デザイン

4番（ばん） MP3-38

1 市役所（しやくしょ）

2 銀行（ぎんこう）

3 郵便局（ゆうびんきょく）

4 会社（かいしゃ）

5番（ばん） MP3-39

1 店員（てんいん）がかっこよかったから。

2 皇室（こうしつ）の人（ひと）も持（も）っているから。

3 フランスより安（やす）いから。

4 日本（にほん）に1（ひと）つしかないから。

6番 MP3-40

1 服装やバッグに気をつける。

2 化粧を上手にすること。

3 受ける会社のことをよく知る。

4 面接本と同じように話す。

問題3

問題3では、問題用紙に何も印刷されていません。まず話を聞いてください。それから、質問を聞いて、正しい答えを1から4の中から一つ選んでください。

— メモ —

1番 MP3-41

2番 MP3-42

3番 MP3-43

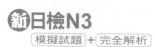

問題4

問題4では、絵を見ながら質問を聞いてください。それから、正しい答えを1から3の中から一つ選んでください。

1番 MP3-44

2番 MP3-45

3番 MP3-46

4番 MP3-47

問題5

問題5では、問題用紙に何も印刷されていません。まず、文を聞いてください。それから、その返事を聞いて、1から3の中から、正しい答えを一つ選んでください。

— メモ —

1番 MP3-48

2番 MP3-49

3番 MP3-50

4番 MP3-51

5番 MP3-52

9番（ばん） MP3-56

N3

第三回模擬試題

問題用紙

N3

言語知識（文字・語彙）

（30分）

注　意
Notes

1. 試験が始まるまで、この問題用紙を開けないでください。
   Do not open this question booklet until the test begins.
2. この問題用紙を持って帰ることはできません。
   Do not take this question booklet with you after the test.
3. 受験番号と名前を下の欄に、受験票と同じように書いてください。
   Write your examinee registration number and name clearly in each box below as written on your test voucher.
4. この問題は、全部で5ページあります。
   This question booklet has 5 pages.
5. 問題には解答番号の①、②、③…が付いています。解答は、解答用紙にある同じ番号のところにマークしてください。
   One of the row numbers ①,②,③…is given for each question. Mark your answer in the same row of the answer sheet.

受験番号　Examinee Registration Number	

名前　Name	

N3 言語知識（文字・語彙） 解答用紙

受験番号 Examinee Registration Number	

名前 Name	

〈 注意 Notes 〉

1. 黒い鉛筆（HB、No.2）で書いてください。（ペンやボールペンでは書かないでください。）
   Use a black medium soft (HB or No.2) pencil.(Do not use any kind of pen.)
2. 書き直すときは、消しゴムできれいに消してください。
   Erase any unintended marks completely.
3. 汚くしたり、折ったりしないでください。
   Do not soil or bend this sheet.
4. マークれい Marking examples

よいれい Correct Example	わるいれい Incorrect Examples
●	⊘ ◎ ○ ◐ ⊜ ⦶ ◌

問題 1				
1	①	②	③	④
2	①	②	③	④
3	①	②	③	④
4	①	②	③	④
5	①	②	③	④
6	①	②	③	④
7	①	②	③	④
8	①	②	③	④
問題 2				
9	①	②	③	④
10	①	②	③	④
11	①	②	③	④
12	①	②	③	④
13	①	②	③	④
14	①	②	③	④
問題 3				
15	①	②	③	④
16	①	②	③	④
17	①	②	③	④
18	①	②	③	④
19	①	②	③	④
20	①	②	③	④
21	①	②	③	④
22	①	②	③	④
23	①	②	③	④
24	①	②	③	④
25	①	②	③	④

問題 4				
26	①	②	③	④
27	①	②	③	④
28	①	②	③	④
29	①	②	③	④
30	①	②	③	④
問題 5				
31	①	②	③	④
32	①	②	③	④
33	①	②	③	④
34	①	②	③	④
35	①	②	③	④

N3 第三回　言語知識（文字・語彙）

問題1　＿＿＿のことばの読み方として最もよいものを、1・2・3・4から一つえらびなさい。

1 みんなで協力して作りましょう。

1 きょうりき　　2 きょうりょく　　3 きょうりゃく　　4 きょうりく

2 たくさん稼いで両親を喜ばせたい。

1 かまいで　　2 かついで　　3 かさいで　　4 かせいで

3 いつか宇宙へ行ってみたい。

1 うちゅう　　2 かちゅう　　3 ゆちゅう　　4 あちゅう

4 東京と比べると、田舎は物価が安い。

1 ぶつか　　2 ぶっか　　3 ものか　　4 もっか

5 あんなに大きな会社が倒産するなんて。

1 だっさんする　　2 たおさんする　　3 とうさんする　　4 ていさんする

6 娘はバイオリンを上手に演奏する。

1 えんざいする　　2 えんざつする　　3 えんぞうする　　4 えんそうする

7 知らない土地で迷子になってしまった。

1 まいご　　2 まよこ　　3 みこ　　4 みちご

8 昨日、近所の家に泥棒が入ったそうです。

1 とろぼう　　2 でんぼう　　3 どろぼう　　4 てんぼう

問題2　＿＿＿のことばを漢字で書くとき、最もよいものを、1・2・3・4から一つえらびなさい。

9 ルール<u>いはん</u>をしてはいけません。

1 遺犯　2 違反　3 反則　4 犯違

10 面接のときに<u>りれきしょ</u>を持って来てください。

1 履歴表　2 履歴証　3 履歴書　4 履歴署

11 <u>おせんされた</u>川をきれいにしたい。

1 排染された　2 感染された　3 除染された　4 汚染された

12 新学期の<u>じかんわり</u>が発表されました。

1 時間表　2 時間割　3 時間分　4 時間程

13 かぜをひいたので病院に行ったら、<u>ちゅうしゃ</u>をされました。

1 打射　2 点滴　3 注滴　4 注射

14 <u>いきもの</u>を殺してはいけません。

1 生き物　2 活き物　3 育き物　4 命き物

問題3　（　　）に入れるのに最もよいものを、1・2・3・4から一つえらびなさい。

15 彼女は顔もいいし、（　　）もいいし、本当にうらやましい。

1.身材　2 体身　3 体形　4 身形

16 この地方は、昔から米作りがたいへん（　　）。

1 盛んだ　2 栄んだ　3 賑んだ　4 豊んだ

17 会議の前までに、資料を（　　）読んでおいてください。

1 ざっと　2 がっと　3 ばっと　4 ずっと

18 今度の週末、（　　）行かない。

1 どこか　2 いつか　3 なんか　4 どうか

19 8時（　　）に学校につきました。

1 たっぷり　2 きっぱり　3 さっぱり　4 ぴったり

20 お客さんが来るから、部屋を（　　）片づけておこう。

1 わざと　2 さらりと　3 きちんと　4 ふんわりと

21 新しいお店は8月に（　　）します。

1 オープン　2 ノック　3 トースト　4 セット

22 このレストランは（　　）いたほどは、おいしくなかった。

1 覚悟して　2 歓迎して　3 期待して　4 予知して

23 （　　）しながら、彼が来るのを待った。

1 からから　2 ぱらぱら　3 わくわく　4 ふらふら

24 彼女は少し変わった（　　）をしている。

1 性格　2 属性　3 能力　4 人物

25 あきらめないで、もう一度（　　）してみたらどうですか。

1 マニュアル　2 ユーモア　3 ポイント　4 チャレンジ

問題4 ＿＿＿に意味が最も近いものを、1・2・3・4から一つえらびなさい。

26 彼女は自分勝手なので、みんなに嫌われている。

1 いじわるな　　2 わがままな　　3 ふまじめな　　4 きれいな

27 ご迷惑をおかけして、申し訳ありませんでした。

1 ありがたい　　2 すみません　　3 ごちそうさま　　4 すばらしい

28 彼女のお母さんはとても品のある女性です。

1 品格な　　2 上品な　　3 気質な　　4 潔白な

29 問題のあるところは、削除してください。

1 へらして　　2 けして　　3 のびて　　4 ころして

30 このホテルでは、すべての部屋から海が見えます。

1 ちっとも　　2 あらゆる　　3 すっかり　　4 ずいぶん

問題5 つぎのことばの使い方として最もよいものを、一つえらびなさい。

31 効く

1 新しいメンバーがチームに効いた。

2 この薬は頭痛によく効きます。

3 時期によって宿泊料金が効きます。

4 コーヒーは胸にかなり効きました。

32 くっつく

1 ズボンにガムがくっついていますよ。

2 入院中の父には、看護の人がくっついている。

3 その病気は完全にはくっつかないだろう。

4 トイレで急いで化粧をくっつけた。

33 おかしい

1 戦争のない、おかしい世界になってほしい。

2 大きな台風のせいで、畑がおかしくなった。

3 この刺身は新鮮で、とてもおかしい。

4 彼の言ってることはおかしいと思う。

34 まもなく

1 気になるなら、本人にまもなく聞いてみたら。

2 子供の写真は、まもなく財布に入れています。

3 何度も練習したので、まもなく成功しました。

4 まもなく英語のテストが始まります。

35 そのうえ

1 ごちそうになって、そのうえお土産までもらってしまった。

2 日本語の先生は好きではない。そのうえ、怖いからだ。

3 彼女はとてもきれいで、そのうえ頭が悪いです。

4 あの店のラーメンはそのうえおいしかったね。

問題用紙

N3

言語知識（文法）・読解

（70分）

注　意
Notes

1. 試験が始まるまで、この問題用紙を開けないでください。
   Do not open this question booklet until the test begins.
2. この問題用紙を持って帰ることはできません。
   Do not take this question booklet with you after the test.
3. 受験番号と名前を下の欄に、受験票と同じように書いてください。
   Write your examinee registration number and name clearly in each box below as written on your test voucher.
4. この問題は、全部で13ページあります。
   This question booklet has 13 pages.
5. 問題には解答番号の①、②、③…が付いています。解答は、解答用紙にある同じ番号のところにマークしてください。
   One of the row numbers ①,②,③…is given for each question. Mark your answer in the same row of the answer sheet.

受験番号　Examinee Registration Number	
名前　Name	

N3 言語知識（文法）・読解　解答用紙

受験番号 Examinee Registration Number	

名前 Name	

〈 注意 Notes 〉

1. 黒い鉛筆（HB、No.2）で書いてください。（ペンやボールペンでは書かないでください。）
   Use a black medium soft (HB or No.2) pencil.(Do not use any kind of pen.)
2. 書き直すときは、消しゴムできれいに消してください。
   Erase any unintended marks completely.
3. 汚くしたり、折ったりしないでください。
   Do not soil or bend this sheet.
4. マークれい　Marking examples

よいれい Correct Example	わるいれい Incorrect Examples
●	⊘ ◒ ◯ ◎ ⊖ ◐ ●

問題 1				
1	①	②	③	④
2	①	②	③	④
3	①	②	③	④
4	①	②	③	④
5	①	②	③	④
6	①	②	③	④
7	①	②	③	④
8	①	②	③	④
9	①	②	③	④
10	①	②	③	④
11	①	②	③	④
12	①	②	③	④
13	①	②	③	④
問題 2				
14	①	②	③	④
15	①	②	③	④
16	①	②	③	④
17	①	②	③	④
18	①	②	③	④
問題 3				
19	①	②	③	④
20	①	②	③	④
21	①	②	③	④
22	①	②	③	④
23	①	②	③	④

問題 4				
24	①	②	③	④
25	①	②	③	④
26	①	②	③	④
27	①	②	③	④
問題 5				
28	①	②	③	④
29	①	②	③	④
30	①	②	③	④
31	①	②	③	④
32	①	②	③	④
33	①	②	③	④
問題 6				
34	①	②	③	④
35	①	②	③	④
36	①	②	③	④
37	①	②	③	④
問題 7				
38	①	②	③	④
39	①	②	③	④

N3 第三回　言語知識（文法）・讀解

問題1　つぎの文の（　　）に入れるのに最もよいものを、1・2・3・4から一つえらびなさい。

1 知らない（　　）、知っているふりをするな。

1 おかげで　2 せいで　3 くせに　4 ために

2 姉は美人なの（　　）、妹はそれほどきれいではない。

1 に対して　2 において　3 によって　4 について

3 母は風邪（　　）で、とてもつらそうです。

1 がち　2 ぎみ　3 がけ　4 ぎり

4 本日は雨天（　　）、試合は中止です。

1 にかけ　2 につれ　3 になり　4 につき

5 私のうちでは、食事の（　　）テレビを見てはいけません。

1 最上に　2 最中に　3 時候に　4 期間に

6 鈴木先生の（　　）、日本語能力試験に合格できました。

1 せいで　2 くせで　3 きりで　4 おかげで

7 妹は休日（　　）、学校へ行きました。

1 ならば　2 なのに　3 なので　4 なりに

8 インターネット（　　）、そのことを知りました。

1 をくわえて　2 をあたって　3 をつうじて　4 をぬいて

9 父が私に本を買って（　　　）。

1 あげました　　2 くれました　　3 もらいました　　4 さしあげました

10 姉は母の顔を見た（　　　）、泣き出しました。

1 とたん　　2 ほどに　　3 うちに　　4 しだい

11 子供の教育問題を（　　　）、妻とけんかになりました。

1 いたって　　2 わたって　　3 あたって　　4 めぐって

12 彼はハンサムな（　　　）でなく、頭もいい。

1 くらい　　2 ばかり　　3 しだい　　4 あたり

13 年をとる（　　　）、忘れっぽくなってきた。

1 にかけて　　2 にわたり　　3 につれて　　4 について

問題2　つぎの文の ＿★＿ に入る最もよいものを、1・2・3・4から一つえらびなさい。

（問題例）

これは ＿＿＿ ＿＿＿ ＿★＿ ＿＿＿ です。

1 薬　　2 頭痛　　3 に　　4 効く

（解答の仕方）

1 正しい文はこうです。

これは ＿＿＿ ＿＿＿ ＿★＿ ＿＿＿ です。 2 頭痛　3 に　4 効く　1 薬

2 ＿★＿に入る番号を解答用紙にマークします。

（解答用紙）

（例）	①②③●

---

14 まずは ＿＿ ＿★＿ ＿＿ ＿＿ が必要です。

1 睡眠　　2 取ること　　3 十分な　　4 を

15 お互いの ＿＿ ＿＿ ＿＿ ＿★＿ 大事です。

1 ことが　　2 立場を　　3 協力する　　4 理解して

16 今回の ＿★＿ ＿＿ ＿＿ ＿＿ と思いますか。

1 責任が　　2 誰に　　3 事故は　　4 ある

17 みなさん ＿＿ ＿＿ ＿＿ ＿★＿ 忘れません。

1 けっして　　2 は　　3 こと　　4 の

18 それ ＿★＿ ＿＿ ＿＿ ＿＿ よかったです。

1 くらいの　　2 けが　　3 済んで　　4 で

問題3　つぎの文章を読んで、19から23の中に入る最もよいものを、1・2・3・4から一つえらびなさい。

仕事は楽しい

中山和男

わたしは去年の2月に会社を辞めて、今はお店を経営しています。自分**19**

作った革(かわ)製品を売っているのです。畳(たたみ)4つ分くらいの、とても小さなお店です。お店を始めた **20** のころは、お客さんはほとんど来ませんでした。でも、雑誌で紹介されてから、毎日たくさんのお客さんが **21** 。今は、アルバイトの女の子を雇って、お店を任せています。わたしは、注文(ちゅうもん)（※1）を受けた商品を作るので、忙しいからです。

先週、アメリカ人のお客さんが来て、バッグを8つも注文してくれました。来月、アメリカに帰る前にほしいそうです。それで、最近はごはんを食べる時間と眠る時間を **22** 作っています。

仕事はたいへんですが、自分の作ったものを使ってもらえるのは、とてもうれしいことです。それに、好きなことをやっているので、少しも **23**。

（※1）注文(ちゅうもん)：品物(しなもの)の製作などを頼むこと

19 1 に　　2 で　　3 は　　4 と

20 1 さえ　　2 まで　　3 ところ　　4 ばかり

21 1 来るようになりました　　2 来ないようになりました
3 来ることになりました　　4 来ないおそれになりました

22 1 増やして　　2 減らして　　3 高めて　　4 低めて

23 1 たのしくないです　　2 つらくないです
3 わるくないです　　4 ひどくないです

問題4　つぎの文章を読んで、質問に答えなさい。答えは、1・2・3・4から最もよいものを一つえらびなさい。

ごみの出し方について

最近、「ごみの回収（※1）日」以外に、ごみを出す人がいます。それから、分類しないで出す人もいます。「燃えるごみ」と「燃えないごみ」の分類だけでなく、細かい分類方法があります。管理人室にごみの分け方を書いたポスターがありますので、必要な人はもらいに来てください。ハッピーマンションはみんなの場所です。みんなで規則を守り、楽しく暮らしましょう。

ごみは次のように出してください。

一）毎週火曜日と木曜日、土曜日が「燃えるごみ」の日です。「燃えないごみ」は水曜日に出してください。

二）ごみを回収する時間は朝8時半です。それまでに指定の場所に出しておいてください。朝5時より前に出してはいけません。

三）食べ物が入っていた容器などは、まず水でよく洗い、乾かしてから、透明の袋に入れて出してください。

四）いらなくなった新聞や雑誌などは、ひもでしばって出してください。袋には入れないでください。

五）いらなくなった服は透明の袋に入れて、中が見えるように出してください。汚れているものは、洗って乾かしてから、出してください。

六）洗ってもきれいにならない服は、「燃えるごみ」に出してください。

ハッピーマンション管理人

杉田

（※1）回収：集めること

24 ここに書かれている問題点について、正しいのはどれか。

1 「燃えるごみ」と「燃えないごみ」を同じ場所に出す人がいる。

2 ごみの回収時間を過ぎてから出す人がいる。

3 ごみの細かい分類を守らないで出す人がいる。

4 指定されていない場所に、ごみを出す人がいる。

25 「ごみの回収」について、正しくないのはどれか。

1 「燃えるごみ」は火曜日と木曜、土曜日に出します。

2 毎週の水曜日が「燃えないごみ」の日です。

3 ごみは朝8時半になったら、指定の場所におきます。

4 「ごみの回収日」の前の夜にごみを出してはいけません。

26 新聞や雑誌の出し方で、正しいのはどれか。

1 透明の袋などに入れて出す。

2 ひもなどでしばってから出す。

3 よく洗って乾かしてから出す。

4 ひもでしばって袋に入れて出す。

27 ここに書かれているものとちがうのは、次のどれか。

1 いらなくなった服は透明の袋に入れて出すが、汚れが落ちないものは水曜日に出す。

2 ごみは朝8時半までに指定の場所に出しておかなければならない。

3 汚れている服や容器はよく洗って乾かしてから、透明の袋に入れて出す。

4 「燃えるごみ」は土曜日だけでなく、火曜日と木曜日も出すことができる。

問題5　つぎの文章を読んで、質問に答えなさい。答えは、1・2・3・4から最もよいものを一つえらびなさい。

今年の冬はいつもよりかなり寒いです。そのうえ、電力不足のために節電しなければならないので、電気をたくさん使うことができません。それで、最近ある商品がとても売れています。今日はそのうちの二つをご紹介しましょう。

一つは「湯たんぽ」です。容器に熱いお湯を入れて、タオルで包んで使います。子どものときに、祖母の家で使ったことがありますが、わたしの家にはありません。でも先週、友達にすすめられて買ってみました。それを抱いて寝ると、体がぽかぽかしてとてもよく眠れます。電気がなくても、ぜんぜん寒くありません。

それからもう一つは、YAMADAの「しょうが（※1）蜂蜜漬け」です。これは、しょうがを蜂蜜に漬けたもので、お湯に入れて飲みます。しょうがは体をあたためてくれるだけでなく、いい香りがします。それに、甘い蜂蜜がたっぷり入っていて、とてもおいしいです。他社のものと比べると、YAMADAのものはしょうがの苦味がないのがいいです。保存料が入っていないのも、人気の理由だそうです。

毎日寒くて眠れない人には、この二つをおすすめします。

（※1）しょうが：独特の香りと苦味があり、香辛料に使われる

28 今年の冬はどうだと言っているか。

1 いつもと比べて気温が非常に低い。

2 いつもと比べてちょっとだけ寒い。

3 去年よりはだいぶ寒いが、おとどしほどではない。

4 毎年この季節は今年と同じくらい気温が低い。

29 電気をたくさん使うことができないのはどうしてだと言っているか。

1 電気をたくさん使うと、電気代が高くなって払えないから。

2 日本の電力会社の数が不足しているので、電気がないから。

3 今年はいつもよりとても寒いので、みんなが電気をたくさん使っているから。

4 日本の電気が足りないので、電気を節約しなければならないから。

30 「湯たんぽ」のいい点はどんなところだと言っているか。

1 祖母の家で使っていたので、祖母を思い出せること

2 値段が安くて、電気代もほとんどいらないこと

3 電気がなくても、あたたかくてよく眠れること

4 電気が不要で、水をいれるだけであたたかくなること

31 「湯たんぽ」を使うときほかに必要なものは何だと言っているか。

1 熱いお湯とタイヤなど

2 熱いお湯と包むもの

3 タイプと熱いお湯

4 たたむものと熱いお湯

32 しょうがのいい点は何だと言っているか。

1 体をあたためてくれるほかに、ちょっと苦くておいしいところ

2 いい匂いがするだけでなく、体をぽかぽかにしてくれるところ

3 お湯に入れると溶けて、体をあたためてくれるところ

4 甘くていい香りがし、体をひやしてくれるところ

33 YAMADAの「しょうが蜂蜜(はちみつ)漬(づ)け」のいい点は何だと言っているか。

1 他社のものと比べてしょうがの味と香りが少なくて、飲みやすいこと

2 他の会社のものと異なり、しょうゆが入っていてご飯に合うこと

3 他社の商品には保存料がたくさん入っているのに、YAMADAのものには少ししか入っていないこと

4 他社の商品とちがって苦味がないことと、保存料が使われていないこと

問題6　つぎの文章（ぶんしょう）を読んで、質問に答えなさい。答えは、1・2・3・4から最もよいものを一つえらびなさい。

わたしは半年後に結婚する。それで今「花嫁学校」というところで、料理や洗たく、掃除の仕方などを学んでいる。授業の中に①「おばあちゃんの知恵」という科目がある。そこでは、昔からあるお年寄りの知恵を使って、上手に生活する方法を学ぶ。簡単なうえ、ドライヤーや②調味料など家にあるものでできる。その一部を紹介しよう。

（一）靴下の汚れを落とす：

洗たく機で洗っても落ちない汚れの場合、歯ブラシに歯みがき粉をつけてこする。それでも落ちない場合は、靴下の中にビー玉（※1）を5個ぐらい入れ、それを洗たくネット（※2）に入れてから洗たく機で洗う。

（二）ジーンズの色が落ちるのを防ぐ：

塩水に30分ほど浸（つ）けてから洗う。これは、黒や赤など色の濃い服にも効果がある。

（三）新聞紙で窓ガラスをふく：

まず、ぬらした新聞紙でガラスの汚れを取り、次に乾いた新聞紙でふく。すると、窓ガラスはピカピカになる。

（四）シール（※3）を上手にはがす：

ドライヤーで温風（おんぷう）を当てると、熱でシールが浮いてはがれやすくなる。

（五）蚊（か）を避ける：

③みかんの皮の汁を皮膚（ひふ）にこすりつけると、蚊（か）が寄って来なくなる。蚊（か）はみかんの皮に含まれている成分が苦手なのだ。

今はお金を出せば、何でも買える便利な時代だ。でも昔の人はお金を使わなくても、家にあるものを工夫して暮らしていた。④わたしも未来の旦那さまのために、賢い奥さんになりたいと思っている。

第三回模擬試題 ≫ 言語知識（文法）・讀解

（※1）ビー玉：ガラス玉、子供が遊んだりするのに使われる

（※2）洗たくネット：洗たくするものを入れる網

（※3）シール：seal、表面に絵や文字を印刷したのり付きの紙

34 ①「おばあちゃんの知恵」という科目とあるが、それについて正しく説明しているのはどれか。

1 学生それぞれが、自分のおばあちゃんから聞いた知恵を発表し、上手に生活する方法を話し合う。

2 学校の中で、お年寄りといっしょに生活しながら、料理と洗たくの仕方を教えてもらう。

3 おばあちゃんが花嫁さんだったときの話を聞きながら、上手に生活する方法を学ぶ。

4 先生から昔の人の知恵を教えてもらい、家にあるものを上手に工夫し生活する方法を学ぶ。

35 ②調味料など家にあるものでできるとあるが、「調味料」でできるものは文章（ぶんしょう）の中のどれか。

1 （二）

2 （三）

3 （二）と（四）

4 （四）と（五）

36 ③みかんの皮の汁を皮膚（ひふ）にこすりつけると、蚊（か）が寄って来なくなるとあるが、それはどうしてか。

1 蚊（か）はみかんの皮に含まれている成分を気に入っているから。

2 蚊（か）はみかんの皮の中にある成分が嫌いだから。

3 蚊（か）はみかんの皮の匂いと色が苦手だから。

4 蚊（か）はみかんの皮に触れるとかゆくなるから。

37 ④わたしも未来の旦那さまのために、賢い奥さんになりたいと思っているとあるが、ここで言いたいことはどんなことか。

1 たくさん勉強して頭のいい奥さんになり、未来の旦那さまにほめられたい。

2 お金をたくさん貯めて、未来の旦那さまのために家を買ってあげたい。

3 お金をむだにしないで、家の中にあるものを利用して上手に生活したい。

4 わたしの未来の旦那さまはとても賢いので、わたしも賢くなりたい。

問題7　つぎの文章（ぶんしょう）は、英会話スクールで英語の歌を学ぶ人を募集するための案内である。下の質問に答えなさい。答えは、1・2・3・4から最もよいものを一つえらびなさい。

> 木村さんは大学の授業のほかに、英会話スクールで中級以上の英語を勉強したいと考えています。それと、英語の歌も学びたがっています。歌は、The（ザ） Beatles（ビートルズ）など昔、流行した歌が好きです。でも、最近の流行の歌にも興味があります。
>
> 木村さんの大学の授業は9時半から6時までです。週末は休みです。毎週火曜日と金曜日は授業がありません。でも、金曜日は朝8時から夜5時までアルバイトをしてるので、忙しいです。

38 木村さんが、とることのできるクラスはどれか（木村さんの希望条件に合ったクラスだけ）。

1 （A）と（C）と（G）

2 （B）と（E）と（H）

3 （C）と（F）と（H）

4 （D）と（F）と（G）

39 木村さんが、授業料の全部を払い終わるのはいつか。

1 申し込んだ日

2 6月1日

3 最初の授業の日

4 お金がたくさんある日

英語を学んで、世界の人と友達になりませんか。

- 期間：夏のコース（7月5日～8月30日）
- 場所：青山John英会話スクール
- 先生：先生はみんなアメリカ人です。日本語が上手な先生もたくさんいます。昔は歌手だったという先生もいて、歌ったりゲームをしたりしながら、楽しく勉強できます。経験がたくさんある先生ばかりですので、安心です。
- 申込と授業料：6月1日から6月30日までの間に、学校の受付で申し込んでください。そのとき授業料の半分を先に払い、残りは授業の1日目に先生に渡してください。
- 教科書：先生によってちがいます。授業の1日目に先生から買ってください。先生によっては、教科書を使わない場合もあります（「英語の歌」のクラスは、先生がプリントを用意します）。
- クラスの数：みんなでいっしょに勉強する「グループクラス」と、先生と二人だけで勉強する「個人クラス」があります。人数が多ければ多いほど、授業料は安くなります。
- 夏のコースの時間割：○がついているところだけ、申し込むことができます。

クラス名	曜日	早朝（6時30分～8時）	午前（10時30分～12時）	午後（14時～15時30分）	夜（19時30分～21時）
(A) 基礎英語	火	○	○	○	○
(B) 初級英語	月・水		○	○	○
(C) 中級英語	水				○
(D) 上級英語	金	○		○	
(E) 英会話1（初級）	木		○		
(F) 英会話2（中級以上）	土・日	○		○	○
(G) 英語の歌1	金	○	○	○	
(H) 英語の歌2	月	○			○

【注意】

▹2のほうが1より難しいです。

▹「英語の歌1」は新しい歌を練習します。

▹「英語の歌2」は古い歌を練習します。

問題用紙

N3

ちょうかい
聴解

（40分）

注　　意
Notes

1. 試験が始まるまで、この問題用紙を開けないでください。
   Do not open this question booklet until the test begins.
2. この問題用紙を持って帰ることはできません。
   Do not take this question booklet with you after the test.
3. 受験番号(じゅけんばんごう)と名前を下の欄(らん)に、受験票(じゅけんひょう)と同じように書いてください。
   Write your examinee registration number and name clearly in each box below as written on your test voucher.
4. この問題は、全部(ぜんぶ)で11ページあります。
   This question booklet has 11 pages.
5. この問題用紙にメモをとってもいいです。
   You may make notes in the question booklet.

受験番号(じゅけんばんごう)　Examinee Registration Number	

名前　Name	

N3 聴解　解答用紙

受験番号 Examinee Registration Number	

名前 Name	

〈 注意　Notes 〉

1. 黒い鉛筆（HB、No.2）で書いてください。（ペンやボールペンでは書かないでください。）
   Use a black medium soft (HB or No.2) pencil.(Do not use any kind of pen.)
2. 書き直すときは、消しゴムできれいに消してください。
   Erase any unintended marks completely.
3. 汚くしたり、折ったりしないでください。
   Do not soil or bend this sheet.
4. マークれい　Marking examples

よいれい Correct Example	わるいれい Incorrect Examples
●	⊘ ◡ ◯ ⓪ ⊖ ⦶ ●

問題 1				
1	①	②	③	④
2	①	②	③	④
3	①	②	③	④
4	①	②	③	④
5	①	②	③	④
6	①	②	③	④

問題 2				
1	①	②	③	④
2	①	②	③	④
3	①	②	③	④
4	①	②	③	④
5	①	②	③	④
6	①	②	③	④

問題 3				
1	①	②	③	④
2	①	②	③	④
3	①	②	③	④

問題 4			
1	①	②	③
2	①	②	③
3	①	②	③
4	①	②	③

問題 5			
1	①	②	③
2	①	②	③
3	①	②	③
4	①	②	③
5	①	②	③
6	①	②	③
7	①	②	③
8	①	②	③
9	①	②	③

N3 第三回　聽解

問題 1

問題1では、まず質問を聞いてください。それから話を聞いて、問題用紙の1から4の中から、正しい答えを一つ選んでください。

1番 MP3-57

1 おでんの屋台

2 焼き鳥の屋台

3 ラーメン屋

4 ほかの飲み屋

2番 MP3-58

1 月曜日

2 木曜日

3 金曜日

4 土曜日

3番（ばん） MP3-59

1 映画（えいが）を見（み）に行（い）く。

2 急（いそ）いで家（うち）に帰（かえ）る。

3 会議（かいぎ）の資料（しりょう）を作（つく）る。

4 資料（しりょう）をコピーする。

4番（ばん） MP3-60

1 父（ちち）

2 母（はは）

3 祖父（そふ）

4 祖母（そぼ）

5番（ばん） MP3-61

1 3時（さんじ）

2 4時（よじ）

3 4時半（よじはん）

4 5時（ごじ）

6番（ばん） MP3-62

1 パイナップルケーキを食（た）べる。

2 明日（あした）の会議（かいぎ）の資料（しりょう）を準備（じゅんび）する。

3 カラスミを冷蔵庫（れいぞうこ）に入（い）れる。

4 中華街（ちゅうかがい）に食材（しょくざい）を買（か）いに行（い）く。

問題 2

問題2では、まず質問を聞いてください。そのあと、問題用紙を見てください。読む時間があります。それから話を聞いて、問題用紙の1から4の中から正しい答えを一つ選んでください。

1番 MP3-63

1 今日

2 明日

3 あさって

4 しあさって

2番 MP3-64

1 トマト

2 きゅうり

3 キャベツ

4 だいこん

3番 MP3-65

1 バスに乗ってから、電車に乗ります。

2 電車を乗り換えて行きます。

3 電車に乗ってから、歩いて行きます。

4 バスを乗り換えて、電車に乗ります。

4番 MP3-66

1 言葉づかいが悪いことについて

2 敬語がうまく使えないことについて

3 笑顔が足りないことについて

4 水の取り替え方について

5番 MP3-67

1 チケットを友だちにあげる。

2 和子ちゃんと映画を見に行く。

3 岡本くんとサッカーを見に行く。

4 チケットを金券ショップで売る。

6番(ばん) MP3-68

1 ダイエット中(ちゅう)だから。

2 体(からだ)によくないから。

3 食感(しょっかん)が苦手(にがて)だから。

4 匂(にお)いが嫌(きら)いだから。

問題3

問題3では、問題用紙に何も印刷されていません。まず話を聞いてください。それから、質問を聞いて、正しい答えを1から4の中から一つ選んでください。

— メモ —

1番 MP3-69

2番 MP3-70

3番 MP3-71

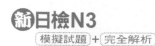

問題4

問題4では、絵を見ながら質問を聞いてください。それから、正しい答えを1から3の中から一つ選んでください。

1番 MP3-72

2番 MP3-73

3番（ばん） MP3-74

4番（ばん） MP3-75

第三回模擬試題 ≫ 聽解

もんだい
問題5

問題5では、問題用紙に何も印刷されていません。まず、文を聞いてください。それから、その返事を聞いて、1から3の中から、正しい答えを一つ選んでください。

— メモ —

1番 MP3-76

2番 MP3-77

3番 MP3-78

4番 MP3-79

5番 MP3-80

7番 MP3-82

8番 MP3-83

9番 MP3-84

N3

模擬試題解答、翻譯與解析

N3 模擬試題　第一回

考題解答

言語知識（文字・語彙）

問題1（每小題各1分）

1 3　2 2　3 4　4 2　5 4　6 1　7 3　8 4

問題2（每小題各1分）

9 2　10 4　11 4　12 3　13 4　14 1

問題3（每小題各1分）

15 1　16 2　17 1　18 3　19 2　20 1　21 2　22 1　23 3　24 1
25 4

問題4（每小題各1分）

26 1　27 2　28 3　29 4　30 4

問題5（每小題各1分）

31 3　32 1　33 1　34 3　35 1

言語知識（文法）・讀解

問題1（每小題各1分）

1 1　2 3　3 2　4 2　5 4　6 4　7 2　8 2　9 4　10 1
11 4　12 3　13 2

問題2（每小題各1分）

14 4　15 4　16 3　17 2　18 1

問題3（19為1分。20～23，每小題各1.5分）

19 2　　20 1　　21 2　　22 4　　23 2

問題4（每小題各3分）

24 2　　25 1　　26 2　　27 4

問題5（每小題各4分）

28 3　　29 2　　30 2　　31 2　　32 2　　33 1

問題6（每小題各4分）

34 4　　35 2　　36 4　　37 3

問題7（每小題各4分）

38 1　　39 3

註1：「言語知識（文字・語彙）」測驗問題1～問題5，與「言語知識（文法）・讀解」測驗問題1～問題3合併計分，「言語知識」科目滿分為60分。

註2：「言語知識（文法）・讀解」測驗問題4～問題7為「讀解」科目，滿分為60分。

◎自我成績統計

測驗	問題	小計	總分	科目
言語知識（文字・語彙）	問題1	/8	/60	言語知識（文字・語彙・文法）
	問題2	/6		
	問題3	/11		
	問題4	/5		
	問題5	/5		
言語知識（文法）・讀解	問題1	/13		
	問題2	/5		
	問題3	/7		
	問題4	/12	/60	讀解
	問題5	/24		
	問題6	/16		
	問題7	/8		

聽解

問題1（每小題各2分）

1番 4

2番 3

3番 2

4番 1

5番 2

6番 1

問題2（每小題各2分）

1番 4

2番 2

3番 3

4番 3

5番 1

6番 2

問題3（每小題各2分）

1番 4

2番 1

3番 2

問題4（每小題各3分）

1番 2

2番 1

3番 1

4番 3

問題5（每小題各2分）

1番 1

2番 1

3番 2

4番 2

5番 3

6番 2

7番 1

8番 2

9番 2

註1：「聽解」科目滿分為60分。

◎自我成績統計

科目	問題	小計	總分
聽解	問題1	/12	/60
	問題2	/12	
	問題3	/6	
	問題4	/12	
	問題5	/18	

考題解析

言語知識（文字・語彙）

問題1　＿＿＿のことばの読み方として最もよいものを、1・2・3・4から一つえらびなさい。（有關＿＿＿的語彙的唸法，請從1・2・3・4裡面，選出一個最好的答案。）

1　これを縮小してコピーしてください。

1.ちぢしょう　2.しゃくしょう　**3.しゅくしょう**　4. しょくしょう

中譯　請把這個縮小後影印。

解析　正確答案選項3的「縮小する」為「動詞」，意為「縮小」。相似的單字「縮める」（使縮小），發音不同，為「訓讀」唸法，要小心。其餘選項中，選項1無此字；選項2亦無此字；選項4可為「食傷」（食物中毒、吃膩）或是「職掌」（職務），但均非N3範圍的單字。

2　迷惑メールはすでに削除しました。

1.さくちょ　**2.さくじょ**　3.しゃくちょ　4.しゃくじょ

中譯　垃圾郵件已經刪除了。

解析　正確答案選項2的「削除する」為「動詞」，意為「刪除」。其餘選項均非常用漢字，不需背誦。

3　新製品の予約注文は予想をだいぶ上回った。

1.うえめいった　2.うえまわった　3.うわめいった　**4.うわまわった**

中譯　新產品的預約訂單比想像中多很多。

解析　正確答案選項4的「上回る」為「動詞」，意為「超過、超出」。此字為「訓讀」唸法，乃「言語知識」科目中常見考題，甚至也會出現在「讀解」、「聽解」科目的考題中，請熟記。其餘選項均為陷阱，不需理會。

4　玄関で靴を脱いでから、上がってください。

1.げんせき　**2.げんかん**　3.けんせき　4.けんかん

中譯　請在玄關脫鞋後再上來。

解析　正確答案選項2的「玄関」（玄關）為常見生活單字，請熟記。其餘選項中，選項1

為「原籍」（原籍）；選項3為「譴責」（譴責）；選項4為「顕官」（高官），均非N3範圍的單字。

5 週末、母といっしょに<u>素手</u>で草むしりをしました。

1.そて　　2.すて　　3.そで　　**4.すで**

中譯 週末，和媽媽一起赤手拔了草。

解析 「素」這個漢字，有「素敵」（極好的）的「素」、「素朴」（樸素）的「素」等重要唸法；而「手」這個漢字，有「手作り」（手工製）的「手」、「手術」的「手」等重要唸法。無論如何，正確答案選項4的「素手」（光著手、赤手空拳）為特殊唸法，只能背下來。至於其他選項，選項3為「袖」，意為「袖子」；選項1和選項3，無此字。

6 風邪をひいて<u>寒気</u>がします。

1.さむけ　　2.かんけ　　3.かんき　　4.さむき

中譯 感冒發冷。

解析 正確答案選項1的「寒気」，意為「發冷」。「寒気がする」為固定用法，意為「渾身發冷」，請牢記。其餘選項中，選項2為「管家」（管家）；選項3可為「換気」（換氣）、「歓喜」（歡喜）等多種意思；選項4，無此字。

7 今ごろ<u>後悔</u>しても遅いです。

1.こうざん　　2.こうさん　　**3.こうかい**　　4.こうめい

中譯 現在後悔，為時已晚。

解析 正確答案選項3的「後悔」，意為「後悔」。其餘選項中，選項1「高山」意為「高山」；選項2可為「公算」（可能性）、「降参」（投降）、「鉱産」（礦產）；選項4可為「公明」（公正、光明）、「高名」（著名、有名）等。

8 地震による<u>被害</u>が拡大しています。

1.こうはい　　2.こうがい　　3.ひはい　　**4.ひがい**

中譯 地震的受害擴大中。

解析 正確答案選項4的「被害」（被害、受害）為年年必考單字，請熟記。其餘選項中，選項1「後輩」意為「學弟妹、晚輩」；選項2可為「郊外」（郊外）或「公害」（公害）等；選項3，無此字。

問題2　＿＿＿のことばを漢字で書くとき、最もよいものを、1・2・3・4から一つえらびなさい。（用漢字書寫＿＿＿的語彙的時候，請從1・2・3・4裡面，選出一個最好的答案。）

9 年内は休まず<u>えいぎょう</u>します。

1.営商　　2.営業　　3.商業　　4.販商

中譯 營業全年無休。

解析 正確答案為選項2「営業」，意為「營業」。其餘選項中，選項1，無此字；選項3為「商業」（商業）；選項4為「販商」（賣商品的人、商人）。N3的範圍，本題僅先記住選項2和3的單字即可。

10 先生が私を<u>すいせん</u>してくれました。

1.推宣　　2.薦選　　3.出選　　4.推薦

中譯 老師幫忙推薦了我。

解析 正確答案為選項4「推薦」，意為「推薦」。選項1、2、3，無此字。

11 鈴木くんがまた問題を<u>おこした</u>そうです。

1.作こした　　2.発こした　　3.行こした　　4.起こした

中譯 聽說鈴木同學又出問題了。

解析 正確答案為選項4動詞「起こす」的過去式「起こした」，意為「引起了」。選項1、2、3，無此字。

12 送料はこちらで<u>ふたん</u>します。

1.付任　　2.付担　　3.負担　　4.負任

中譯 運費由我們這邊負擔。

解析 正確答案為選項3「負担」，意為「負擔」。選項1、2、4，無此字。

13 自分一人で<u>はんだん</u>しないほうがいいです。

1.決断　　2.診断　　3.行断　　4.判断

中譯 不要自己一個人判斷比較好。

解析 正確答案為選項4「判断」，意為「判斷」。其餘選項中，選項1為「決断」（決斷）；選項2為「診断」，意為「診斷」；選項3，無此字。

14 割れやすいので、ていねいにあつかってください。

1.扱って　　2.操って　　3.洗って　　4.拭って

中譯 由於容易破，所以請小心處理。

解析 正確答案選項1「扱って」是動詞「扱う」的「て形」，意為「操作、處理、對待」。其餘三個選項，亦為動詞的「て形」。選項2的「操る」，意為「掌握、操縱」；選項3的「洗う」，意為「洗滌」；選項4的「拭う」，意為「擦拭」。N3的範圍，本題僅先記住選項1和3的單字即可。

問題3 （　　　）に入れるのに最もよいものを、1・2・3・4から一つえらびなさい。（請從1・2・3・4裡面，選出一個放進（　　　）中最好的答案。）

15 広告を出したら、（　　　）電話がかかってきた。

1.早速　　2.相当　　3.一層　　4.即席

中譯 廣告一出來，電話立刻就打了過來。

解析 選項1「早速」為「副詞」，意為「立刻、馬上」。選項2「相当」當「副詞」用時，意為「相當、頗為」；選項3「一層」為「副詞」，意為「越發、更加」；選項4「即席」為「名詞」，意為「即席、當場」。根據句意，因為是「電話打了過來」，所以只能選擇副詞用法的選項1。

16 彼女はアメリカで育ったから、英語が（　　　）です。

1.すらすら　　2.ぺらぺら　　3.ふらふら　　4.いらいら

中譯 因為她是在美國長大的，所以英文很流利。

解析 本題考「擬聲擬態語」。選項1「すらすら」意為「流利、順利」，多用來形容「事情進行得順利」；選項2「ぺらぺら」意為「流利」，多用來形容「語言說得好」；選項3「ふらふら」意為「搖搖晃晃」，多用來形容「步履蹣跚」或是「外出蹓躂」；選項4「いらいら」意為「著急」，多用來形容「心理的狀態」。根據句意，最佳的答案為選項2。

17 あそこにサングラスをかけた（　　　）人がいる。

1.あやしい　　2.うすぐらい　　3.きつい　　4.くわしい

中譯 那裡有個戴著太陽眼鏡的怪人。

解析 本題考「イ形容詞」。選項1「あやしい」漢字為「怪しい」，意為「奇怪、可疑的」；選項2「うすぐらい」漢字為「薄暗い」，意為「微暗的」；選項3「きつい」意為「嚴厲、累人的」；選項4「くわしい」漢字為「詳しい」，意為「詳細的」。以上四個イ形容詞，雖皆可直接修飾名詞「人」（人），但根據句意，正確答案只有選項1。

18 電話がつながらないので、相手の（　　）が分かりません。

1.条件　　2.場面　　**3.状況**　　4.行動

中譯 由於電話不通，所以不知道對方的狀況。

解析 本題考「名詞」。選項1「条件」意為「條件」；選項2「場面」意為「場面、場所、地方」；選項3「状況」意為「狀況」；選項4「行動」意為「行動」。本句只要了解動詞「繋がらない」意為「無法接通」，便能知道正確答案為選項3。

19 連絡がとれないので心配しました。でも、（　　）でよかったです。

1.安事　　**2.無事**　　3.没事　　4.平事

中譯 因為無法取得聯繫擔了心。但是，平安無事太好了。

解析 正確答案選項2的「無事」，意為「平安、太平無事」。其餘選項，均為不存在的字。

20 合格発表を待つときは（　　）しました。

1.どきどき　　2.ぎりぎり　　3.ばらばら　　4.にこにこ

中譯 等待合格發表時，心怦怦地跳。

解析 本題考「擬聲擬態語」。選項1「どきどき」意為「心撲通撲通地跳」，多用於「心情上的緊張」；選項2「ぎりぎり」意為「極限」，多用於「時間或空間上的緊迫」；選項3「ばらばら」意為「分散、七零八落」，多用於「家庭或東西的分散各處」；選項4「にこにこ」意為「笑瞇瞇」，用在「表情上」。因為等待發表的心情一定是緊張的，所以正確答案為選項1。

21 週末は家で（　　）したいです。

1.すっきり　　**2.のんびり**　　3.うっかり　　4.がっかり

中譯 週末想在家悠閒地度過。

解析 本題考答案外型相似的「副詞」。選項1「すっきり」多指「心情上的舒暢、暢快」；選項2「のんびり」意為「舒適、悠閒地」；選項3「うっかり」意為「馬虎、不留神地」；選項4「がっかり」意為「失望、灰心地」。因為是週末，想必是想輕鬆度過，所以正確答案為選項2。

22 これは弟が心を（　　）作ったプレゼントです。

1.こめて　　2.いれて　　3.つれて　　4.ためて

中譯 這是弟弟用心做的禮物。

解析「込める」有「裝填、集中、傾注、包含在內」等多重意義，「心を込める」為固定用法，意為「誠心誠意」，所以正確答案為選項1。

23 最近、体の（　　）はいかがですか。

1.都合　　2.機能　　3.調子　　4.事態

中譯 最近身體的狀況如何呢？

解析 本題考意思相近的「名詞」。選項1「都合」意為「某種關係、理由、情況」，多用於「時間或金錢上的狀況」；選項2「機能」意為「機能、功能」；選項3「調子」意為「狀況、情況」，可用於「身體的狀況」、「工作的順利與否」、「機械的運轉情況」等，故為正確答案；選項4「事態」意為「事情的事態、局勢」。此題四個選項的中文意義非常相似，是容易搞錯的題目，請小心。

24 ご飯を食べたあと眠くなるのは、（　　）ことです。

1.自然な　　2.天然な　　3.適当な　　4.確かな

中譯 飯後會想睡是很自然的事。

解析 四個選項都是「ナ形容詞」，接續名詞時要加上「な」。選項1「自然な」意為「自然的」；選項2「天然な」意為「天然、天生的」；選項3「適当な」意為「適當、合適的」；選項4「確かな」意為「確實、可靠的」。根據句意，選項1為最佳答案。

25 きのうは（　　）眠れましたか。

1.どっきり　　2.じっくり　　3.がっかり　　4.ぐっすり

中譯 昨天睡得好嗎？

解析 本題考答案外型相似的「副詞」。四個選項均為「副詞」，用來修飾動詞「眠れる」（能睡著）。選項1「どっきり」意為「嚇一跳、吃一驚」；選項2「じっくり」意為「沉著、穩當地」；選項3「がっかり」意為「失望、灰心地」；選項4「ぐっすり」意為「熟睡、酣睡地」。由於是問別人的睡眠狀況，所以正確的答案為選項4。

問題4 ＿＿＿に意味が最も近いものを、1・2・3・4から一つえらびなさい。

（請從1・2・3・4裡面，選出一個和＿＿＿意思最相近的答案。）

26 掃除したばかりだから、床がきれいです。

1.ぴかぴか　2.からから　3.するする　4.ぼつぼつ

中譯 因為剛打掃好，所以地板很乾淨。

解析 本題考「擬聲擬態語」。選項1「ぴかぴか」意為「亮晶晶地」；選項2「からから」意為「喉嚨乾乾地」或是「錢包、書包空空地」；選項3「するする」意為「順利、滑溜溜地」；選項4「ぼつぼつ」意為「小窟窿、小破洞」或是「漸漸、緩緩地」。由於題目中提到地板很乾淨，所以正確的答案為選項1。

27 許可をもらってから、中に入ってください。

1.済んで　2.得て　3.認めて　4.応じて

中譯 請獲得許可後，再進來裡面。

解析 四個選項均為「動詞」的「て形」。選項1「済む」意為「解決、結束」；選項2「得る」意為「獲得、得到」；選項3「認める」意為「斷定、允許、承認」；選項4「応じる」意為「響應、接受」，常以「～に応じて」的形式出現。由於題目「許可をもらう」意為「獲得許可」，所以正確答案為選項2。四個選項意思相近，但用法不同，要特別小心。

28 あしたはけっして遅刻しないでください。

1.ひじょうに　2.きがるに　3.ぜったいに　4.じょじょに

中譯 明天請絕對不要遲到。

解析 題目中的「けっして」為「副詞」，後面一定會接續否定語，意為「絕（不）～」，所以答案只能選擇用法相同的選項3「絶対に」（絕對（不）～）。其餘選項在背誦時，可連漢字一起記下來。選項1「非常に」意為「非常地」；選項2「気軽に」意為「輕鬆、爽快地」；選項4「徐々に」意為「徐徐地」，均與句意不符，所以非正確答案。

29 グラスにワインを注ぎました。

1.ぬらしました　2.そろえました　3.ながしました　4.いれました

中譯 把紅酒注入玻璃杯裡了。

解析 四個選項均為「動詞」的過去式，表示動作的完成。選項1「濡らす」意為「弄

濕」；選項2「揃える」意為「使～備齊」；選項3「流す」意為「使～流動」；選項4「入れる」意為「放進、加進」，背誦時要連漢字一起記住。由於題目中的「ワインを注ぐ」意為「注入紅酒」，所以正確答案為選項4。

30 地震が起きたときは、冷静に行動しましょう。

1.なごやかに　2.しずかに　3.あんしんして　4.おちついて

中譯 發生地震時，要冷靜行動。

解析 本題考「副詞」用法的單字。選項1「和やかに」意為「溫和、舒適地」；選項2「静かに」意為「安靜地」；選項3「安心して」意為「安心地」；選項4「落ち着いて」意為「沉著、鎮靜地」。所以正確答案，為和句意相似的選項4。

問題5　つぎのことばの使い方として最もよいものを、一つえらびなさい。（請就下列語彙的用法，選出一個最好的答案。）

31 せっかく

1.感謝の気持ちはせっかく忘れません。

2.できるかどうか分かりませんが、せっかくやってみます。

3.せっかく日本に留学したのだから、日本語が上手になりたい。

4.風邪がせっかく治らなくて困っている。

中譯 難得都到日本留學了，所以想把日文學好。

解析 「せっかく」為「副詞」，意為「特意、好不容易、難得」，所以選項3為正確用法。其餘選項若改成如下，即為正確用法。

1.感謝の気持ちはけっして忘れません。
（感謝的心情絕不會忘。）

2.できるかどうか分かりませんが、一応やってみます。
（雖然不知道能不能做到，但姑且一試。）

4.風邪がどうしても治らなくて困っている。
（感冒怎麼也好不了，傷腦筋。）

32 めざす

1.大学合格をめざしてがんばります。

2.来年の秋には新しいビルがめざす予定です。

3.友だちがたんじょう日をめざしてくれた。

4.この問題が解決するようめざします。

中譯 以考上大學為目標而努力。

解析 「目指す」為「動詞」，意為「以～為目標」，所以選項1為正確用法。其餘選項若改成如下，即為正確用法。

2.来年の秋には新しいビルが建つ予定です。

（預定明年秋天興建新的大樓。）

3.友だちがたんじょう日を祝ってくれた。

（朋友為我祝賀了生日。）

4.この問題が解決するよう努力します。

（為解決這個問題而努力。）

33 うすめる

1.味が濃すぎるから、もう少しうすめてください。

2.洗たくしたら、セーターがうすめてしまった。

3.寒いから、エアコンをうすめてくれますか。

4.最近すごく太ったので、ご飯の量をうすめてください。

中譯 因為味道過濃，所以請再稍微弄淡些。

解析 「薄める」為「動詞」，意為「稀釋、弄淡」，所以選項1為正確用法。其餘選項若改成如下，即為正確用法。

2.洗たくしたら、セーターが縮まってしまった。

（一洗，結果毛衣縮水了。）

3.寒いから、エアコンを弱めてくれますか。

（因為很冷，可以幫我把冷氣調弱嗎？）

4.最近すごく太ったので、ご飯の量を減らしてください。

（最近太胖了，所以請減少飯量。）

34 もしかしたら

1.もしかしたら、近いうちに会いましょう。

2.便利だけど、もしかしたら、人には勧められないだろう。

3.もしかしたら、来年、仕事をやめるかもしれない。

4.メールか、もしかしたら、ファックスで返事してください。

中譯 或許，明年，會辭掉工作也說不定。

解析「もしかしたら」為「副詞」，意為「萬一、或許」，所以選項3為正確用法。其餘選項若改成如下，即為正確用法。

1.できれば、近いうちに会いましょう。

（如果可以的話，最近見面吧！）

2.便利だけど、恐らく人には勧められないだろう。

（雖然很方便，但恐怕還是不能推薦給別人吧！）

4.メールか、あるいはファックスで返事してください。

（請用電子郵件或是傳真回覆。）

35 さらに

1.新しくなって、さらに使いやすくなりました。

2.もうすぐお客さんが来るから、さらに掃除します。

3.今は、さらに富士山に登ってみたいです。

4.この前の話、さらにどうしましたか。

中譯 更新之後，變得更好用了。

解析「さらに」為「副詞」，意為「更加、越發」，所以選項1為正確用法。其餘選項若改成如下，即為正確用法。

2.もうすぐお客さんが来るから、急いで掃除します。

（客人就要來了，所以快打掃。）

3.今は、とても富士山に登ってみたいです。

（現在，非常想爬富士山看看。）

4.この前の話、結局どうしましたか。

（之前的事情，結果怎麼樣了呢？）

言語知識（文法）・讀解

問題1　つぎの文の（　　）に入れるのに最もよいものを、1・2・3・4から一つえらびなさい。（請從1・2・3・4裡面，選出一個放進下列句子的（　　）中最好的答案。）

1　石油の値上げ問題（　　）、話し合いが続いています。

1.をめぐって　　2.をわたって　　3.をかんして　　4.をそって

中譯　圍繞著石油價格上漲問題，協議繼續著。

解析　四個選項中，選項1「～をめぐって」意為「圍繞著～、就～」；選項2「～をわたって」為錯誤句型，應為「～にわたって」，意為「在～範圍內、涉及～、一直～」；選項3「～を関して」為錯誤句型，應為「～に関して」，意為「關於～、有關～」；選項4「～を沿って」為錯誤句型，應為「～に沿って」，意為「沿著～、跟著～、按照～」。故正確答案為選項1。

2　晩ご飯を食べている（　　）、地震が起こりました。

1.うえに　　2.いじょうに　　3.さいちゅうに　　4.しだいに

中譯　正在吃晚飯時，發生了地震。

解析　四個選項中，選項1「～上に」意為「再加上～、而且～」；選項2「～以上に」意為「比～還要～」；選項3「～最中に」意為「正在～」；選項4「～次第に」為錯誤句型，應為「～次第」，意為「一～立刻就～、馬上～」。故正確答案為選項3。

3　父が私に辞書を買って（　　）。

1.あげた　　2.くれた　　3.もらった　　4.いただいた

中譯　父親為我買了字典。

解析　四個選項中，選項1「～てあげる」意為「授予者為接受者做～動作」；選項2「～てくれる」意為「授予者為我或我們做～動作」；選項3「～てもらう」意為「接受者從授予者處得到～動作」；選項4「～ていただく」意為「接受者從授予者處得到～動作」，是「～てもらう」的謙讓用法。故正確答案為選項2。

4　彼女はきれいな（　　）でなく、性格もいいです。

1.かわり　　2.ばかり　　3.ところ　　4.とたん

中譯　她不只是漂亮而已，個性也好。

解析 四個選項中，選項1「～かわり」為錯誤句型，應為「～かわりに」，意為「代替～、相反地也～」；選項2「～ばかり」後面加上「で」，意為「光～、淨～」；選項3「～ところ」意為「～地方、～情況」；選項4「～とたん」意為「剛～、～的一剎那」。故正確答案為選項2。

5 年齢や学歴（　　）、誰でも応募することができます。

1.をしらず　　2.をいらず　　3.をよらず　　**4.をとわず**

中譯 不拘年齡或學歷，誰都可以應徵。

解析 四個選項中，選項1「～をしらず」意為「不知道～」；選項2「～をいらず」意為「不需要～」；選項3「～をよらず」意為「不依靠～」；選項4「～を問わず」意為「無論～、不管～、不拘～」。故正確答案為選項4。

6 先生の（　　）、日本語が上手になりました。

1.ばかりで　　2.もので　　3.せいで　　**4.おかげで**

中譯 託老師的福，日文變厲害了。

解析 四個選項中，選項1「～ばかりで」意為「光～、淨～」；選項2「～もので」無此用法；選項3「～せいで」意為「都是～害的」；選項4「～おかげで」意為「託～的福」。故正確答案為選項4。

7 今日はだめですが、明日なら（　　）いいです。

1.いつも　　**2.いつでも**　　3.いつか　　4.いつにも

中譯 今天不行，但是明天的話，隨時都可以。

解析 四個選項中，選項1「いつも～」意為「總是～」；選項2「いつでも～」意為「隨時都～」；選項3「いつか～」意為「不知什麼時候～、遲早～」；選項4「いつにも～」無此用法。故正確答案為選項2。

8 社長（　　）、私がお答えします。

1.によって　　**2.にかわって**　　3.にさいして　　4.にはんして

中譯 我代替社長來回答。

解析 四個選項中，選項1「～によって」意為「根據～」；選項2「～にかわって」意為「代替～」；選項3「～に際して」意為「當～之際」；選項4「～に反して」意為「與～相反」。故正確答案為選項2。

9 留学したくない（　　　）、お金がないのだからあきらめるしかない。

1.ようではないが　　2.はずではないが

3.べきではないが　　4.わけではないが

中譯 雖然並非不想留學，但是因為沒有錢，所以只好放棄。

解析 四個選項中，選項1「～ようではない」意為「沒有要～」；選項2「～はずではない」意為「不應該是～」；選項3「～べきではない」意為「不應該～」；選項4「～わけではない」意為「並非～、並不是～」。故正確答案為選項4。

10 やっと桜が咲い（　　　）、もう散ってしまった。

1.たかと思ったら　　2.たらと思うと

3.たかと思うのに　　4.たらと思えば

中譯 才以為櫻花終於要開了，沒想到已經謝了。

解析 四個選項中，選項1「～かと思ったら」意為「才～又～、以為～原來～」，其餘選項均無該用法，故正確答案為選項1。

11 買い物に行く（　　　）、卵を買ってきてください。

1.かぎりに　　2.うちに　　3.ところに　　4.ついでに

中譯 去買東西時，請順道買蛋回來。

解析 四個選項中，選項1「～かぎりに」為錯誤句型，應為「～を限りに」，意為「僅限於～、以～為最大限度」；選項2「～うちに」意為「在～當中」；選項3「～ところに」意為「～的時候」；選項4「～ついでに」意為「順便～、順路～」。故正確答案為選項4。

12 これはあなたのために、心を（　　　）作ったケーキです。

1.ぬいて　　2.いれて　　3.こめて　　4.しいて

中譯 這是為了你，用心做的蛋糕。

解析 四個選項中，選項1「～を抜いて」意為「拔出～、超過～」；選項2「～を入れて」意為「把～放進、把～裝入」；選項3「～を込めて」意為「傾注～、集中～」；選項4「～を敷いて」意為「鋪～、墊上～」。故正確答案為選項3。

13 失って（　　　）、友だちの大切さが分かった。

1.とたん　　2.はじめて　　3.ものの　　4.つうじて

中譯 失去之後，才知道朋友的可貴。

解析 四個選項中，選項1「～とたん」意為「一剛～就～」，但「とたん」的前面一定要過去式；選項2「～はじめて」意為「在～之後才～」；選項3「～ものの」意為「雖然～但是～」；選項4「～通じて」為錯誤句型，應為「～を通じて」，意為「透過～」。故正確答案為選項2。

問題2 つぎの文の__★__に入る最もよいものを、1・2・3・4から一つえらびなさい。（請從1・2・3・4裡面，選出一個放進下列句子的__★__中最好的答案。）

（問題例）

テーブルの ____ __★__ ____ ____ います。

1.に　　2.が　　3.下　　4.猫

（解答の仕方）

1.正しい文はこうです。

テーブルの ____ __★__ ____ ____ います。 3.下　1.に　4.猫　2.が

2.__★__に入る番号を解答用紙にマークします。

（解答用紙）

（例）	●②③④

14 昨日、部長に ____ ____ __★__ ____ でした。

1.中　　2.電話　　3.しましたが　　4.話し

正解 昨日、部長に 電話 しましたが 話し 中 でした。

中譯 昨天打電話給部長，但是電話中。

解析 本題考「中」的用法。「中」接續在名詞的後面時，表示正在做什麼，或某種狀態正持續著，意為「正在～、～中」。所以本題的「中」，一定要接在「話し」（說話）的後面。

15 もし ＿＿ ＿★＿ ＿＿ ＿＿ ことです。

1.ぜったいに　2.それが　3.許されない　4.本当なら

正解 もし それが 本当なら ぜったいに 許されない ことです。

中譯 如果那是真的的話，便是絕對不可原諒的事。

解析 本題考「なら」的用法。「なら」接續在名詞的後面時，表示把對方剛才說的話或是聽到的話題提出來，接著表達自己的意見，意為「～的話」。所以本題的最前面，一定要放「それが本当なら」，意為「那是真的的話」。

16 今まで ＿＿ ＿＿ ＿＿ ＿★＿ 合格しました。

1.何度も　2.受けました　3.ついに　4.が

正解 今まで 何度も 受けました が ついに 合格しました。

中譯 到現在為止已經考了好幾次，但是終於考上了。

解析 本題考「ついに」的用法。「ついに」後面接續動詞，表示經過種種曲折，終於實現後面那個動作，意為「終於～」。所以本題的「ついに」，一定要放在動詞「合格しました」（合格了）的前面。

17 朝食は ＿＿ ＿＿ ＿★＿ ＿＿ べきです。

1.食べる　2.ちゃんと　3.健康の　4.ために

正解 朝食は 健康の ために ちゃんと 食べる べきです。

中譯 為了健康，早餐應該要確實地吃。

解析 本題考「ために」和「べき」的用法。「ために」接續在「動詞原形」或是「名詞＋の」的後面，表示目的，意為「為了～」。而「べき」接續在「動詞原形」後面，表示勸告、禁止、命令，意為「應該～」。所以本題的「ために」，一定要放在「健康の」（健康的）的後面。而且「べき」的前面，一定要放「食べる」（吃）。至於副詞「ちゃんと」（好好地），當然要放在動詞「食べる」的前面，來修飾動詞。

18 さっきまで ＿＿ ＿★＿ ＿＿ ＿＿ なくなってしまった。

1.あった　2.そこに　3.いつの間にか　4.のに

正解 さっきまで そこに あった のに いつの間にか なくなってしまった。

中譯 到剛剛為止都還在那裡的，不知什麼時候卻不見了。

解析 本題考「のに」的用法。「のに」位於二個句子之間，表示相反的原因，意為「雖然～卻～、居然～、原以為～卻～」。所以本題要把「のに」放在前一個句子「さっきまでそこにあった」（到剛剛為止還在那裡），以及後一個句子「いつの間にかなくなってしまった」（不知什麼時候不見了）的中間。

問題3　つぎの文章を読んで、[19]から[23]の中に入る最もよいものを、1・2・3・4から一つえらびなさい。（請在讀下列文章後，從1・2・3・4裡面，選出一個放進[19]到[23]中最好的答案。）

わたしの夢

遠藤由美子

わたしの将来の夢は、翻訳家になることです。日本では知られていない[19]すばらしい海外の作品を翻訳して、日本中の人に[20]しょうかいしたいです。

[21]でも、その夢を実現するのは、簡単ではないと思います。だから、毎日たくさんの本を読んだり、文章が上手に書けるように練習しています。[22]それから、語学力も大事なので、英会話スクールに通って勉強しています。大学生になったら、中国語やフランス語も勉強してみたいです。

最近、アメリカ人留学生と知り合いになりました。いろいろな国の人と友だちになれたら、すばらしいことだと思います。[23]これもわたしの夢の一つです。

中譯

我的夢想

遠藤由美子

我將來的夢想，是成為翻譯家。希望可以翻譯在日本大家不熟悉的了不起的國外作品，然後介紹給在日本的人們。

但是，我認為要實現那個夢想並不簡單。所以，我每天閱讀很多書籍，或是為了讓文章寫得更好而練習著。而且，由於語言能力也很重要，所以我上英文會話班學習著。成為大學生以後，也想試著學習中文或是法文。

最近，我認識了美國的留學生。我覺得可以和各國的人當朋友，是很棒的事情。這也是我的夢想之一。

19 1.海外にあるしたしい本　　2.すばらしい海外の作品
3.海外にあるさわがしい本　　4.するどい海外の作品

解析 四個選項中，選項1「海外にある親しい本」意為「在國外熟悉的書」；選項2「すばらしい海外の作品」意為「了不起的國外的作品」；選項3「海外にある騒がしい本」意為「在國外議論紛紛的作品」；選項4「するどい海外の作品」意為「尖銳的國外的作品」。文章裡，由於要翻譯某種作品，故最好的答案為選項2。

20 1.しょうかいしたい　　2.しょうたいしたい
3.しょうかいします　　4.しょうたいします

解析 四個選項中，選項1「紹介したい」意為「想介紹」；選項2「招待したい」意為「想招待」；選項3「紹介します」意為「介紹」；選項4「招待します」意為「招待」。文章裡，由於要表達想對在日本的大家做些什麼，故正確答案為選項1。

21 1.だから　　2.でも　　3.それで　　4.そのうえ

解析 本題考「接續詞」。四個選項中，選項1「だから～」意為「所以～」；選項2「でも～」意為「然而～、但是～」；選項3「それで～」意為「所以～、後來～」；選項4「そのうえ～」意為「而且～、並且～」。文章裡，由於要表達實現夢想並不簡單，故正確答案為選項2。

22 1.それで　　2.それでも　　3.それにも　　4.それから

解析 本題考「接續詞」。四個選項中，選項1「それで～」意為「所以～、後來～」；選項2「それでも～」意為「儘管如此～、可是～」；選項3「それにも～」無此用法；選項4「それから～」意為「接著～、而且～」。文章裡，由於要表達下一件事情也很重要，故正確答案為選項4。

23 1.これはわたしがもつ夢の　　2.これもわたしの夢の
3.わたしが夢を見ている　　4.わたしは夢をもっている

解析 四個選項中，選項1「これはわたしがもつ夢の～」意為「這是我擁有的夢想的～」；選項2「これもわたしの夢の～」意為「這也是我的夢想的～」；選項3「わたしが夢を見ている～」意為「我正夢見的～」；選項4「わたしは夢をもっている～」意為「我正擁有的夢想的～」。文章裡，由於要表達另外一件事情也是夢想，故最好的答案為選項2。

問題4　つぎの文章を読んで、質問に答えなさい。答えは、1・2・3・4から最もよいものを一つえらびなさい。（請在閱讀下列文章後，回答問題。請從1・2・3・4裡面，選出一個最好的答案。）

> 麻雀（※1）をしてみませんか！
>
> 　いっしょに麻雀を楽しむ人を探しています。経験がない初めての人でも参加できます。指や頭を使うので、老化防止やストレス解消にも効果的です。ゲーム中は、タバコやお酒は禁止です。もちろん、お金を賭けることも禁止です。お年寄りや女性、できない方には指導者が親切に教えますので、初めての方でも心配はいりません。プロの方はご遠慮ください。
>
> 　日曜～金曜日、１１～１６時半。参加費１５００円（飲み物代を含む）、入会金３000円。定員２０人。電話で予約してください。
>
> サクラ麻雀教室：
> 東京都立川市北山町2-７（立川駅北口から歩いて３分）
> TEL：０４２(８７４)３８９９

（※1）麻雀：１３６個の牌を用いて行う室内ゲームのこと

中譯

> 要不要試著打打麻將（※1）！
>
> 　正尋找共享打麻將樂趣的人。沒有經驗的初學者也可以參加。由於會用到手指頭或是頭腦，對防止老化或是消解壓力也具效果。遊戲中，禁止抽菸或是喝酒。當然，賭錢也是禁止的。由於指導者對年長者或是女性、不會的人都會親切地教導，所以就算初學者也不用擔心。謝絕職業高手參加。

> 星期日～星期五、十一～十六時半。參加費一五〇〇日圓（含飲料費）、入會費三〇〇〇日圓。定額二十人。請用電話預約。
>
> 櫻花麻將教室：
> 東京都立川市北山町二-七（從立川車站北口徒步三分鐘）
> TEL:042(874)3899

（※1）麻將：用一百三十六張牌來玩的室內遊戲

24 この広告の中の紹介について、正しいのはどれか。

1.「サクラ麻雀教室」では、お金を賭けて遊びたい人を探しています。

2.「サクラ麻雀教室」では、純粋に麻雀を楽しむ人を探しています。

3.「サクラ麻雀教室」では、麻雀が教えられる人を探しています。

4.「サクラ麻雀教室」では、経験のある麻雀の上手な人を探しています。

中譯 有關這個廣告中所介紹的，正確的是哪一個呢？

1.「櫻花麻將教室」正在找想要賭錢玩樂的人。

2.「櫻花麻將教室」正在找純粹享受麻將樂趣的人。

3.「櫻花麻將教室」正在找會教麻將的人。

4.「櫻花麻將教室」正在找很會打麻將的有經驗的人。

25 この広告に書かれていることについて、正しいのはどれか。

1.禁止されているのは、喫煙、飲酒と、お金を賭けることです。

2.ゲーム中はビールを飲みながら、麻雀を楽しみます。

3.医者によれば、麻雀は老化防止やストレス解消に効果があるそうです。

4.指導者が指導する教室なので、経験のない人だけ参加してください。

中譯 有關這個廣告所寫的，正確的是哪一個呢？

1.被禁止的事情有抽菸、喝酒、以及賭錢。

2.在遊戲中，可以一邊喝啤酒、一邊享受玩麻將的樂趣。

3.根據醫師所言，麻將對防止老化或是消解壓力具有效果。

4.由於這是有指導老師來指導的教室，所以只請沒有經驗的人來參加。

26 ここに書かれていないのは、次のどれか。

1.経験のないお年寄りでもだいじょうぶ。

2.月曜日以外は毎日やっている。

3.初めて参加する人は４５００円払う。

4.営業時間は5時間半である。

中譯 這裡沒有寫到的，是下列的哪一個呢？

1. 沒有經驗的年長者也沒有關係。

2. 除了星期一以外，天天都開著。

3. 第一次參加的人要付四五〇〇日圓。

4. 營業時間是五個半鐘頭。

27 この広告を読んで、参加できない人はどの人か。

1.一人暮らしのさびしい老人

2.麻雀をしたことのないＯＬ

3.子供をつれた若い母親

4.麻雀で生活している男性

中譯 讀了這個廣告後，不可以參加的人是哪種人呢？

1. 一個人獨居的孤獨老人

2. 沒有打過麻將的粉領族

3. 帶著小孩的年輕母親

4. 靠麻將維生的男性

問題5　つぎの文章を読んで、質問に答えなさい。答えは、1・2・3・4から最もよいものを一つえらびなさい。（請在閱讀下列文章後，回答問題。請從1・2・3・4裡面，選出一個最好的答案。）

日本の漫画やアニメ（※1）は、フランスでも人気があります。去年行われた「ジャパンエキスポ（日本博覧会）」には、日本が好きなフランス人が何十万人も訪れました。

会場では、日本の漫画やＤＶＤなどが売られ、無料でゲームができたり、アニメが見られるところもありました。また、日本人歌手が歌を歌い、その下では若い人たちが踊ったりしていて、とても楽しそうでした。ただ、日本の伝統文化を紹介する場所がなかったのは、残念でした。茶道や生け花、歌舞伎だけが日本の文化ではありませんが、昔からある文化が忘れられてしまうのは、少し寂しいことです。

パリ（※2）の街では、日本のファッションに影響された若者をたくさん見ました。それに、日本食のレストランも多く、日本の漫画がそろった「漫画喫茶」もありました。そこでは飲み物を注文すれば、無料で漫画を読んだり、ゲームをして遊ぶこともできます。

フランスに憧れる日本人は多いですが、フランス人が日本に憧れる様子を見て、とても驚きました。でも、日本人としてうれしかったです。

（※1）アニメ：animation、動画のこと
（※2）パリ：Paris、フランスの首都

中譯

日本的漫畫或動畫（※1）在法國也很受歡迎。在去年舉辦的「Japan Expo（日本博覽會）」中，喜歡日本的法國人居然有數十萬人來訪。

在會場裡，販賣著日本的漫畫或DVD等等，也有可以免費玩遊戲或是看動畫的場所。另外，還有日本人的歌手開唱，下面的年輕人隨著起舞，看起來非常開心的樣子。只不過，沒有介紹日本傳統文化的地方這件事很可惜。雖然日本的文化不僅只有茶道或是花道、歌舞伎而已，但是自古以來的文化被忘懷這件事，讓人有點落寞。

在巴黎（※2）街道上，見到了許多被日本流行時尚所影響的年輕人。此外，日本料理的餐廳也很多，還有備齊日本漫畫的「漫畫咖啡廳」。在那裡，只要點飲料就能免費看漫畫、或是玩遊戲。

雖然嚮往法國的日本人很多，但是看到法國人對日本憧憬的樣子，覺得非常吃驚。不過，身為日本人還是很高興。

（※1）動畫：animation
（※2）巴黎：Paris、法國的首都

28 「ジャパンエキスポ」では、どんなことをすると言っているか。

1.日本好きのフランス人による話し合いなど

2.茶道や歌舞伎など日本の伝統文化の紹介など

3.漫画の販売やアニメ鑑賞、コンサートなど

4.日本食や日本のファッションの紹介など

中譯 文中提到，在「Japan Expo」裡，做了什麼樣的事情呢？

1. 和喜歡日本的法國人聊天等等

2. 介紹茶道或是歌舞伎等日本的傳統文化等等

3. 漫畫的銷售或是欣賞動畫、演唱會等等

4. 介紹日本料理或是日本的流行等等

29 「ジャパンエキスポ」でお金を払わないでできることは何か。

1.漫画を読むことができる。

2.ゲームをすることができる。

3.飲み物を飲むことができる。

4.歌手のサインがもらえる。

中譯 在「Japan Expo」裡，不用付錢就可以做的事情是什麼呢？

1. 可以看漫畫。

2. 可以玩遊戲。

3. 可以喝飲料。

4. 可以得到歌手的簽名。

30 「ジャパンエキスポ」で残念だと思ったのはどんなことか。

1.日本食を食べる場所がなかったこと

2.伝統文化が紹介されていなかったこと

3.若い人たちがさわがしかったこと

4.ファッションが日本に影響されていたこと

中譯 在「Japan Expo」裡，讓人覺得遺憾的是什麼事呢？

1. 沒有吃日本食物的地方這件事

2. 傳統文化沒有被介紹到這件事

3. 年輕人們吵吵鬧鬧這件事

4. 流行時尚受到日本的影響這件事

31 日本の伝統文化として、ここに書かれていないものは次のどれか。

1.か道

2.しょ道

3.すい道

4.ほっかい道

中譯 日本傳統文化當中，這裡沒有提到的是下列哪一個呢？

1. 花道

2. 書道（書法）

3. 水道（自來水管）

4. 北海道

32 パリの街でどんなものを見たと言っているか。

1.日本の服やアクセサリーを売っている店

2.日本人みたいな服装をしている人

3.日本の漫画や小説が借りられる本屋

4.日本のゲームができるゲームセンター

中譯 文中提到，在巴黎的街道上，看到了什麼樣的東西呢？

1. 賣著日本的衣服或是飾品的商店

2. 穿著像日本人一樣的服裝的人

3. 可以借日本漫畫或是小說的書店

4. 可以玩日本遊戲的遊戲中心

33 どんなことが「うれしかった」と言っているか。

1.日本人が憧れるフランス人でも、日本に憧れているのを感じたから。

2.今まで日本が嫌いだったフランス人が、日本に憧れているのを感じたから。

3.フランスでも、日本にいるときと同じゲームで遊べたから。

4.日本に憧れるはずのないフランス人が、日本に憧れているのを感じたから。

中譯 文中提到，什麼樣的事情「很高興」呢？

1. 因為發現到日本人憧憬的法國人，也嚮往日本。

2. 因為發現到之前討厭日本的法國人，現在竟然嚮往日本。

3. 因為在法國，也可以玩和在日本時一樣的遊戲。

4. 因為發現到對日本應該不會有所憧憬的法國人，竟然也嚮往日本。

問題6　つぎの文章を読んで、質問に答えなさい。答えは、1・2・3・4から最もよいものを一つえらびなさい。（請在閱讀下列文章後，回答問題。請從1・2・3・4裡面，選出一個最好的答案。）

旅行中、よく眠れないという人は多い。その原因は環境の変化だ。①中でも、慣れない枕が一番の原因だと言われている。だから、旅先にいつも使っている枕を持って行くという人もいる。しかし、枕は大きいので、邪魔になると考える人もいるだろう。それなら、いつも寝るときに着ている服を持っていくのはどうだろうか。子供なら、気に入っているぬいぐるみ（※1）を持たせるのも効果がある。②自宅に近い環境にすることで、ストレス（※2）や興奮を抑え、いつものように眠ることができるのだ。

睡眠の専門家によれば、旅先で眠れないもう一つの原因として、空気の乾燥があげられるそうだ。ホテルなどの空気が乾燥する場所では、呼吸を補うため、寝ているときに③「口呼吸」になりやすい。鼻での呼吸が苦しいために、口を開いたまま眠ってしまうと、喉が乾燥して目が覚めてしまう。その結果、喉が痛くなるだけでなく、空気中の細菌も口に入ってしまう。だから、できるだけ「鼻呼吸」をしたほうがいいのだそうだ。

そこで、専門家に旅先で「鼻呼吸」をしやすくするコツ（※3）をあげてもらった。

1.舌が呼吸の妨げにならないように「横向き」に寝る。
2.④部屋の湿度を適度に保つ。
3.薬局で売っている「鼻の穴拡張テープ」をはって寝る。

実際、私もやってみたら、とてもよく眠れた。旅先で眠れないと悩んでいる人には、ぜひこれで気持ちのいい朝を迎えてほしい。

（※1）ぬいぐるみ：中に綿などを入れ動物などの形にした玩具のこと
（※2）ストレス：stress、精神的に負担となる刺激のこと
（※3）コツ：秘訣、上手な方法

中譯

在旅行途中，有很多人不能好好入睡。其原因就在於環境的變化。①而其中，也有人認為枕頭睡不慣是最重要的原因。所以，也有很多人帶著常用的枕頭到旅行地點。但是，由於枕頭很大，所以也有人覺得麻煩吧！如果是那樣，帶著常穿的衣服去如何呢？如果是小孩的話，讓他們帶喜歡的布偶（※1）也很有效果。②藉由（讓那裡）變成和自己家裡相近的環境，可以抑制壓力（※2）或興奮，像平常一般地睡眠。

根據睡眠專家所言，在旅行地點無法成眠的另一個原因，是空氣乾燥的緣故。在飯店等空氣乾燥的地方，為了補充呼吸，在睡覺的時候，③容易變成用「嘴巴呼吸」。若因為用鼻子呼吸很困難，以致嘴巴開開地睡覺的話，喉嚨會乾燥，人也會跟著醒來。其結果，就是不僅喉嚨變得疼痛，空氣中的細菌也跑進嘴巴裡。所以，據說還是用「鼻子呼吸」比較好。

因此，請專家舉出在旅行地點，比較容易用「鼻子呼吸」的訣竅（※3）。

1. 為了不讓舌頭妨礙呼吸，要「側著」睡。
2. ④適當地保持房間的溼度。
3. 貼藥房賣的「鼻孔擴張膠布」睡覺。

實際上，我也試著做做看，結果睡得非常好。對因為在旅行地點睡不好而煩惱的人而言，希望務必都能用此方法，來迎接舒暢的早晨。

（※1）布偶：指中間塞入棉花等，製作成動物形狀的玩具
（※2）壓力：stress，指變成精神上的負擔的刺激
（※3）訣竅：祕訣、厲害的辦法

34 ①中でも、慣れない枕が一番の原因だと言われているとあるが、それはどうしてか。

1.ホテルなどの枕には他の人の匂いがあるために、気持ちが落ち着かず、ストレスになるから。

2.枕の高さが睡眠の良し悪しを決めるが、旅先の枕は慣れているいつもの枕の高さとちがうから。

3.人は慣れた匂いをかいで、安心して眠ることができるが、旅先での枕にはその匂いがないから。

4.人は環境が変わると、ストレスを感じて眠れなくなるが、枕はその大事な環境の一つだから。

中譯 文中提到①而其中，也有人認為枕頭睡不慣是最重要的原因，那是為什麼呢？

1. 因為飯店等地方的枕頭有其他人的味道，所以定不下心來，造成壓力的緣故。
2. 因為枕頭的高度會決定睡眠的好壞，而旅行地點的枕頭，和平常習慣的枕頭高度不同的緣故。
3. 因為人要聞習慣的味道，才能安心地睡覺，而旅行地點的枕頭沒有那個味道的緣故。
4. 因為人環境一改變，就會感到壓力變得睡不著，而枕頭就是那個重要的環境之一的緣故。

35 ②自宅に近い環境にすることでとあるが、上記の文から効果がありそうなものはどれか。

1. いつもいっしょに寝ている人の匂いのあるものをそばに置いてみる。
2. いつも寝るときに握っているタオルを持っていってみる。
3. いつも寝るときに聴いている音楽を流してみる。
4. いつも寝る前に食べている果物などを食べてみる。

中譯 文中提到②藉由（讓那裡）變成和自己家裡相近的環境，從上面的文章，看起來有效果的是哪一個呢？

1. 試著把有平常睡在一起的人的味道的東西，放在身邊看看。
2. 試著把平常睡覺時握著的毛巾帶過去看看。
3. 試著播放平常睡覺時聽的音樂看看。
4. 試著吃平常睡覺前吃的水果看看。

36 ③「口呼吸」になりやすいとあるが、どうしてか。

1. 環境が変わると、ストレスを感じるから。
2. 空気が乾いているので、水が飲みたくなるから。
3. 環境が変わると、呼吸がしにくくなるから。
4. 空気が乾くと、鼻で息がしにくくなるから。

中譯 文中提到③容易變成用「嘴巴呼吸」，為什麼呢？

1. 因為環境一改變，就會感到壓力的緣故。
2. 因為空氣乾燥，會變得想喝水的緣故。
3. 因為環境一改變，呼吸就會變得困難的緣故。
4. 因為空氣一變乾燥，就會難以用鼻子呼吸的緣故。

37 ④<u>部屋の湿度を適度に保つ</u>とあるが、この方法として正しいものはどれか。

1.お風呂に長い時間入る。

2.クーラーを長い時間つけておく。

3.ぬれたタオルを部屋に吊るしておく。

4.窓を開けて外の空気を入れる。

中譯 文中提到④<u>適當地保持房間的溼度</u>，就這個方法而言，正確的是哪一個呢？

1. 長時間泡澡。

2. 長時間開著冷氣放著。

3. 把濕毛巾掛在房間裡放著。

4. 開窗戶讓外面的空氣進來。

問題7 つぎの文章は、病気やけがのときに役立つ医療保険の案内である。下の質問に答えなさい。答えは、1・2・3・4から最もよいものを一つえらびなさい。（接下來的文章，是在生病或受傷時派得上用場的醫療保險指南。請回答下面的問題。請從1・2・3・4裡面，選出一個最好的答案。）

田村さんは今、６０歳です。来年は会社を辞めなければならない年です。奥さんは2年前に亡くなり、子供はいません。一人で暮らしています。田村さんは胃が悪く、よく病院に行きます。だから、お金がたくさんかかります。それに、来年から仕事がなくなるので、生活が心配です。それで、保険に入ろうと考えています。今の田村さんが毎月払える保険料は、１0,000円までです。でも、仕事がなくなってからは、６,000円以上は払えません。

中譯

田村先生今年六十歲。明年是非辭掉工作不可的一年。他的太太二年前過世，沒有小孩。一個人生活。田村先生胃不好，常常去醫院。所以，要花很多錢。而且，從明年開始變得沒有工作，所以擔心生活。於是，他打算加入保險。現在田村先生每個月付的保險費，可以到一萬日圓。但是，從開始沒有工作以後，無法付到六千日圓以上。

38 田村さんが入れる保険はどれか。

1.Dのみ

2.DとE

3.Cのみ

4.CとD

中譯 田村先生加入的保險是哪一個呢？

1. 只有D

2.D和E

3. 只有C

4.C和D

39 お金のことを心配しないなら、田村さんが入りたい保険はどれか。

1.AとC

2.CとE

3.BとD

4.AとD

中譯 如果不擔心錢的事情，田村先生想加入的保險是哪一個呢？

1.A和C

2.C和E

3.B和D

4.A和D

ハッピー保険

日本で一番人気のある保険です！

保険の種類はいろいろあります。毎月払う値段もちがいます。自分に合った保険を選んでください。

▻Aタイプ

特徴：病気やけがで入院（※1）した場合、１日３0,000円の保障がある。ただし、病院で治療を受けただけの場合は、保障はない。

毎月払う値段

	年					
	20才	３０才	４０才	50才	６０才	７０才
男	7,500円	8,000円	8,500円	9,900円	11,000円	12,200円
女	6,800円	7,200円	7,800円	8,900円	9,200円	10,900円

▻Bタイプ

特徴：病気やけがで治療を受けたとき、保障される。病気やけがによる入院は保障するが、ガン（※2）による入院は保障されない。６０才をすぎると、払う値段は毎年200円ずつ上がる。

毎月払う値段

	年					
	20才	３０才	４０才	50才	６０才	７０才
男	3,700円	4,600円	5,000円	5,200円	5,900円	7,900円
女	2,900円	3,200円	3,800円	4,100円	4,800円	6,800円

▷Cタイプ

特徴：病気による入院でも、交通事故でも１日６,000円の保障がある。治療を受けただけの場合でも、保障がある。対象者は１８歳～５９歳。

毎月払う値段

	年				
	２０才	３０才	４０才	50才	５９才
男	2,080円	2,300円	2,600円	3,000円	3,400円
女	1,700円	1,900円	2,030円	2,300円	3,000円

▷Dタイプ

特徴：病気やけがで病院に行ったとき、１回に１,２００円くらい保障される。

毎月払う値段

	年					
	２０才	３０才	４０才	50才	６０才	７０才
男	2,600円	3,000円	3,800円	4,000円	4,500円	4,800円
女	1,800円	2,400円	2,700円	3,200円	3,800円	4,000円

▷Eタイプ

特徴：女性特有の病気のみ保障。３年ごとに10万円が受け取れる。入院費は１日１５,000円保障される。

毎月払う値段

年					
２０才	３０才	４０才	50才	６０才	７０才
2,200円	2,800円	3,000円	3,200円	3,500円	3,900円

（※1）入院：治療のために、ある期間病院に入ること

（※2）ガン：癌、悪性のしゅようのこと

中譯

開心保險

日本最受歡迎的保險！

保險有各種類型。每個月支付的費用也不同。請選擇適合自己的保險。

▻ A類型

特徵：因生病或受傷住院（※1）時，一天有三萬日圓的保障。但是只在醫院接受治療的話，沒有保障。

每個月支付的費用

	年齡					
	20歳	30歳	40歳	50歳	60歳	70歳
男	7,500日圓	8,000日圓	8,500日圓	9,900日圓	11,000日圓	12,200日圓
女	6,800日圓	7,200日圓	7,800日圓	8,900日圓	9,200日圓	10,900日圓

▻ B類型

特徵：因生病或受傷接受治療時，有保障。因生病或受傷住院時雖然有保障，但是因為癌症（※2）住院的話，沒有保障。過了六十歲以後，支付的費用每年都會增加二百日圓。

每個月支付的費用

	年齡					
	20歳	30歳	40歳	50歳	60歳	70歳
男	3,700日圓	4,600日圓	5,000日圓	5,200日圓	5,900日圓	7,900日圓
女	2,900日圓	3,200日圓	3,800日圓	4,100日圓	4,800日圓	6,800日圓

▹C類型

特徵：不管因為生病住院，或是交通事故，一天都有六千日圓的保障。只有接受治療時，也一樣有保障。適用對象為十八至五十九歲。

每個月支付的費用

	年齡				
	20歲	30歲	40歲	50歲	59歲
男	2,080日圓	2,300日圓	2,600日圓	3,000日圓	3,400日圓
女	1,700日圓	1,900日圓	2,030日圓	2,300日圓	3,000日圓

▹D類型

特徵：因生病或是受傷去醫院時，每次有一千二百日圓左右的保障。

每個月支付的費用

	年齡					
	20歲	30歲	40歲	50歲	60歲	70歲
男	2,600日圓	3,000日圓	3,800日圓	4,000日圓	4,500日圓	4,800日圓
女	1,800日圓	2,400日圓	2,700日圓	3,200日圓	3,800日圓	4,000日圓

▹E類型

特徵：僅針對女性特有疾病的保險。每三年可以領回十萬日圓。住院費用每天有一萬五千日圓的保障。

每個月支付的費用

年齡					
20歲	30歲	40歲	50歲	60歲	70歲
2,200日圓	2,800日圓	3,000日圓	3,200日圓	3,500日圓	3,900日圓

（※1）住院：指為了治療，住進醫院一段時間

（※2）癌症：指惡性腫瘤

聽解

以下日文原文和翻譯，M代表「男性、男孩」；F代表「女性、女孩」。

問題1

問題1では、まず質問を聞いてください。それから話を聞いて、問題用紙の1から4の中から、正しい答えを一つ選んでください。

（問題1，請先聽問題。接下來聽會話，從試題紙的1到4裡面，選出一個正確的答案。）

1番 MP3-01

ホテルのフロントで男の人と女の人が話しています。女の人はこのあと何をしますか。

F：すみません、プールはありますか。

M：はい。プールでしたら、屋上にございますが……。

F：どうやって行ったらいいですか。

M：階段の横にあるエレベーターを使って、１８階まで行ってください。エレベーターは１８階までです。それを出て右に行くと、レストランがあります。その横にある細い階段を上がると、プールが見えます。

F：分かりました。どうも。

M：あっ、でも今の時間はやってません。午前１0時半から午後4時までとなっています。

F：そうですか。じゃ、今は何をしようかな。

M：ホテルから歩いて2分のところにテニスコートや動物園がありますが、いかがですか。

F：いいですね。私は動物がとても好きなんです。

M：それはよかった。割引券を差し上げますので、お使いください。

F：ありがとうございます。

女の人はこのあと何をしますか。

1 レストランで食事する。

2 プールで泳ぐ。

3 テニスをする。

4 動物園で動物を見る。

中譯 第1題

男人和女人在飯店的櫃檯正說著話。女人接下來要做什麼呢？

F：不好意思，請問有游泳池嗎？

M：有。游泳池的話，在屋頂上……。

F：要怎麼去呢？

M：請搭樓梯旁的電梯，到十八樓。電梯只到十八樓。出了電梯向右走的話，有間餐廳。從餐廳旁一個窄窄的樓梯上去，就可以看到游泳池。

F：我知道了。謝了。

M：啊，不過現在這個時間沒有營業。是早上十點半到下午四點。

F：這樣啊。那麼，現在要做什麼才好呢？

M：從飯店走路二分鐘的地方，有網球場或是動物園，如何呢？

F：不錯耶。因為我非常喜歡動物。

M：那太好了。這折扣券給您，請使用。

F：謝謝您。

女人接下來要做什麼呢？

1 在餐廳用餐。

2 在游泳池游泳。

3 打網球。

4 在動物園看動物。

解析 聽解測驗的重點通常都是在最後，所以就算一開始聽不太懂，也無須心慌。本題亦然，重點在最後面的「テニスコートや動物園がありますが、いかがですか。」（有網球場或是動物園，如何呢？）和「いいですね。私は動物がとても好きなんです。」（不錯耶。因為我非常喜歡動物。）故正確答案為選項4。

2番 MP3-02

母親が息子と話しています。おばあちゃんはいつごろ家に戻りましたか。

F：あさっては早めに家に帰りなさい。

M：どうして？

F：東京に行くの。おばあちゃん、救急車で病院に運ばれたんだって。

M：えっ、いつ？

F：昨日の夜８時ごろ。ご飯食べたあと急に気分が悪くなって、それでおじいちゃんが救急車呼んだんだって。

M：それで、だいじょうぶなの？

F：うん。もうだいぶよくなって、今朝１０時ごろ家に帰ったそうよ。

M：よかった。でも心配だね。あさってじゃなくて、明日にしたら。

F：そうしたいんだけど、お母さん、明日は午後３時から用事があるの。

M：じゃ、それが終わったら、すぐに行けばいいじゃない。

F：大事なお客さんと会うから、夜遅くなると思うわ。それに、時間を気にしてたら、失礼だし。

M：うん、分かった。

おばあちゃんはいつごろ家に戻りましたか。

1 夕方６時ごろ

2 午後３時ごろ

3 朝１０時ごろ

4 夜８時ごろ

中譯 第2題

母親和兒子正在說話。奶奶在何時左右回家了呢？

F：後天早點回家。

M：為什麼？

F：要去東京。聽說奶奶被救護車送到醫院了。

M：咦，什麼時候？

F：昨天晚上八點左右。聽說是吃完飯後，突然覺得不舒服，所以爺爺就叫了救護車。

M：後來呢？沒事吧？

F：嗯。聽說已經好多了，今天早上十點左右回家了喔。

M：太好了。不過還是擔心呢。不要後天，明天就去呢？

F：我也想這樣，但是媽媽明天下午三點開始有事情。

M：那麼，那個結束以後立刻去不就好了？

F：要和重要的客人見面，所以我想會到晚上很晚吧。而且，要是在意時間，（對對方）也很失禮。

M：嗯，知道了。

奶奶在何時左右回家了呢？

1 傍晚六點左右

2 下午三點左右

3 早上十點左右

4 晚上八點左右

解析 應付聽解測驗還有另外一個訣竅，那就是「牢記題目在問什麼」。本題母親和兒子不斷商量到東京的時間，但是重點在問題中的「おばあちゃんはいつごろ家に戻りましたか。」（奶奶在何時左右回家了呢？）那就是「今朝10時ごろ家に帰ったそうよ。」（聽說今天早上十點左右回家了喔。）故正確答案為選項3。

3番 MP3-03

男の人と女の人が話しています。2人はいつ映画を見に行きますか。

M：土曜日、映画でも見に行かない？

F：いいわね。

M：先週の水曜、新宿にできた新しい映画館、行ってみない？

F：あっ、そこ、雑誌で紹介されてた。カップルで見られる席があるんだよね。

M：そうそう。2人がけの大きいソファーで、寝ながら見られるんだ。それに飲み物とかデザートとか果物もついてるんだって。

F：じゃ、決まりね。でも、今度の土曜日はだめ。いとこが遊びに来るから。

M：それじゃ、日曜日は？

F：たぶんむり。いとこ、家に泊まっていくの。日曜日はどこかに連れて行かなきゃならないと思うんだ。金曜日の夜はどう？

M：クラブで遅くなる。これじゃ、その次の土曜だね。

F：うん、そうしよう。

2人はいつ映画を見に行きますか。

1 今週の土曜日

2 来週の土曜日

3 今週の水曜日

4 来週の水曜日

中譯 第3題

男人和女人正在說話。二個人何時要去看電影呢？

M：星期六，要不要去看個電影？

F：好啊！

M：上個星期三，新宿新開了一家電影院，要不要去看看？

F：啊，那裡，雜誌上有介紹。就是有情侶可以一起看的座位，對不對？

M：對、對。可以在二人座的大沙發上邊睡邊看。而且據說還有附飲料或是點心或是水果之類的。

F：那麼，就決定囉。但是，這個星期六不行。因為我表妹要來玩。

M：那麼，星期天呢？

F：應該不行。因為我表妹要住我們家。我想，星期天非帶她去哪裡不可。星期五晚上如何呢？

M：因為有社團會很晚。這樣的話，就下個星期六吧！

F：嗯，就這樣吧！

二個人何時要去看電影呢？

1 這個星期六

2 下個星期六

3 這個星期三

4 下個星期三

解析 首先，「いとこ」意為「堂（表）兄弟姊妹」，這裡暫且翻譯成表妹。再者，聽解測驗一定會考「時間」相關問題，也就是考「約定什麼時間」。應考時，可一邊聽，一邊瀏覽選項，用刪去法，陸續刪去不可能的答案，最後聽到重點，再度確認答案是否正確。本題的關鍵句為「**今度(こんど)の土曜日(どようび)はだめ。**」（這個星期六不行。）其中「**今度(こんど)**」這個字很麻煩，因為它有二個意思，分別為「這回」和「下回」。幸而會話的最後出現「**その次(つぎ)の土曜(どよう)だね。**」（就下個星期六吧！）故正確答案為選項2。

第一回模擬試題解析 聽解

4番 MP3-04

男の人と女の人が話しています。2人はこのあと何をしますか。

F：あっ、ここ、昨日テレビで紹介してたお店じゃない？

M：「料理の鉄人」に出てるあの人の店？

F：そうそう、イタリア料理の鉄人。

M：おいしそうだったよね。

F：うん。入ってみない？この時間なら、人も少なそうだし……。

M：でも、高そうだよ。さっきデパートであんなにお金使っちゃっただろう。それに、明日また友達と酒を飲む約束してるし……。

F：そういえば、私もお母さんの誕生日プレゼント買うんだった。お金残しておかなきゃ。

M：じゃ、来月にしよう。俺がおごるから。

F：本当？じゃ、がまんする。でも、私おなかすいてきちゃった。

M：となりのラーメン屋さんはどう？

F：賛成！

2人はこのあと何をしますか。

1 ラーメン屋で食事する。

2 母の誕生日プレゼントを買う。

3 同僚とお酒を飲む。

4 「料理の鉄人」の店に入る。

中譯 第4題

男人和女人正在說話。二個人接下來要做什麼呢？

F：啊，這裡，不就是昨天電視上介紹過的那家店？

M：在「料理鐵人」出現的那個人的店？

F：對、對，義大利料理的鐵人。

M：（昨天電視裡）看起來好好吃，對不對？

F：嗯。要不要進去看看？這個時間的話，人好像很少……。

M：但是，看起來很貴耶！剛剛在百貨公司花了那麼多錢不是嗎？而且，明天又和朋友約了喝酒……。

F：說到這個，我也買了我媽媽的生日禮物。不留點錢不行。

M：那麼，下個月吧！我請妳。

F：真的？那麼，我會忍耐。但是，我肚子餓了。

M：隔壁的拉麵店如何？

F：贊成！

二個人接下來要做什麼呢？

1 在拉麵店吃東西。

2 買母親的生日禮物。

3 和同事喝酒。

4 進「料理的鐵人」的店。

解析 本題的重點依然在最後。最後「**来月にしよう。俺がおごるから。**」（下個月吧！我請妳。）、「**じゃ、がまんする。**」（那麼，我會忍耐。）以及「**となりのラーメン屋さんはどう？**」（隔壁的拉麵店如何？）、「**賛成！**」（贊成！）這四句話。若知道意思，便知道他們不會進去從頭到尾說的那家名店，而是去了眼前的拉麵店。故正確答案為選項1。

5番 MP3-05

先生が学生に話しています。学生はいつまでにレポートを提出しなければなりませんか。

F：木村さん、この間の宿題はもうできましたか。
M：えっ？どの宿題のことですか。
F：「環境問題」についてのレポートです。
M：すっかり忘れてました。すみません。
F：提出までまだ時間がありますから、今日からがんばりなさい！
M：はい。先生、すみません、提出日は２８日でしたっけ。
F：まったく……。授業中寝てたの？
M：いえ、最近レポートの宿題があまりに多くて、頭が混乱しちゃって……。２８なら、今日からがんばらなくても、まだ時間がありますね。
F：何言ってるの。それより８日前よ！
M：えっ、それじゃ、あと４日しかないじゃないですか。
F：そうよ。資料も集めなきゃならないし、今日からしっかりやりなさい！
M：はい、がんばります。

学生はいつまでにレポートを提出しなければなりませんか。

1 ２８日
2 20日
3 １８日
4 １４日

中譯 第5題

老師正對著學生說話。學生在何時之前非交報告不可呢？

F：木村同學，之前的作業已經完成了嗎？

M：咦？哪一個作業啊？

F：有關「環境問題」的報告。

M：我完全忘了。對不起。

F：到繳交為止還有時間，所以從今天開始加油！

M：好。老師，對不起，之前說繳交日是二十八日嗎？

F：真是的……。上課是在睡覺嗎？

M：沒有，最近報告的作業太多，所以腦子一片混亂……。二十八號的話，就算不從今天開始努力，也還有時間吧！

F：你在說什麼！是在那之前的八天啦！

M：咦，那麼，不就只剩四天而已？

F：沒錯！而且還要收集資料，所以從今天開始就好好做！

M：好，我會努力。

學生在何時之前非交報告不可呢？

1 二十八日

2 二十日

3 十八日

4 十四日

解析 整段會話的重點，在於以下二句話。重點一，「**提出日は 2 8 日でしたっけ。**」（之前說繳交日是二十八日嗎？）句中的「**～っけ**」意為「是不是～來著」，用於自己記不清楚時的確認，所以二十八日並非正確的日期。重點二，「**それより 8 日前よ！**」（是在那之前的八天啦！）句中的「**それ**」指的是學生認為的二十八日，而「**より**」意為「比～」，所以是「比二十八日早八天」，也就是二十日。故正確答案為選項2。

6番 MP3-06

夫婦が電話で話しています。奥さんはプリンをいくつ食べましたか。

F：もしもし、私だけど。

M：ああ、食事会、もう終わったのか？

F：ええ、さっきお友達と別れたところ。

M：そう。料理はどうだった？

F：もちろんおいしかったわよ。さすが一流ホテルだけあるわ。でもね、特においしかったのは何だと思う？

M：何？

F：プリン。

M：プリン？たかがプリンだろ。

F：最初は私もそう思ってがっかりしたのよ。でも、食べてみてびっくり！口当たりがまろやかで、ほんのり甘くて、飲み込むのがもったいないくらい。1つじゃ足りなくて、また注文しちゃったほどおいしかったの。

M：で、全部でいくつ食べたんだ？

F：3つかしら。

M：6つ？

F：ちがうわよ、3つよ。どんなに私が食いしん坊でも、プリンを6つも8つも食べないわよ。

M：いや、3つだってすごいと思うけど。おみやげに俺にも買ってきてくれよ。

F：そう言うと思って、5つ買ったわ。

奥さんはプリンをいくつ食べましたか。

1 3つ

2 5つ

3 6つ

4 8つ

中譯 第6題

夫婦正在電話中說話。太太吃了幾個布丁呢？

F：喂喂，是我。

M：啊，餐會，已經結束了嗎？

F：嗯，剛和朋友分手。

M：這樣啊。菜怎麼樣？

F：當然好吃啊！果然只有一流的飯店才有。但是啊，你猜什麼特別好吃？

M：什麼？

F：布丁。

M：布丁？不就是布丁嗎？

F：一開始我也這麼認為，還有點失望呢。但是吃吃看以後，嚇了一跳！入口的感覺好柔滑，微微的甜，吞下去幾乎都覺得可惜。好吃到覺得一個還不夠，馬上又再點。

M：所以，總共吃了幾個？

F：三個吧。

M：六個？

F：不是啦，是三個啦。我再怎麼愛吃，布丁也不會吃到六個、八個的！

M：不，就算三個，我也覺得很厲害了。當禮物買回來給我啦！

F：我就知道你會這麼說，所以買五個了。

太太吃了幾個布丁呢？

1 三個

2 五個

3 六個

4 八個

解析 整段會話有難度，但是考的重點反而是最基本的和語數量詞，因為這的確是日常生活中最常用到的。「1つ」（一個）、「2つ」（二個）、「3つ」（三個）、「4つ」（四個）、「5つ」（五個）、「6つ」（六個）、「7つ」（七個）、「8つ」（八個）、「9つ」（九個）、「10」（十個）。張開嘴唸唸看，並記下來吧！

問題2

問題2では、まず質問を聞いてください。そのあと、問題用紙を見てください。読む時間があります。それから話を聞いて、問題用紙の1から4の中から正しい答えを一つ選んでください。

（問題2，請先聽問題。之後，請看試題紙。有閱讀的時間。接下來聽會話，從試題紙的1到4裡面，選出一個正確的答案。）

1番 MP3-07

男の人と女の人が話をしています。男の人はどうして仕事をやめますか。

F：村田くん、仕事、やめるんだって？

M：ああ、もう知ってるの？

F：昨日、部長たちが話してるのを聞いちゃって……。でも、どうして？最近、業績もすごく上がって、調子よかったじゃない。

M：俺だって、本当はやめたくないんだ。同僚とも気が合うし、給料も上がったし、これからって時だったんだけど……。

F：病気とか？それとも他に何か理由があるの？

M：じつはうちの父親、体の調子がよくなくて。俺んち、北海道なんだけど、牧場を経営しててさ。子供は俺1人だけだから、実家に帰って父親の仕事を継がなきゃって。

F：そう。じゃ、仕方がないわね。家族より大事なものはないもの。

M：うん、俺もそう思う。

F：がんばってね。

M：ありがとう。

男の人はどうして仕事をやめますか。

1 会社の給料が少ないから。

2 同僚とうまくいかないから。

3 病気で入院するから。

4 実家に戻るから。

中譯 第1題

男人和女人正在說話。男人為什麼要辭掉工作呢？

F：村田先生，工作，聽說你要辭掉？

M：啊，妳已經知道啦？

F：昨天，聽到部長們說的話……。但是，為什麼呢？最近業績也提升非常多，狀況很好不是嗎？

M：我，其實也不想辭。雖然和同事也合得來，薪水也調升了，接下來，就是我（可以好好表現）的時候了，但是……。

F：生病了嗎？還是有其他什麼理由呢？

M：其實是我父親，身體的狀況不好。我家是在北海道，經營著牧場。小孩只有我一個，所以非回老家繼承我父親的工作不可。

F：這樣啊。那麼，就沒辦法了。沒有比家人更重要的東西了。

M：嗯，我也這麼覺得。

F：加油喔。

M：謝謝。

男人為什麼要辭掉工作呢？

1 因為公司的薪水很少。

2 因為和同事相處得不好。

3 因為生病住院。

4 因為要回老家。

解析 應考聽解有二個重點，第一，牢記問題問的是什麼；第二，關鍵答案幾乎都在整段對話的最後。本題最關鍵的一句話在「**子供は俺1人だけだから、実家に帰って父親の仕事を継がなきゃって。**」（小孩只有我一個，所以非回老家繼承我父親的工作不可。）句中的「**継がなきゃ**」是「**継がなければならない**」（非繼承不可）的口語和省略形式，故正確答案為選項4。

2番 MP3-08

男の人が女の人をデートに誘いました。2人はデートで何をしますか。

M：新宿の駅前に大きいボーリング場ができたの、知ってる？

F：へー、初めて聞いた。

M：中に映画館とかゲームセンターとかもあるらしいよ。

F：ゲームは苦手。私、うるさいの嫌いなの。

M：そうなんだ。じゃ、カラオケも好きじゃないね。

F：うん。静かな場所が好き。

M：分かった。じゃ、映画でも見ようか。

F：映画、大好き！でも、最近はあんまりいい映画ないんだよね。

M：それじゃ、家に来ない？おいしいものたくさん買って、ＤＶＤ見ながら食べるってのはどう？

F：でも、私達、まだそういう関係じゃないし……。

M：それはそうだね。ごめん。

F：ううん、でも、誘ってもらってうれしい！私、うるさいところは苦手だけど、ボーリングとか運動する場所ならだいじょうぶよ。体を動かすの、好きだし。

M：よかった。じゃ、そうしよう！

2人はデートで何をしますか。

1 映画を見る。

2 ボーリングをする。

3 男の人の家でＤＶＤを見る。

4 カラオケをする。

中譯 第2題

男人邀約了女人。二個人在約會時要做什麼呢？

M：妳知道新宿車站前面蓋了一間大的保齡球館嗎？

F：咦，第一次聽到。

M：裡面好像也有電影院或是電玩中心喔！

F：電玩我不行。我討厭吵。

M：這樣啊！那麼，也不喜歡卡拉OK囉。

F：嗯。我喜歡安靜的地方。

M：知道了。那麼，去看個電影吧！

F：電影，我最愛！但是最近沒什麼好電影吧！

M：那麼，要不要到我家？買很多好吃的東西，一邊看DVD一邊吃，如何？

F：但是，我們，還不是那種關係⋯⋯。

M：妳說的是沒錯啦。對不起。

F：不會啦，不過你約我，我很高興！我，雖然不喜歡吵鬧的地方，但是保齡球場或是運動的地方沒問題喔！而且我喜歡動動身體。

M：太好了。那麼，就那樣吧！

二個人約會時要做什麼呢？

1 看電影。

2 打保齡球。

3 在男人的家看DVD。

4 唱卡拉OK。

解析 本題的重點亦在最後，女人這個也不行、那個也不妥，但是最後說出「うるさいところは苦手だけど、ボーリングとか運動する場所ならだいじょうぶよ。」（雖然不喜歡吵鬧的地方，但是保齡球場或是運動的地方沒問題喔！）故正確答案為選項2。

3番 MP3-09

男の人と女の人がペットショップで話しています。男の人が犬嫌いなのはどうしてですか。

F：見て見て、かわいい。

M：何？

F：あそこにいる毛がふさふさで目が青い猫。

M：ぐっすり寝てるね。ぬいぐるみみたい。

F：うん。飼いたいな。

M：でも毛が抜けると、家が汚れるよ。服にも毛がいっぱいつくし。小さいころ飼ってて、大変だったんだ。

F：それもそうね。じゃ、犬は？犬なら外で飼えばいいもの。

M：だめだよ！俺、犬は苦手なんだ。

F：どうして？

M：昔、かまれて血だらけになったことがあるんだ。それ以来、怖くて。

F：でも、見てよ、あの小犬。ぜったいかんだりしないわよ。ほら、店員さんの手をなめてる。

M：ワンワン鳴いてうるさいと思うよ。

F：ほとんど鳴かない犬だっているのよ。

M：だめだめ、犬だけはだめ！！ぜったいだめ！

男の人が犬嫌いなのはどうしてですか。

1 うるさくて夜眠れないから。

2 家が汚れるから。

3 かまれたことがあるから。

4 いやな臭いがするから。

中譯 第3題

男人和女人正在寵物店裡說話。男人之所以討厭狗，是為什麼呢？

F：你看你看，好可愛。

M：什麼？

F：就是在那裡那隻毛絨絨、藍色眼睛的貓。

M：睡得好熟喔。好像絨毛娃娃。

F：嗯。好想養喔。

M：但是掉毛的話，家裡會髒喔！衣服上也會沾很多毛。我小時候養過，很麻煩。

F：說的也是。那麼，狗呢？狗的話養在外面就好了。

M：不行啦！我怕狗。

F：為什麼？

M：我以前曾被咬得全是血。從那以後，就很怕。

F：但是，你看嘛，那隻小狗。絕對不會咬人什麼的。你看，牠在舔店員的手。

M：我覺得汪汪叫地很吵吔！

F：也有幾乎都不叫的狗啊！

M：不行不行，只有狗不行！！絕對不行！

男人之所以討厭狗，是為什麼呢？

1 因為吵，晚上睡不著。

2 因為家裡會弄髒。

3 因為曾經被咬過。

4 因為會發出討厭的臭味。

解析 本題的重點，不在於要買貓或者是狗，還是探討牠們有多可愛，而是必須記住問題是「男の人が犬嫌いなのはどうしてですか。」（男人之所以討厭狗，是為什麼呢？）然後一邊聽會話，一邊找出答案，故正確答案為選項3。

4番 MP3-10

男の人と女の人が電話で話しています。女の人はどうしてほしいと言っていますか。

F：もしもし、藤原です。

M：ああ、藤原さん？どうしたの？

F：木村さん、まだ会社ですか。

M：そうだけど。

F：よかった。じつは忘れ物しちゃって……。

M：大事なもの？

F：ええ、明日の会議の資料なんです。

M：心配なら、どこか見えにくい場所に隠しておいてあげるけど……。

F：いえ、そうじゃないんです。明日みんなの前で話さなきゃならないので、家で練習しておこうと思って。でも、今から会社に戻ると、2時間半くらいかかっちゃうので、よかったらファックスしてもらえないかなと思って。

M：いいよ。そのくらいのことなら、ぼくにまかせて。家まで届けてあげてもいいけど。

F：いえいえ、そんなわけには……。

M：じょうだんだよ。番号、教えて。今すぐ送ってあげるから。

F：ありがとうございます。

女の人はどうしてほしいと言っていますか。

1 資料を家に届けてほしい。

2 資料を隠しておいてほしい。

3 資料をファックスしてほしい。

4 資料の内容を読んでほしい。

中譯 第4題

男人和女人正在電話中說話。女人希望（男人幫她）做什麼呢？

F：喂喂，我是藤原。

M：啊，藤原小姐嗎？怎麼了？

F：木村先生，你還在公司嗎？

M：是啊。

F：太好了。其實，是我忘了東西……。

M：重要的東西？

F：是的，是明天開會的資料。

M：擔心的話，我幫妳藏在不容易被看到的哪個地方……。

F：不，不是那樣的。是因為明天非在大家前面發表不可，所以想在家預先練習。但是，現在要是回公司，要花二個半小時左右，所以才想說，如果可以的話，可以傳真給我嗎？

M：好啊！這種小事包在我身上。就算幫妳送到家也可以。

F：不、不，我不是那種意思……。

M：開玩笑的啦！號碼，告訴我。現在馬上幫妳傳。

F：謝謝。

女人希望（男人幫她）做什麼呢？

1 希望（男人幫她）把資料送到家裡。

2 希望（男人幫她）把資料藏起來。

3 希望（男人幫她）傳真資料。

4 希望（男人幫她）唸資料的內容。

解析 本題最重要的是聽得懂問句「女の人はどうしてほしいと言っていますか。」（女人希望（男人幫她）做什麼呢？）。句中的「どうしてほしい」很容易被誤以為是「為什麼想要」，但正確的意思其實是「どう」（如何）＋「して」（做）＋「ほしい」（希望），所以是「希望對方幫她怎麼做呢？」。故正確答案為選項3。

5番 MP3-11

女の人が駅員と話しています。バッグはどこにありましたか。

F：すみません、バッグを忘れちゃったんですが、届いてませんか。

M：いつごろの、どの電車か分かりますか。

F：10分前くらいに、ここから出た電車です。緑色の電車だったような……。

M：それなら、新宿行きのですね。

F：あっ、そうです。それです。網棚の上に置いておいたような気がしますが、確かじゃありません。

M：今、確認してみます。少々お待ちください。
（駅員が電話で確認する）

M：お客さま、どんなバッグですか。色とか大きさとか。

F：黒です。Ａ４のファイルが入る大きさで、肩にかけられるタイプの。

M：それなら、届いてるそうですよ。

F：本当ですか。あー、よかった。

M：８両目の座席の上においてあったそうです。

F：そうですか。見つかってよかった。

バッグはどこにありましたか。

1 ８両目の座席の上
2 ８両目の網棚の上
3 １両目の座席の上
4 １両目の網棚の上

中譯 第5題

女人和站員正在說話。包包在什麼地方呢？

F：對不起，我忘了包包，請問有人送來嗎？

M：知道何時左右的、哪輛電車嗎？

F：十分鐘前左右，從這裡發的電車。好像是綠色的電車……。

M：那樣的話，是往新宿的吧！

F：啊，沒錯。就是那輛。我記得好像是放在網架上，但是不確定。

M：我現在確認看看。請稍等。

（站員用電話確認。）

M：這位乘客，是什麼樣的包包呢？顏色或者是大小。

F：是黑色。放得下A4文件的大小，可以肩背的款式。

M：那樣的話，聽說有送來喔！

F：真的嗎？啊～，太好了。

M：聽說是放在第八節車廂的座位上。

F：那樣啊。找到了真好。

包包在什麼地方呢？

1 第八節車廂的座位上

2 第八節車廂的網架上

3 第一節車廂的座位上

4 第一節車廂的網架上

解析 本題的重點亦在弄清楚問題問什麼，以及聽清楚站員最後說的重點「8両目の座席の上においてあったそうです。」（聽說是放在第八節車廂的座位上。）故正確答案為選項1。

6番 MP3-12

男の人が店の人と電話で話しています。男の人は何を注文しましたか。

F：はい、山田ラーメンです。

M：ラーメンを届けてほしいんですけど……。

F：はい、ご注文をどうぞ。

M：味噌ラーメンを2つと醤油ラーメンを1つお願いします。

F：はい、味噌ラーメンを2つと醤油ラーメンを1つですね。味噌ラーメンは辛いのと辛くないのがありますが……。

M：じゃ、1つは辛いので、もう1つは辛くないのでお願いします。

F：かしこまりました。

M：あっ、醤油ラーメンは餃子のついたセットに換えてもらえますか。

F：かしこまりました。味噌ラーメンの辛いのを1つと辛くないのを1つ、醤油ラーメンを餃子セットで1つですね。

M：はい。

F：ご注文、ありがとうございました。

男の人は何を注文しましたか。

1 味噌ラーメンの辛いのを1つと辛くないのを1つ、餃子を1つ

2 辛いのと普通の味噌ラーメンを1つずつ、醤油ラーメンの餃子セットを1つ

3 味噌ラーメンの辛いのと辛くないのを1つずつ、醤油ラーメンを1つ

4 辛い味噌ラーメンを1つと辛い醤油ラーメンを1つ

中譯 第6題

男人正和店裡的人在電話中說話。男人點了什麼呢？

F：您好，這裡是山田拉麵。

M：我想要外送拉麵……。

F：好的，請點餐。

M：麻煩味噌拉麵二碗和醬油拉麵一碗。

F：好的，味噌拉麵二碗和醬油拉麵一碗是嗎？味噌拉麵有辣的和不辣的……。

M：那麼，麻煩一碗是辣的，另外一碗是不辣的。

F：知道了。

M：啊，醬油拉麵可以換成有附餃子的套餐嗎？

F：知道了。一碗味噌拉麵辣的，和一碗味噌拉麵不辣的，還有一份醬油拉麵搭配餃子的套餐是嗎？

M：是的。

F：謝謝您的點餐。

男人點了什麼呢？

1 一碗味噌拉麵辣的，和一碗不辣的，還有一份餃子

2 辣的和普通的味噌拉麵各一碗，還有一份醬油拉麵的餃子套餐

3 味噌拉麵辣的和不辣的各一碗，還有一碗醬油拉麵

4 一碗辣的味噌拉麵和一碗辣的醬油拉麵

解析 本題有難度，重點在於是否聽懂「**醤油ラーメンは餃子のついたセットに換えてもらえますか。**」（醬油拉麵可以換成有附餃子的套餐嗎？）句中的「**～に換えてもらえますか。**」意為「可以換成～嗎？」而「**餃子のついたセット**」意思不是「餃子套餐」，而是「附有餃子的套餐」。若是沒有聽懂，還有一次機會，因為會話的最後，又重覆了一次重點「**醤油ラーメンを餃子セットで１つ**」（一份醬油拉麵搭配餃子的套餐），故正確答案為選項2。

問題3

問題3では、問題用紙に何も印刷されていません。まず話を聞いてください。それから、質問を聞いて、正しい答えを1から4の中から一つ選んでください。

（問題3，試題紙上沒有印任何字。請先聽會話。接下來聽問題，從1到4裡面，選出一個正確的答案。）

1番 MP3-13

女の子2人が話しています。

F1：元気がないけど、どうしたの？
F2：勇二とけんかしちゃったの。
F1：けんかくらい、何よ。今までもよくけんかしてたじゃない。
F2：でも、今度は本当にだめかも。もう別れようって言われちゃった。
F1：原因は？
F2：勇二、私が浮気してるって。テニス部の岡田先輩と。
F1：誤解されるようなことでもしたの？
F2：してないわよ。でも、この間勇二が家に来たとき、ちょうど先輩といっしょにいて……。
F1：どうして先輩が家にいるのよ。
F2：しょうがないじゃない、先輩はお姉ちゃんの彼氏なんだもん。
F1：えっ、そうなの？それじゃ、はっきりそう言わなきゃ。
F2：言ったわよ。言ったけど、信じてもらえなかったの。
F1：私が代わりに言ってあげる。まかせて！
F2：うん、ありがとう。

女の子はどうして元気がないのですか。

1 彼氏が病気だから。
2 彼氏が浮気したから。
3 彼氏と別れたから。
4 彼氏とけんかしたから。

中譯 第1題

二個女孩正在說話。

F1：無精打采的，怎麼了？

F2：和勇二吵架了。

F1：不過是吵個架，什麼嘛！（交往）到現在，不也常吵架嗎？

F2：但是，這次可能真的完了。被他說，我們分手吧！

F1：原因呢？

F2：勇二，說我在劈腿。和網球社的岡田學長。

F1：妳是不是做了什麼被誤會的事情啦？

F2：沒有做啊！但是，之前勇二到我們家的時候，（我）剛好和學長在一起……。

F1：為什麼學長在家裡啊！

F2：沒辦法啊，因為學長是我姊姊的男朋友。

F1：咦，那樣啊？那麼，不把那個說清楚不行。

F2：說了啊！說是說了，但是他不相信啊！

F1：我來幫妳說。交給我！

F2：嗯，謝謝妳。

女孩為什麼無精打采呢？

1 因為男朋友生病了。

2 因為男朋友劈腿了。

3 因為和男朋友分手了。

4 因為和男朋友吵架了。

解析 本題有點難度，除了選項1的「**病気**」（生病）在會話中完全沒有提到，所以不可能選擇它之外，其餘的選項2和3和4，皆有可能為正確答案。先看選項2，由於會話中有「**勇二、私が浮気してるって。**」（勇二，說我在劈腿。）其中的「って」，經常出現在會話中，代表「引用聽來的話」，是女孩引述勇二的話，說勇二覺得她劈腿，並非勇二本身劈腿，所以選項2錯誤。至於選項3，由於會話中有「**もう別れようって言われちゃった。**」（被他說，我們分手吧！）其中的「**別れよう**」的「よう」，是動詞的意向形，代表「提議」，中文翻譯成「～吧！」所以這句話只是說要分手，但還沒有真正的分手，所以選項3錯誤。故正確答案為選項4。

2番 MP3-14

男の子と女の子が話しています。

F：黒木くんに電話してくれた？

M：したよ。参加するって。

F：よかった。

M：何だよ、電話くらい自分ですればいいのに。好きなのか、黒木のこと。

F：うるさいわね。

M：あっ、顔が赤くなった！好きなんだ。

F：何よ、関係ないでしょ。

M：黒木ね、明るくて積極的な女の子が好きだから、恥ずかしがってないで、もっとしゃべったほうがいいと思うよ。

F：えっ、そうなの？おとなしい子が好きなんだと思ってた。

M：今度のパーティーでいっしょに踊ったら？2人とも踊りが得意だから、気が合うと思うよ。

F：本当？じゃ、そうする。ありがとう。

M：がんばれよ！

男の子は女の子に何をすすめていますか。

1 黒木くんと踊ること。
2 黒木くんに電話すること。
3 黒木くんに告白すること。
4 黒木くんとお酒を飲むこと。

中譯 第2題

男孩和女孩正在說話。

F：你幫我打電話給黑木同學了嗎？

M：打了喔。說（妳）要參加。

F：太好了。

M：什麼嘛！不過是個電話，明明自己打就好了。妳喜歡黑木同學吧？

F：你很囉唆耶。

M：啊，臉都變紅了！就說妳喜歡吧！

F：什麼嘛，跟你無關吧！

M：我覺得黑木這個人，喜歡爽朗又積極的女孩，所以不要害羞，多跟他說話比較好喔。

F：咦，是那樣嗎？我還以為他喜歡乖巧的女孩。

M：下次的舞會一起跳舞呢？你們二個人都很會跳舞，我想一定合得來的！

F：真的？那麼，就那麼辦！謝謝！

M：加油喔！

男孩正建議女孩做什麼呢？

1 和黑木同學跳舞。

2 打電話給黑木同學。

3 跟黑木同學告白。

4 和黑木同學喝酒。

解析 四個選項中，由於會話中提到的只有「**電話**」（電話）和「**踊る**」（跳舞），沒有提到「**告白**」（告白）和「**お酒を飲む**」（喝酒），故先排除選項3和4。有可能的二個選項中，先看選項2，從會話中的「**電話くらい自分ですればいいのに。**」（不過是個電話，明明自己打就好了。）知道男孩已經幫女孩打了電話，男孩只是抱怨，並非建議女孩打電話給黑木同學，所以非正確答案。而選項1，從會話中的「**2人とも踊りが得意だから、気が合うと思うよ。**」（你們二個人都很會跳舞，我想一定合得來的！）知道男孩建議女孩和黑木同學跳舞，故正確答案為選項1。

3番 MP3-15

会社で男の人と女の人が話しています。

F：ずいぶん眠そうですね。

M：そうなんですよ。最近、すごく暑いでしょう。

F：ええ、夜はクーラーつけないと眠れませんよね。

M：そうなんだよ。でもうちのクーラー、調子が悪くて、つけるとすごい音がするんだ。

F：それは困りましたね。

M：うん。クーラーをつけないと暑くて眠れないし、つけるとうるさくて眠れないし……。

F：扇風機はないんですか。

M：扇風機は苦手なんだ。風が皮膚にあたると、くすぐったくて。

F：それじゃ、毎日どうしてるんですか。

M：氷をビニール袋に入れて、頭にのせて寝てる。でも、寝てるうちに落ちちゃうんだけどね。

F：どっちにしても、大変そうですね。

男の人は寝るとき、いつもどうしていますか。

1 1時間だけクーラーをつけて寝る。

2 氷入りのビニール袋を頭にのせて寝る。

3 扇風機とクーラーをつけて寝る。

4 何もせず、暑さをがまんして寝る。

中譯 第3題

公司裡男人和女人正在說話。

F：你看起來好像非常睏耶。

M：對啊！最近，非常熱不是嗎？

F：嗯，晚上不開冷氣就睡不著呢！

M：對啊。但是我家的冷氣怪怪的，只要一開聲音就很大。

F：那很傷腦筋耶。

M：嗯。不開就熱到睡不著，一開又吵到睡不著……。

F：沒有電風扇嗎？

M：我怕電風扇。風一吹到皮膚，癢癢的。

F：那麼，你每天都怎麼做啊？

M：把冰塊放到塑膠袋裡，放在頭上睡。不過，睡到一半，會掉下來。

F：看來不管哪一種，好像都很辛苦啊！

男人睡覺的時候，總是怎麼做呢？

1 只開一個小時的冷氣睡覺。

2 把放入冰塊的塑膠袋放在頭上睡。

3 開電風扇和冷氣睡覺。

4 什麼都沒做，忍耐著炎熱睡覺。

解析 N3聽解測驗的問題3，總共有三道題目，由於這三道題目，會話既長，且試題上也沒有印任何字，所以更要小心聆聽。幸而關鍵答案總是在最後出現，本題亦然，就是「氷をビニール袋に入れて、頭にのせて寝てる。」（把冰塊放到塑膠袋裡，放在頭上睡。）故正確答案為選項2。

問題4

問題4では、絵を見ながら質問を聞いてください。それから、正しい答えを1から3の中から一つ選んでください。

（問題4，請一邊看圖一邊聽問題。接下來，從1到3裡面，選出一個正確的答案。）

1番 MP3-16

先輩に、今の時間を聞きたいです。何と聞きますか。

1 すみません、今はいつだろう。

2 すみません、今、何時ですか。

3 すみません、今の時間はどうかな。

中譯 第1題

想問學長姊現在的時間。要怎麼問呢？

1 不好意思，現在是何時啊！

2 不好意思，現在，幾點呢？

3 不好意思，現在的時間是如何啊？

解析 請問人家時間時，要先說「すみません」（不好意思）當起頭語，接著才說「今、何時ですか。」（現在幾點呢？）故正確答案為選項2。其餘選項1和3，語意不詳且口氣不誠懇，不予考量。

2番 MP3-17

写真を撮ってもらいたいです。知らない人に、何と言いますか。

1 あのう、写真を撮っていただけませんか。

2 あのう、これで写真を撮りましょう。

3 あのう、よかったらこれで写真を撮ります。

中譯 第2題

想請人幫忙照相。對不認識的人，要說什麼呢？

1 那個，能不能請您幫忙照相呢？

2 那個，用這個照相吧！

3 那個，如果可以的話，用這個照相。

解析「～ていただけませんか」（能不能請您幫忙～呢？）是重要的請求句型，它源自於「～てもらいます」（請人家幫忙做～）→「～ていただきます」（～てもらいます的敬語；請您幫忙做～）→「～ていただけますか」（可以請您幫忙做～嗎？）→「～ていただけませんか」（能不能請您幫忙做～呢？）所以正確答案為選項1「写真を撮っていただけませんか。」（能不能請您幫忙照相呢？）

3番 MP3-18

電話で話しています。映画に誘いたいのですが、何と言いますか。

1 ねえ、今度の日曜日、映画を見に行かない？

2 ねえ、今度の日曜日、映画を見せましょう。

3 ねえ、今度の日曜日、映画を見に行ってもいいですか。

中譯 第3題

正在電話中說話。要約別人看電影，要說什麼呢？

1 喂，這個星期天，要不要去看個電影？

2 喂，這個星期天，給你看電影吧！

3 喂，這個星期天，去看電影也可以嗎？

解析 三個選項中，選項1「映画を見に行かない？」（要不要去看個電影？）是用否定的句尾，做婉轉邀約，為重要的邀約句型，請牢記；選項2「映画を見せましょう。」（給你看電影吧！）要改成「映画を見ましょう。」（看個電影吧！）才是正確的邀約句型；選項3「映画を見に行ってもいいですか。」（去看電影也可以嗎？）為許可句型，不適合拿來邀約別人。故正確答案為選項1。

4番 MP3-19

東京駅に行きたいのですが、道に迷ってしまいました。何と聞きますか。

1 すみません、東京駅へどうして行ってもいいでしょうか。

2 すみません、東京駅へ行きますが、ここはどこでしょう。

3 すみません、東京駅へはどうやって行ったらいいですか。

中譯 第4題

想去東京車站，但是迷路了。要怎麼問呢？

1 不好意思，到東京車站，要怎麼去都可以吧？

2 不好意思，我要去東京車站，但是這裡是哪裡啊？

3 不好意思，到東京車站，要怎麼去才好呢？

解析 三個選項中，選項1不知所云，不予考慮；選項2問自己身在何處，被問到的人也不知道該如何回答，不予考慮；選項3為正確說法，請記起來。

問題5

問題5では、問題用紙に何も印刷されていません。まず、文を聞いてください。それから、その返事を聞いて、1から3の中から、正しい答えを一つ選んでください。

（問題5，試題紙上沒有印任何字。首先，請聽句子。接下來，請聽它的回答，從1到3裡面，選出一個正確的答案。）

1番 MP3-20

F：遠慮しないで食べてください。

M：1 じゃ、いただきます。

2 じゃ、おじゃまします。

3 じゃ、ごめんください。

中譯 第1題

F：別客氣，請用。

M：1 那麼，我開動了。

2 那麼，打擾了。

3 那麼，請問有人在嗎？

解析 題目中的「遠慮しないで」（別客氣），在聽解測驗中常出現，請牢記。至於三個選項，選項1中的「いただきます。」意為「開動了！」用於告知同桌的人自己要開始吃了，含有感謝之意；選項2中的「おじゃまします。」意為「打擾了！」，是要進人家的家門時說的話，含有謙讓之意；選項3中的「ごめんください。」意為「請問有人在嗎？」若和「じゃ」（那麼）搭配，語意不明，所以不予考量。故正確答案為選項1。

2番（ばん） MP3-21

F：お先（さき）に失礼（しつれい）します。

M：1 おつかれさまでした。

2 失礼（しつれい）してください。

3 お世話（せわ）しました。

中譯 第2題

F：先告辭了。

M：1 您辛苦了。

2 請告辭。

3 我照顧了。

解析 題目中的「お先（さき）に失礼（しつれい）します。」（我先告辭了。）用於公司或者是聚會自己要先離開時。此句話聽解測驗中常出現，請牢記。至於三個選項，選項1中的「おつかれさまでした。」意為「您辛苦了。」多用在別人要離開時或別人完成某件事情時；而選項2和選項3均為錯誤用法，故正確答案為選項1。

3番（ばん） MP3-22

F：うちの子（こ）、希望（きぼう）の大学（だいがく）に受（う）かったんです。

M：1 ありがとうございます。お世話（せわ）さまでした。

2 おめでとうございます。よかったですね。

3 うれしいです。よろしくお願（ねが）いします。

中譯 第3題

F：我家的小孩，考上想進的大學了。

M：1 謝謝您。讓您照顧了。

2 恭喜您。太好了。

3 好開心。請多多指教。

解析 本題的重點在是否聽懂「受（う）かったんです。」（考上了。）這個字。至於三個選項，選項1中的「お世話（せわ）さまでした。」為錯誤用法，應該是「お世話（せわ）します。」（我來照顧。）或是「お世話（せわ）になりました。」（承蒙照顧了。）但即使是如此，語意也不符；選項2，聽到人家的好消息，恭喜對方，替對方高興，當然正確；選項3，文法正確，但是語意不合，所以不予考量。故正確答案為選項2。

4番（ばん） MP3-23

F：どうしたの？

M：1 しょうがないことだよ……。

2 うちの犬（いぬ）が死（し）んじゃって……。

3 そうしたほうがよかったのに……。

中譯 第4題

F：怎麼了？

M：1（這也是）沒有辦法的事啊……。

2 我家的狗死了……。

3 明明那樣做比較好……。

解析 本題的重點在是否聽懂「どうしたの？」（怎麼了？）這句話，也是就是「發生什麼事了？」，故正確答案為選項2。

5番 MP3-24

F：ちょっと頭が痛いんだ。

M：1 だから休むべきだったんだ。

2 むりしても休みましょう。

3 早く帰って休んだほうがいいよ。

中譯 第5題

F：頭有點痛。

M：1 所以之前就應該要休息嘛。

2 就算勉強也休息吧！

3 早點回家休息比較好喔！

解析 本題的題目不難，三個選項也好像都可以，但是一般日本人聽到別人已經不舒服時，不會冷嘲熱諷，也不會強迫對方休息，只會用「～ほうがいい」（～比較好）這樣的建議句型來提醒對方，故最合適的答案為選項3。

6番 MP3-25

F：銀行は何時までだったっけ？

M：1 ほんとうに3時半までだった？

2 3時半までだったと思うけど。

3 たしか3時半だといいよね。

中譯 第6題

F：之前說銀行到幾點？

M：1 之前真的說到三點半？

2 我記得是到三點半……。

3 要是真能到三點半的話就好了啊！

解析 先看問句，句中的「～っけ」意為「是不是～來著」，用於自己記不清楚時的確認，所以「銀行は何時までだったっけ？」意為「之前說銀行到幾點來著？」故正確答案為選項2。

7番 MP3-26

F：今日はごちそうさまでした。

M：1 いえいえ、また遊びに来てくださいね。

2 いえいえ、こちらこそすみません。

3 いえいえ、お世話になりました。

中譯 第7題

F：今天謝謝您的招待。

M：1 不會不會，請再來玩喔。

2 不會不會，我才不好意思。

3 不會不會，讓您照顧了。

解析 先看問句，句中的「ごちそう」原意為「美饌」，所以在吃飽時，「ごちそうさまでした。」可引申為「吃飽了。」在酒足飯飽要離開別人家裡時，可引申為「謝謝您的招待」。故正確答案為選項1。

8番（ばん） MP3-27

F：お支払（しはら）いは現金（げんきん）ですか、カードですか。

M：1 カードをください。

2 カードにします。

3 カードにしなさい。

中譯 第8題

F：付款是用現金呢？還是卡呢？

M：1 請給我卡。

2 我用卡。

3 給我用卡！

解析 本題的題目不難，一定可以了解，但是三個選項，則充滿陷阱。選項1「カードをください。」不是「請用卡」，而是「請給我卡。」所以錯誤；選項2「カードにします。」（我用卡。）為正確答案，其中的「～にします」句型，意為「決定～」，非常重要，請牢記；選項3「カードにしなさい。」（給我用卡！）非常不禮貌，所以當然不對。故正確答案為選項2。

9番（ばん） MP3-28

F：あのう、今（いま）ちょっといいですか。

M：1 ええ、いいでしょうね。

2 ええ、何（なん）でしょうか。

3 ええ、ひどいお願（ねが）いだね。

中譯 第9題

F：那個，現在可以稍微聊一下嗎？

M：1 好，應該可以吧！

2 好，什麼事情呢？

3 好，很過分的要求耶！

解析 本題只要知道題目「今（いま）ちょっといいですか。」的意思，便能選出答案。「ちょっと」意為「稍微」；「いいですか。」意為「可以嗎？」所以整句話就是「現在稍微可以嗎？」，也就是「現在可以稍微聊一下嗎？」。至於三個選項，只有選項2「ええ、何（なん）でしょうか。」（好，什麼事情呢？）比較有禮貌，故正確答案為選項2。

N3 模擬試題　第二回

考題解答

言語知識（文字・語彙）

問題1（每小題各1分）

1 1　2 4　3 2　4 4　5 2　6 4　7 3　8 3

問題2（每小題各1分）

9 3　10 2　11 3　12 3　13 2　14 1

問題3（每小題各1分）

15 1　16 3　17 2　18 3　19 4　20 1　21 4　22 2　23 2　24 2
25 1

問題4（每小題各1分）

26 2　27 1　28 3　29 1　30 1

問題5（每小題各1分）

31 3　32 1　33 4　34 2　35 3

言語知識（文法）・讀解

問題1（每小題各1分）

1 3　2 2　3 1　4 2　5 3　6 2　7 4　8 1　9 2　10 1
11 3　12 2　13 1

問題2（每小題各1分）

14 1　15 2　16 4　17 3　18 2

問題3（19為1分。20～23，每小題各1.5分）

19 4　20 2　21 3　22 1　23 2

問題4（每小題各3分）

24 3　**25** 1　**26** 3　**27** 3

問題5（每小題各4分）

28 2　**29** 3　**30** 1　**31** 4　**32** 2　**33** 2

問題6（每小題各4分）

34 2　**35** 4　**36** 1　**37** 3

問題7（每小題各4分）

38 3　**39** 1

註1：「言語知識（文字・語彙）」測驗問題1～問題5，與「言語知識（文法）・讀解」測驗問題1～問題3合併計分，「言語知識」科目滿分為60分。

註2：「言語知識（文法）・讀解」測驗問題4～問題7為「讀解」科目，滿分為60分。

◎自我成績統計

測驗	問題	小計	總分	科目
言語知識（文字・語彙）	問題1	/8	/60	言語知識（文字・語彙・文法）
	問題2	/6		
	問題3	/11		
	問題4	/5		
	問題5	/5		
言語知識（文法）・讀解	問題1	/13		
	問題2	/5		
	問題3	/7		
	問題4	/12	/60	讀解
	問題5	/24		
	問題6	/16		
	問題7	/8		

聽解

問題1（每小題各2分）

1番 1

2番 3

3番 3

4番 4

5番 2

6番 1

問題2（每小題各2分）

1番 2

2番 2

3番 3

4番 2

5番 2

6番 3

問題3（每小題各2分）

1番 3

2番 1

3番 2

問題4（每小題各3分）

1番 1

2番 1

3番 3

4番 1

問題5（每小題各2分）

1番 1

2番 3

3番 1

4番 1

5番 2

6番 3

7番 2

8番 3

9番 2

註1：「聽解」科目滿分為60分。

◎自我成績統計

科目	問題	小計	總分
聽解	問題1	/12	/60
	問題2	/12	
	問題3	/6	
	問題4	/12	
	問題5	/18	

考題解析

言語知識（文字・語彙）

問題1　＿＿＿のことばの読み方として最もよいものを、1・2・3・4から一つえらびなさい。（有關＿＿＿的語彙的唸法，請從1・2・3・4裡面，選出一個最好的答案。）

1 申込書に写真を添付する。

1.てんぷ　　2.てんふ　　3.そえつき　　4.そえづき

中譯 報名表附相片。

解析 「申込書」是「報名表、申請書」，「写真」是「相片」，「添付する」是「附上、添上」，皆為重要單字，請熟記。雖然「付」這個漢字也可以唸「付き」，意為「附帶」，但為陷阱，不需理會。

2 弟は4月に転勤します。

1.ころきん　　2.ていきん　　3.こうきん　　**4.てんきん**

中譯 弟弟四月調任。

解析 選項1無此字；選項2可為「提琴」（提琴），非N3範圍單字；選項3可為「抗菌」（抗菌）或「公金」（公款）或「拘禁」（拘禁）等；選項4「転勤」為正確答案，意為「調任」，通常指工作被轉調到現居地以外的其他地區。

3 姉は来月、子供が誕生する。

1.たんしょう　　**2.たんじょう**　　3.だんしょう　　4.だんじょう

中譯 姊姊下個月，小孩要出生了。

解析 正確答案選項2「誕生する」為「動詞」，意為「出生」，可與「誕生日」（生日）一起記起來。其餘選項中，選項1可為「短小」（矮小）、「嘆賞」（讚賞）、「探勝」（探訪名勝）等；選項3可為「談笑」（談笑）；選項4可為「壇上」（講台上），發音均相似，要小心。

4 日本の首相は今、誰ですか。

1.しゅうそう　　2.しゅうしょう　　3.しゅそう　　**4.しゅしょう**

中譯 日本的首相，現在是誰呢？

解析 選項1可為「秋霜」（烈日秋霜）或「秋爽」（秋高氣爽）；選項2可為「終章」（最後一章）或「就床」（就寢）等；選項3為「酒槽」（酒槽）；選項4為「首相」（首相），是正確答案。

5 もうちょっと楽しい話題に変えましょう。

1.わたい　　2.わだい　　3.はたい　　4.はだい

中譯 換點更有趣的話題吧！

解析 正確答案選項2「話題」意為「話題」。其餘選項，均無該字。

6 ここから空港まではかなりの距離がある。

1.ちゅり　　2.きゃり　　3.しゅり　　4.きょり

中譯 從這裡到機場，有相當的距離。

解析 正確答案為選項4「距離」，意為「距離」。其餘選項中，選項1和2，無此字；選項3為「手理」（手紋），非N3範圍單字。

7 冷めないうちに食べてください。

1.ひめない　　2.つめない　　3.さめない　　4.ためない

中譯 請趁還沒變涼時吃。

解析「冷」這個漢字有幾個重要唸法，分別為「冷蔵庫」（冰箱）的「冷」；「冷める」（變涼）的「冷」；「冷やす」（冰鎮、冷敷）的「冷」；「冷たい」（冰涼的）的「冷」，均為重要用法，請一併記住，不可張冠李戴，所以答案為選項3。

8 手続きはとても簡単です。

1.しゅつづき　　2.しゅづつき　　3.てつづき　　4.てづつき

中譯 手續非常簡單。

解析「手」這個漢字有「手作り」（手工製）、「手術」（手術）等重要唸法；「続」這個漢字則有「続く」（繼續、持續）、「継続」（繼續）等重要唸法。無論如何，「手続き」的唸法是固定的，意為「手續」，請牢記。

問題2　＿＿＿のことばを漢字で書くとき、最もよいものを、1・2・3・4から一つえらびなさい。（用漢字書寫＿＿＿的語彙的時候，請從1・2・3・4裡面，選出一個最好的答案。）

9 日本のしゅとはどこですか。

1.主県　　2.主部　　3.首都　　4.首部

中譯 日本的首都是哪裡呢？

解析 正確答案為選項3「首都」，意為「首都」。其餘選項中，選項1，無此字；選項2「主部」意為「主要的部分」；選項4「首部」意為「事物的開頭、頭部」。

10 あまりの暑さでしょくよくがない。

1.食望　　2.食欲　　3.食希　　4.食発

中譯 因為太熱了，沒有食慾。

解析 句中「あまりの暑さで」的「で」為「助詞」，用來表示「理由、原因」，所以前半句意為「因為太熱」。因為太熱導致什麼呢？導致沒有食慾，所以可以直接猜出答案為選項2「食欲」。其餘選項，均無該字。

11 キャベツをきざんでから炒めます。

1.割んで　　2.破んで　　3.刻んで　　4.切んで

中譯 高麗菜細切後再炒。

解析 正確答案為選項3，其「原形」為「刻む」，意為「細切、剁碎」。其餘選項亦均為動詞「て形」，但除了意思和發音不對以外，變化也有誤。正確的變化方式為：選項1「割る→割って」（剖開）；選項2「破る→破って」（弄破）；選項4「切る→切って」（切）。

12 他に何かていあんはありませんか。

1.提見　　2.提想　　3.提案　　4.提示

中譯 其他還有什麼建議嗎？

解析 正確答案為選項3「提案」，意為「提案、建議」。其餘選項中，選項1和2，無此字；選項4「提示」意為「提示、出示」。

13 おひまなときに、いつでもおこしください。

1.来　2.越　3.行　4.呼

中譯 有空的時候，請隨時來。

解析 動詞「越す」本意為「越過、搬家」，當成敬語時，意思延伸為「來、去」，固定用法為「お＋越し＋ください」，意為「請來」，請牢記，其餘選項均為陷阱。

14 昨夜はむしばが痛んで眠れませんでした。

1.虫歯　2.菌歯　3.虫腹　4.菌腹

中譯 昨晚蛀牙疼到睡不著。

解析 「歯」這個漢字有「歯医者」（牙醫）的「歯」，以及「歯科」（牙科）的「歯」 等重要唸法，但是當「虫歯」（蛀牙）時要唸「ば」，要小心。其餘選項，均無該字。

問題3 （　　）に入れるのに最もよいものを、1・2・3・4から一つえらびなさい。（請從1・2・3・4裡面，選出一個放進（　　）中最好的答案。）

15 このレストランはおいしくて（　　）がいいので、気に入っています。

1.雰囲気　2.雰分気　3.気囲雰　4.気分雰

中譯 這家餐廳好吃、氣氛也佳，所以很喜歡。

解析 正確答案為選項1「雰囲気」，意為「氣氛」。其餘選項，均非存在的字。

16 その小説の（　　）を教えてください。

1.内態　2.内話　3.内容　4.内実

中譯 請告訴我那本小說的內容。

解析 正確答案為選項3「内容」，意為「內容」。其餘選項中，選項1，無此字；選項2「内話」意為「外交官等非正式的對話」；選項4「内実」意為「內部的實情」。

17 私と妹は双子なので（　　）です。

1.じっくり　2.そっくり　3.すっきり　4.どっきり

中譯 我和妹妹是雙胞胎，所以很像。

解析 本題是答案外型相似的考題。選項1「じっくり」意為「沉著、穩當、仔細地」，多用於「深思熟慮」時；選項2「そっくり」意為「一模一樣」，多用於「外型相像」時；選項3「すっきり」意為「舒暢、通順地」，多用於「心情的舒暢、文章的通順」時；選項4「どっきり」意為「嚇一跳、吃一驚」，故答案為選項2。

18 電車が遅れるという（　　　）があった。

1.アドバイス　　2.チャンネル　　3.アナウンス　　4.デザイン

中譯 有電車延遲的廣播。

解析 本題考「外來語」。選項1「アドバイス」意為「建議」；選項2「チャンネル」意為「電視、廣播的頻道」；選項3「アナウンス」意為「廣播、播送」；選項4「デザイン」意為「設計」。由於「電車が遅れる」意為「電車延遲」，所以答案為選項3。

19 助けてもらったら、お礼をするのは（　　　）のことです。

1.平等　　2.平凡　　3.正当　　4.当然

中譯 得到幫助，致謝是理所當然的事。

解析 四個選項均為「名詞」，選項1「平等」意為「平等」；選項2「平凡」意為「平凡」；選項3「正当」意為「正當」；選項4「当然」意為「當然、不用說」。依句意，正確答案為選項4。

20 私が日本に行ったのは、（　　　）前のことです。

1.かなり　　2.いっしゅん　　3.いったい　　4.さっさと

中譯 我去日本，是很久以前的事了。

解析 本題考「副詞」。選項1「かなり」意為「相當、很」；選項2「いっしゅん」的漢字是「一瞬」，意為「一瞬、剎那」；選項3「いったい」的漢字是「一体」，意為「究竟、到底」；選項4「さっさと」意為「趕快、迅速地」。依句意，正確答案為選項1。

21 ここの料理はおいしくて（　　　）安いので、人気がある。

1.それで　　2.だけど　　3.しかし　　4.しかも

中譯 這裡的料理好吃，而且便宜，所以受歡迎。

解析 本題考「接續詞」。選項1「それで」用來承接前面的敘述，意為「～，所以～」；選項2「だけど」等於「だけれど」，意為「雖然～但是～」；選項3「しかし」意為「但是」；選項4「しかも」意為「並且、而且」。依句意，「おいしい」（好吃的）和

「安い」（便宜的）都是好事，所以正確答案為選項4。

22 最近、やさいの（　　　）が上がっているそうだ。

1.資格　　2.価格　　3.温度　　4.程度

中譯　聽說最近蔬菜價格上漲中。

解析　四個選項均為「名詞」，選項1「資格」意為「資格」；選項2「価格」意為「價格」；選項3「温度」意為「溫度」；選項4「程度」意為「程度」。依句意，正確答案為選項2。

23 彼のことをもっと知り、（　　　）好きになった。

1.たまたま　　2.ますます　　3.なかなか　　4.らくらく

中譯　越是知道他的事情，就變得越喜歡。

解析　本題是答案外型相似的題目。選項1「たまたま」漢字為「偶々」，意為「偶爾、有時」；選項2「ますます」漢字為「益々」，意為「越發、更加」；選項3「なかなか」漢字為「中々」意為「相當、很」；選項4「らくらく」漢字為「楽々」，意為「容易、不費力」。四個選項均為「副詞」，依句意，能用來修飾「好きになった」（變得喜歡），只有選項2。

24 雨で試合が来月に（　　　）。

1.すぎた　　2.のびた　　3.かいた　　4.ふえた

中譯　因為下雨，比賽延至下個月。

解析　本題考「動詞」。四個選項均為動詞的「た形」，即動詞的「過去式」，其「原形」分別為：選項1「過ぎる」（經過、越過）；選項2「延びる」（延後、拉長）；選項3「書く」（寫）；選項4「増える」（增加）。依句意，正確答案為選項2。

25（　　　）近いうちに集まって、食事しましょう。

1.また　　2.もし　　3.さて　　4.だが

中譯　近期內，再齊聚一堂用餐吧！

解析　選項1「また」為「副詞」，意為「又、再」；選項2「もし」為「副詞」，意為「如果、萬一」；選項3「さて」為「接續詞」，用來承上啟下或另起話題，意為「那麼」；選項4「だが」為「接續詞」，意為「但是」。由於句意為「近期內聚集用餐」，所以正確答案為選項1。

問題4　＿＿＿に意味が最も近いものを、1・2・3・4から一つえらびなさい。
（請從1・2・3・4裡面，選出一個和＿＿＿意思最相近的答案。）

26 朝のうちに出発すれば、夕方には九州につくだろう。

1.みれば　　**2.でれば**　　3.すれば　　4.くれば

中譯　早上出發的話，傍晚就會到九州了吧！

解析　選項1「見れば」意為「看的話」；選項2「出れば」意為「出門的話」；選項3「すれば」意為「做的話」；選項4「来れば」意為「來的話」。由於題目中的「出発すれば」意為「出發的話」，所以正確答案為選項2。

27 テストの前、いっしょうけんめい勉強しましたか。

1.しんけんに　　2.たしかに　　3.れいせいに　　4.さかんに

中譯　考試前，認真讀書了嗎？

解析　選項1「真剣に」意為「認真、一絲不苟地」；選項2「確かに」意為「確實地」；選項3「冷静に」意為「冷靜地」；選項4「盛んに」意為「積極、熱烈地」。由於題目中的「一生懸命」意為「拚命、認真地」，所以正確答案為選項1。

28 旅行のじゅんびはもうできましたか。

1.行業　　2.準行　　**3.仕度**　　4.仕業

中譯　旅行的準備已經好了嗎？

解析　選項1「行業」意為「佛道的修行」；選項2「準行」意為「依法規和前例進行」；選項3「仕度」意為「準備、預備」；選項4「仕業」意為「（機械的）操作」。由於題目中的「じゅんび」漢字為「準備」，意為「準備」，所以正確答案為選項3。

29 平和ほどきちょうなものはありません。

1.たいせつな　　2.きれいな　　3.かくじつな　　4.しんせつな

中譯　沒有比和平更寶貴的東西了。

解析　選項1「大切な」意為「重要的」；選項2「綺麗な」意為「漂亮的」；選項3「確実な」意為「確實的」；選項4「親切な」意為「親切的」。由於題目中的「きちょうな」漢字為「貴重な」，意為「貴重、寶貴的」，所以正確答案為選項1。

30 事件はほぼ解決しました。

1.だいたい　　2.だんだん　　3.しばしば　　4.とうとう

中譯 事情大致解決了。

解析 選項1「大体」意為「大致、大體上」；選項2「段々」意為「逐漸、漸漸」；選項3「しばしば」意為「屢屢、再三」；選項4「とうとう」意為「終於」。由於題目中的「ほぼ」意為「大約、大體上」，所以正確答案為選項1。

問題5　つぎのことばの使い方として最もよいものを、一つえらびなさい。（請就下列語彙的用法，選出一個最好的答案。）

31 あこがれる

1.質問のある人は、手をあこがれてください。

2.床が汚れているので、あこがれてください。

3.子供のころは、都会の生活にあこがれていました。

4.このバッグは最近、若い人の間であこがれています。

中譯 孩提時代，嚮往都市的生活。

解析 「憧れる」為「動詞」，意為「憧憬、嚮往」，所以選項3為正確用法。其餘選項若改成如下，即為正確用法。

1.質問のある人は、手をあげてください。

（有問題的人，請舉手。）

2.床が汚れているので、拭いてください。

（地板很髒，所以請擦拭。）

4.このバッグは最近、若い人の間で流行っています。

（這個包包最近，在年輕人之間很流行。）

32 はげしい

1.きずが治るまで、はげしい運動はしないでください。

2.最近太ったので、ズボンのゴムが少しはげしい。

3.りすの歯ははげしいので、硬い実が食べられます。

4.あの政治家の考え方はいつもはげしいと思います。

中譯 傷痕痊癒之前，請不要做激烈的運動。

解析 「はげしい」為「イ形容詞」，意為「激烈、猛烈的」，所以選項1為正確用法。其餘選項若改成如下，即為正確用法。

2.最近太ったので、ズボンのゴムが少しきつい。

（最近變胖了，所以褲子的鬆緊帶有點緊。）

3.りすの歯は頑丈なので、硬い実が食べられます。

（松鼠的牙齒很堅固，所以可以吃堅硬的果實。）

4.あの政治家の考え方はいつも極端だと思います。

（我覺得那個政治家的想法總是很極端。）

33 つうじる

1.出発の時間をもう少しつうじることにした。

2.遠くに行っても、よくつうじてください。

3.いつも私とつうじてくれて、ありがとう。

4.彼とは仕事をつうじて知り合った。

中譯 和他透過工作認識。

解析 「つうじる」為「動詞」，漢字為「通じる」，意為「透過、通過」，所以選項4為正確用法。其餘選項若改成如下，即為正確用法。

1.出発の時間をもう少し早くする / 遅くすることにした。

（決定把出發時間稍微提早 / 延後。）

2.遠くに行っても、頻繁に連絡してください。

（就算遠行，也請常聯絡。）

3.いつも私と一緒にいてくれて、ありがとう。

（謝謝總是陪著我。）

34 クラブ

1.主人の好きな運動はクラブです。

2.学生のとき、どんなクラブに入っていましたか。

3.母は近所のスーパーでクラブをしています。

4.息子は勉強もしないで、クラブばかりしています。

中譯 學生時候，參加什麼樣的社團呢？

解析「クラブ」為「名詞」，意為「社團、俱樂部」，所以選項2為正確用法。其餘選項若改成如下，即為正確用法。

1.主人の好きな運動はテニス / ゴルフです。

（我先生喜歡的運動是網球 / 高爾夫球。）

3.母は近所のスーパーでパートをしています。

（母親在附近的超市打工。）

4.息子は勉強もしないで、遊んでばかりしています。

（我兒子都不讀書，光是玩。）

35 むける

1.私にむけた仕事を見つけたいです。

2.ちゃんとこっちをむけて話しなさい。

3.試験にむけて、いっしょうけんめい勉強しなさい。

4.両親は弟ばかりに興味をむけています。

中譯 好好面對考試，認真讀書！

解析「むける」是「動詞」，漢字為「向ける」，意為「向、朝、對」，所以選項3為正確用法。其餘選項若改成如下，即為正確用法。

1.私に合った仕事を見つけたいです。

（想要找適合自己的工作。）

2.ちゃんとこっちを向いて話しなさい。

（好好面向這裡講話！）

4.両親は弟ばかりに関心をむけています。

（父母光只關心弟弟。）

言語知識（文法）・讀解

問題1　つぎの文の（　　　）に入れるのに最もよいものを、1・2・3・4から一つえらびなさい。（請從1・2・3・4裡面，選出一個放進下列句子的（　　　）中最好的答案。）

1 他の国で生活する（　　　）、その国の規則に従うべきだ。

1.までには　　2.ようには　　3.からには　　4.ものには

中譯　既然要在其他國家生活，就應該遵守那個國家的規則。

解析　四個選項中，選項1「～までには」為錯誤句型，應為「～までに」，意為「在～之前、到～為止」；選項2「～ようには」為錯誤句型，應為「～ように」，用來表示目的，意為「為了～」；選項3「～からには」意為「既然～」；選項4「～ものには」無此用法。故正確答案為選項3。

2 おとといから今日に（　　　）、雨がずっと降っている。

1.つれて　　2.かけて　　3.めぐって　　4.つうじて

中譯　從前天到今天，雨一直下著。

解析　和題目中的助詞「に」一起判斷的話，四個選項中，選項1「～につれて」意為「隨著～、伴隨～」；選項2「～にかけて」意為「在～方面、論～」，另外，「～から～にかけて」意為「從～到～」；選項3「～にめぐって」為錯誤句型，應為「～をめぐって」，意為「圍繞～、就～」；選項4「～に通じて」為錯誤句型，應為「～を通じて」譯為「透過～、在整個～的時間內、在整個～的範圍內」。故正確答案為選項2。

3 そんなつまらない話（　　　）聞きたくない。

1.など　　2.ほど　　3.さえ　　4.やら

中譯　那麼無聊的事情什麼的，我不想聽。

解析　四個選項中，選項1「～など」意為「～等、～什麼的」；選項2「～ほど」可用來表示概數、程度、比較，當後面接續否定，成為「～ほど～ない」時，意為「沒有那麼～」；選項3「～さえ」意為「連～」；選項4「～やら」一般不單獨使用，多以「～やら～やら」句型出現，意為「又～又～」。故正確答案為選項1。

4 彼が東京大学に合格するなんて、信じ（　　）。

1.やすい　　2.がたい　　3.きない　　4.きらい

中譯 他會考上東京大學，真是難以置信。

解析 四個選項中，選項1「～やすい」意為「容易～」，選項2「～がたい」意為「難以～、不可能～」，二者皆可接續在「動詞ます形」之後，有可能為正確答案。選項3「～きない」無此用法，不列入考慮。選項4「～きらい」為錯誤句型，應為「～きらいがある」，意為「有點兒、總愛～、有～的傾向」，而且此句型前面要接續「動詞辭書形」，或者是「名詞＋の」，亦不列入考慮。依句意及相關文法，判斷正確答案為選項2。

5 将来は、夫（　　）、田舎でのんびり生活したい。

1.ともとに　　2.となしに　　3.とともに　　4.ともに

中譯 將來，想和丈夫一起，在鄉下悠閒地生活。

解析 四個選項中，選項1「～ともとに」為錯誤句型，應為「～をもとに」意為「在～的基礎上、以～為基礎～、根據～」；選項2「～となしに」為錯誤句型，應為「～なしに」意為「沒有～、不～」；選項3「～とともに」意為「和～一起」；選項4「～ともに」無此用法。故正確答案為選項3。

6 明日から朝6時に起きる（　　）。

1.ものにする　　2.ことにする　　3.ものになる　　4.ことになる

中譯 決定從明天開始早上六點起床。

解析 四個選項中，選項1「～ものにする」和選項3「～ものになる」無此用法，先排除。選項2「～ことにする」意為「決定～、決心～」，表示某人明確地對將來的行為下了某種決心；選項4「～ことになる」意為「決定～」，雖然和選項2意思相近，但此決定是順理成章演變而來的，無關決心。故正確答案為選項2。

7 人は年をとる（　　）、いろいろなことを忘れてしまう。

1.において　　2.にあたり　　3.にわたり　　4.につれて

中譯 人隨著年紀增長，會忘記許多事情。

解析 四個選項中，選項1「～において」意為「在～地點、在～時候、在～方面」；選項2「～にあたり」意為「在～之時」；選項3「～にわたり」意為「在～範圍內、涉及～、一直～」；選項4「～につれて」意為「隨著～、伴隨～」。故正確答案為選項4。

8 説明書（せつめいしょ）（　　　）、この棚（たな）を組（く）み立（た）てましょう。

1.にそって　　2.にたいして　　3.にこたえて　　4.にかけて

中譯 按照說明書，把這個櫃子組合起來吧！

解析 四個選項中，選項1「～にそって」意為「沿著～、按照～」；選項2「～にたいして」意為「對～、向～」；選項3「～にこたえて」意為「回應～、根據～」；選項4「～にかけて」意為「在～方面、論～」。故正確答案為選項1。

9 雨（あめ）の日（ひ）は（　　　）として、毎日（まいにち）ジョギングをしています。

1.とく　　2.べつ　　3.ぬき　　4.よく

中譯 除了雨天，每天都慢跑。

解析 四個選項中，選項1「とく」不單獨使用，也不能和後面的「として」搭配，而是以「特（とく）に～」的形式出現，意為「格外～、尤其～」；選項2「べつ」可以和後面的「として」搭配，成為固定句型「～べつとして」，意為「～另當別論、除了～」；選項3「～ぬき」意為「省去～、去掉～」，不可和「として」連接；選項4「よく～」意為「經常～」，不可和「として」連接。故正確答案為選項2。

10 若（わか）い（　　　）、いろいろな国（くに）に行（い）ってみたいです。

1.うちに　　2.ままに　　3.よりに　　4.うえに

中譯 想趁年輕時，到各個國家走走。

解析 四個選項中，選項1「～うちに」意為「在～之內、趁～時」；選項2「～ままに」為錯誤句型，應為「～まま」意為「一如原樣」；選項3「～よりに」為錯誤句型，應為「～より」，意為「比～」；選項4「～うえに」意為「而且～、加上～」。故正確答案為選項1。

11 彼女（かのじょ）と別（わか）れ（　　　）、ずっと1人（ひとり）です。

1.たいらい　　2.たきり　　3.ていらい　　4.てきり

中譯 和女朋友分手以後，一直孤家寡人。

解析 四個選項可分成二組，分別為第一組的「～いらい」，以及第二組的「～きり」。先看第一組，「～いらい」接續在動詞後面時，只能用「て形」，形成「～ていらい」，意為「自～以後」，故正確答案為選項3。至於第二組，「～きり」接續在動詞後面時，意為「一直～、全心全意～」，意思不對，不再往下探討。

12 そんな安（　　　）服はいりません。

1.っぱい　　2.っぽい　　3.っぱな　　4.っぽな

中譯 那種感覺起來很廉價的衣服，才不要。

解析 四個選項中，選項2「～っぽい」表示「有～感覺、有～傾向」，故正確答案為選項2。其餘選項均無該用法，僅為混淆視聽，不需理會。

13 もしもらう（　　　）、何がほしいですか。

1.としたら　　2.としても　　3.といえば　　4.というなら

中譯 如果接受的話，想要什麼呢？

解析 四個選項中，選項1「～としたら」意為「要是～、如果～」；選項2「～としても」意為「即使～也～」；選項3「～といえば」意為「說到～、談到～」；選項4「～というなら」無此用法。故正確答案為選項1。

問題2　つぎの文の＿★＿に入る最もよいものを、1・2・3・4から一つえらびなさい。（請從1・2・3・4裡面，選出一個放進下列句子的＿★＿中最好的答案。）

（問題例）

庭に ＿＿＿ ＿★＿ ＿＿＿ ＿＿＿ います。

1.バラの　　2.が　　3.咲いて　　4.花

（解答の仕方）

1.正しい文はこうです。

庭に ＿＿＿ ＿★＿ ＿＿＿ ＿＿＿ います。
1.バラの　4.花　2.が　3.咲いて

2.＿★＿に入る番号を解答用紙にマークします。

（解答用紙）

（例）	①②③●

14 恐れ ____ ____ ____ _★_ いただけますか。

1.教えて　　2.が　　3.ご住所を　　4.入ります

正解 恐れ 入ります が ご住所を 教えて いただけますか。

中譯 不好意思，可以告訴我您的地址嗎？

解析 本題可將句子分成前半段和後半段來思考。句子的前半段「恐れ入りますが」為常用會話，原意為「誠惶誠恐」，在會話中可翻譯成「不好意思……」，請牢記。句子的後半段，為必考的「名詞＋を＋動詞ていたたげますか」的授受句型，意為「可以請您幫我做～嗎」。如此一來，便能輕鬆找出答案。

15 みんな _★_ ____ ____ ____ 決めなさい。

1.合って　　2.で　　3.よく　　4.話し

正解 みんな で よく 話し 合って 決めなさい。

中譯 大家好好商量後再決定！

解析 本題考格助詞「で」和接續助詞「て」的用法。格助詞「で」接續在人數，或者是像考題中的「みんな」（大家）的後面，用來表示「狀態」。而接續助詞「て」連接二個動詞時，代表著先做前面那個動作，再做後面那個動作，所以就是先「話し合って」（商量）再「決めます」（決定）。至於「よく」（好好地）是「副詞」，當然是放在「話し合って」的前面。

16 正直 ____ ____ _★_ ____ 嫌いです。

1.本当は　　2.に　　3.言う　　4.と

正解 正直 に 言う と 本当は 嫌いです。

中譯 說實話，其實是討厭。

解析 本題考助詞「に」和「と」的用法。先看「に」，它在本句的功用，一看就知道要接續在「ナ形容詞」後面，也就是變成「正直に」，意為「老實地」，用來修飾後面的動詞「言う」（說）。再來看「と」，四個選項中，它只能接續在動詞的後面，形成「言うと」，意為「說的話……」，並把整句話切成二個子句，所以也知道後面子句是「本当は……」（其實是……）了。其實「正直に言うと」為常用會話，意為「老實說的話……」，直接記起來即可。

17 これを ＿＿＿ ＿＿＿ ＿＿＿ ＿★＿ です。

1.今日中に　2.やる　3.不可能　4.なんて

正解 これを 今日中に やる なんて 不可能 です。

中譯 要在今天之內做這個之類的，不可能。

解析 看到題目的句首為「これを」（把這個～），就知道後面一定有動詞，四個選項中，動詞為「やる」（做）。又，選項中的「なんて」（之類），經常接續在動詞後面表示輕蔑，故可得知整句的架構大致為「これを やる なんて 不可能 です。」（要做這個之類的，不可能。）重點在選項「今日中に」（在今天之內）要放哪裡。有關時間的敘述，當然放在動詞前面。如此一來，順序便排出來了。

18 姉の ＿＿＿ ＿★＿ ＿＿＿ ＿＿＿ いいです。

1.が　2.大変です　3.給料は　4.仕事は

正解 姉の 仕事は 大変です が 給料は いいです。

中譯 姐姐的工作雖然辛苦，但是薪水好。

解析 看到題目和選項中，共出現二個主詞（給料は、仕事は），還有二個形容詞（大変です、いいです），即可判斷「が」用來接續二個子句，意為「雖然～但是～」。接下來，只要把主詞和形容詞配對，即雖然「仕事は大変です」（工作辛苦），但是「給料はいいです」（薪水好），就是答案了。

問題3　つぎの文章を読んで、[19] から [23] の中に入る最もよいものを、1・2・3・4から一つえらびなさい。（請在閱讀下列文章後，從1・2・3・4裡面，選出一個放進 [19] 到 [23] 中最好的答案。）

歯医者さんは怖くない

山田洋子

6月7日の午後、母と歯医者さんへ行きました。奥（※1）にある歯が斜めに生え、別の歯が [19] 成長できないので、斜めに生えている歯を抜かなければなりません。

「山田さん」

と、名前を [20] 呼ばれました。歯医者さんが注射器を持ってそばに来たので、[21] どきどきしました 。

「麻酔はちょっと痛いけど、すぐ終わるからね」

と言いました。とても痛くて、涙が出ました。

[22] それから、歯医者さんがペンチ（※2）のようなもので、歯をグリグリ回しました。ぜんぜん痛くありませんでした。ぐいっ、ぐいっ、ぐいっとやっても、なかなか抜けません。最後に思い切り引っぱったら、抜けました。

先生が取れた歯をガーゼ（※3）に包んで、見せてくれました。血で真っ赤でした。

帰るとき、母が

「[23] えらかったね 」

と言って、頭をなでてくれました。うれしかったです。

（※1）奥：中に深く入ったところ

（※2）ペンチ：金属のものを切ったり曲げたりする道具

（※3）ガーゼ：消毒などに使う柔らかい布

中譯

牙醫師不恐怖

山田洋子

六月七日下午，和媽媽去牙醫師那邊了。由於深處（※1）有某顆牙齒長歪了，讓別的牙齒無法成長，所以非把長歪的牙齒拔掉不可。

> 「山田小朋友。」
>
> 名字被叫到了。由於牙醫師拿著針筒來到身邊，所以心裡七上八下。
>
> 「麻醉會有點痛，但是馬上就好囉。」牙醫師這麼說。因為非常痛，所以流下了眼淚。
>
> 接著，牙醫師用像鉗子（※2）般的東西，將牙齒轉來轉去。一點都不痛。轉、轉、轉，不管怎麼拔，就是拔不起來。最後使勁地拔，終於拔出來了。
>
> 醫生把拔起來的牙齒用紗布（※3）包起來給我看。都是鮮紅的血。回家的時候，媽媽說：「好勇敢啊！」然後摸摸我的頭。我好高興。

（※1）深處：深入裡面的地方

（※2）鉗子：可以把金屬切斷或是弄彎的工具

（※3）紗布：用來消毒等的柔軟的布

19 1.成長できようが　2.成長できもせず　3.成長できるものなら　**4.成長できないので**

解析 本題考句意的了解。四個選項中，選項1「成長できようが」意為「雖然好像可以成長，但是～」；選項2「成長できもせず」意為「連成長都不能」；選項3「成長できるものなら」意為「如果可以成長的話」；選項4「成長できないので」意為「由於無法成長」。由於文章裡提到，深處有某顆牙齒長歪了→別的牙齒受了影響→非把長歪的牙齒拔掉不可，所以可判斷別的牙齒受到的影響，是選項4「成長できない」（無法成長）。

20 1.呼びました　**2.呼ばれました**　3.呼んであげました　4.お呼びしました

解析 本題考動詞的進階用法。四個選項中，選項1「呼びました」是動詞的過去式，意為「叫了」；選項2「呼ばれました」是動詞的被動用法，意為「被叫了」；選項3「呼んであげました」是動詞的敬語用法，意為「幫忙叫了」；選項4「お呼びしました」是動詞的謙讓用法，意為「我來叫了」。由於文章裡提到，有人呼喊「山田さん」（山田小朋友），「名前」（名字）被叫到了，所以要用被動用法，故正確答案為選項2。

21 1.ぶつぶつしました　　2.はきはきしました
3.どきどきしました　　4.どんどんしました

解析 本題考擬聲擬態語。四個選項中，選項1「ぶつぶつしました」要改成「ぶつぶつ言いました」才對，意為「嘀咕、發牢騷」；選項2「はきはきしました」意為「活潑、有朝氣」；選項3「どきどきしました」意為「心怦怦地跳」；選項4「どんどんしました」意為「接連不斷的樣子」。由於文章裡提到，牙醫師拿著針筒來到身邊，所以當然會緊張，故正確答案為選項3。

22 **1.それから**　　2.それなら
3.つまり　　4.いわば

解析 本題考連接詞。四個選項中，選項1「それから」意為「接著、然後」；選項2「それなら」意為「那麼、那樣的話」；選項3「つまり」意為「總之、就是說」；選項4「いわば」意為「說起來」。由於考題 22 之前，提到的牙醫師幫作者打麻醉針，而 22 之後，提到的是牙醫師拿著鉗子般的東西拔牙，二個動作有連續性，所以要用「それから」，故正確答案為選項1。

23 1.うまかったね　　**2.えらかったね**
3.いそがしかったね　　4.かなしかったね

解析 本題考對整篇文章的了解。四個選項中，選項1「うまかったね」意為「真好吃啊」；選項2「えらかったね」意為「好勇敢、好了不起喔」；選項3「いそがしかったね」意為「真忙啊」；選項4「かなしかったね」意為「很難過吧」。由於文章的最後提到，媽媽摸作者的頭，所以應該是鼓勵或是讚許的話，再加上本文的標題是「歯医者さんは怖くない」（牙醫師不恐怖），故最好的答案為選項2。

問題4　つぎの文章を読んで、質問に答えなさい。答えは、1・2・3・4から最もよいものを一つえらびなさい。（請在閱讀下列文章後，回答問題。請從1・2・3・4裡面，選出一個最好的答案。）

> 便秘薬「バナナーナ」について
>
> 「バナナーナ」は「おいしくて、効果がある」ので、人気のある便秘薬です。とてもよく効きますが、長く使用すると効かなくなったり、痔（※1）になったりするので、注意しましょう。人によって、おなかが痛くなったり、下痢（※2）になったりすることがあります。1回に3錠以上は飲まないでください。
>
> 次の人は、飲んではいけません。妊娠中、または妊娠の可能性のある人、15才以下のお子さん、腎臓病の患者さんなどです。
>
> ところで、便秘を改善するには、野菜や果物など繊維の多いものをたくさん取り、毎日水を1リットル以上飲むことが大事です。また、生活習慣や食事の改善も必要です。

（※1）痔：肛門付近にできる病気

（※2）下痢：便が液状になって出てくること

中譯

> 有關便秘藥「BaNaNaaNa」
>
> 「BaNaNaaNa」因為「好吃又有效」，所以是受歡迎的便秘藥。雖然非常有效，但是長期服用的話，效果會越來越差，或者是長痔瘡（※1），所以要注意。因人而異，有時候也會有肚子痛，或者是腹瀉（※2）的情況。一次請勿服用三顆以上。
>
> 下面的這些人不可服用。懷孕中，或者是可能已懷孕的人，還有十五歲以下的小孩、腎臟病患者等。
>
> 但是，想要改善便秘，重要的還是要多攝取蔬菜或水果等高纖維的食物，還有每天要喝一公升以上的水。另外，生活習慣或是飲食的改善，也是必須的。

（※1）痔瘡：在肛門附近形成的疾病

（※2）腹瀉：指大便呈液體狀態排出

24 「バナナーナ」は、次のどんな症状に効くか。

1.痔になってしまったとき

2.便が水のようになったとき

3.便が 5 日以上出ないとき

4.おなかがとてもすいたとき

中譯 「BaNaNaaNa」對下面什麼樣的症狀有效呢？

1. 已經變成痔瘡時

2. 大便已經變成水狀時

3. 大便五天以上都出不來時

4. 肚子非常餓時

25 「バナナーナ」が人気なのはどうしてか。

1.効果があるだけでなく、味もいいから。

2.効果があるだけでなく、体にもいいから。

3.痔やダイエットにも効果があるから。

4.高齢者や妊娠中の人も飲めるから。

中譯 「BaNaNaaNa」之所以受歡迎，是為什麼呢？

1. 因為不只是有效，味道也很好。

2. 因為不只是有效，對身體也很好。

3. 因為不管對痔瘡或是減肥，都有效果。

4. 因為不管是老年人或是懷孕的人都能服用。

26 「バナナーナ」のよくない点はどれか。

1.おなかがすくことがある。

2.おなかがくたびれることがある。

3.おなかがいたむことがある。

4.おなかがかわくことがある。

中譯 「BaNaNaaNa」不好的地方，是哪一個呢？

1. 有時候肚子會餓。

2. 有時候肚子會疲勞。

3. 有時候肚子會痛。

4. 有時候肚子會渴。

27 ここに書かれていないのは、次のどれか。

1.便秘を治すには、「バナナーナ」を飲むだけでなく、繊維のあるものをたくさん食べることだ。

2.小学生の子どもやおなかの中に子どもがいる女性は、「バナナーナ」を飲んではいけない。

3.毎日水を１リットル以上飲み、繊維をたくさん取れば、ぜったい便秘にならない。

4.「バナナーナ」は１日に2錠飲んでもだいじょうぶだ。

中譯 這裡沒有提到的，是以下哪一個呢？

1. 想要治療便秘，不只要服用「BaNaNaaNa」，還要多吃含有纖維的食物。
2. 小學的兒童或是肚子裡有小孩的女性，不可以服用「BaNaNaaNa」。
3. 只要每天喝一公升以上的水，多攝取纖維，就絕對不會便秘。
4. 「BaNaNaaNa」一天服用二顆也沒關係。

問題5　つぎの文章を読んで、質問に答えなさい。答えは、1・2・3・4から最もよいものを一つえらびなさい。（請在閱讀下列文章後，回答問題。請從1・2・3・4裡面，選出一個最好的答案。）

人はなぜ太るのでしょうか。その理由はとても簡単です。食べたもの（入れたもの）のカロリーと、消費したもの（使ったもの）のカロリーの間に差があり、使いきれないカロリーが脂肪となって太るのです。

それなら、太らないためにはどうしたらいいのでしょうか。その方法も簡単です。消費できる分だけを体に入れればいいのです。もしカロリーをとりすぎてしまったら、その分を消費します。

そこで、太らない体質の作り方について考えてみましょう。食事の調整と運動は欠かせませんが、もっとも大事なのは、規則正しい生活です。とくに、朝食は大事です。食べると、体温が上がります。体温が上がると、エネルギー消費量が増えます。１日の始まりの朝食をとり、燃えやすい体にすることで、太らない体質ができあがるというわけです。

中譯

人為什麼會變胖呢？其理由非常簡單。那就是吃下去的東西（放進去的東西）的卡路里，和消耗的東西（使用了的東西）的卡路里之間有差距，而用不完的卡路里變成脂肪，所以變胖了。

那麼，想要不發胖，該怎麼做才好呢？其方法也很簡單。那就是只把能夠消耗掉的分量放進身體裡就好。如果卡路里攝取過多，那就把那部分消耗掉。

所以，試著思考有關打造不發胖的體質吧！雖然用餐的調整以及運動是不可或缺的，但是更重要的是規律正常的生活。尤其早餐很重要。一吃，體溫就會上升。而體溫一上升，能源消耗量就會增加。也就是說，藉由攝取一天開始的早餐，打造容易燃燒的身體，就可以成為不發胖的體質。

28 太る理由の説明について、正しいのはどれか。

1. （使ったカロリー）－（入れたカロリー）＝脂肪
2. （食べ物のカロリー）－（消費カロリー）＝脂肪
3. （使ったカロリー）＋（入れたカロリー）＝脂肪
4. （食べ物のカロリー）＋（消費カロリー）＝脂肪

中譯 就肥胖的理由的說明，正確的是哪一個呢？

1. （使用了的卡路里）－（吃進去的卡路里）＝脂肪
2. （食物的卡路里）－（消耗的卡路里）＝脂肪
3. （使用了的卡路里）＋（吃進去的卡路里）＝脂肪
4. （食物的卡路里）＋（消耗的卡路里）＝脂肪

29 太らないためにはどうしたらいいと言っているか。

1. 食べたもののカロリーを、毎日書いておけばいい。
2. 朝食だけを食べ、それ以外は食べなければいい。
3. 食べたもののカロリーを、使い切ればいい。
4. ぜんぶ消費したあとに、カロリーを入れればいい。

中譯 文中提到，為了不發胖，該怎麼辦才好呢？

1. 把吃下去的東西的卡路里，每天寫下來就好。
2. 只吃早餐，早餐以外的都不吃就好。
3. 把吃掉的東西的卡路里用光就好。
4. 全部消耗以後，再放進卡路里就好。

30 「カロリー」ということばを使った文で、正しいのはどれか。

1.この料理はカロリーが高そうだから、やめましょう。

2.パソコンは毎日カロリーをたくさん取る。

3.母は豆腐を焼いて、おいしいカロリーを作った。

4.兄は毎日トレーニングをし、カロリーを増やしている。

中譯 在用了「卡路里」這個語彙的句子當中，正確的是哪一個呢？

1. 這道料理卡路里看起來很高，還是不要吃吧！

2. 個人電腦每天要多量攝取卡路里。

3. 媽媽烤了豆腐，做了好吃的卡路里。

4. 哥哥每天訓練，增加卡路里中。

31 太らない体質はどうやって作ると言っているか。

1.朝食をたくさん食べて、すぐに運動をすること

2.食べたら、よくねて、規則正しい生活をすること

3.毎日運動をして、体温を上げたままにしておくこと

4.毎日規則正しい生活をし、運動もきちんとすること

中譯 文中提到，要怎麼做才能打造不發胖的體質呢？

1. 吃很多早餐，然後立刻運動

2. 吃了以後，好好睡，養成規律正常的生活

3. 每天運動，讓體溫上升後備用

4. 每天過規律正常的生活，也確實地做運動

32 「朝食は大事」だというその理由は何だと言っているか。

1.朝食をとると体から熱がたくさん出て、エネルギーが消費され、やせやすい体になるから。

2.朝食をとると体が温まり、エネルギー消費量が増えて、太らない体質になるから。

3.朝食を食べると体温が高くなり、体の中の脂肪が燃えて、太れない体質になるから。

4.朝食を食べると体が熱くなり、食べ物がエネルギーになって、運動がしやすくなるから。

中譯 文中提到「早餐很重要」，其理由為何？

1. 因為一吃早餐，身體就會散發許多熱，能源被消耗，成為容易變瘦的身體。

2. 因為一吃早餐，身體就會發熱，能源消耗量增加，成為不發胖的體質。

3. 因為一吃早餐，體溫會升高，身體裡的脂肪燃燒，成為無法胖的體質。

4. 因為一吃早餐，身體就會變熱，食物變成能源，變得容易運動。

33 文章に合った「太らない」生活は、次のどの人のものか。

1. 吉田さん「わたしは毎日寝るのが遅いので、１１時ごろ起きます。それから朝食と昼食をいっしょに食べます。そのあと、太らないために、2時間くらいトレーニングをします」

2. 田中さん「わたしは毎朝７時に起きます。顔を洗って、新聞を読んでから、ごはんを食べます。ちょっと休んでから、犬を連れて散歩に出かけます。８時半に会社へ行きます」

3. 鈴木さん「わたしは毎朝６時くらいに起き、１時間くらい走ります。たくさん汗が出て、気持ちがいいです。それからシャワーを浴びて、学校に行きます。朝ごはんは食べません」

4. 木村さん「わたしは太りたくないので、食べ物に気を使っています。朝はかならず果物を食べて、ビタミンをとります。会社へは車で行きます。ほとんど歩きません。スポーツは１ヶ月に１回くらいします」

中譯 符合文章中的「不發胖」生活的，是下列哪一個人的生活呢？

1. 吉田先生「我每天很晚睡，所以十一點左右起床。接著早餐和午餐一起吃。之後，為了不發胖，做二個小時左右的鍛練。」

2. 田中先生「我每天早上七點起床。洗完臉、看完報紙以後，接著吃飯。稍微休息以後，帶狗外出散步。八點半去公司。」

3. 鈴木同學「我每天早上六點左右起床，約跑步一個小時左右。因為出很多汗，所以心情很舒暢。接下來淋浴，然後去學校。不吃早餐。」

4. 木村小姐「我因為不想變胖，所以對食物很費心思。早上一定吃水果，攝取維他命。到公司都是搭車去。幾乎不走路。運動一個月大約做一次。」

問題6　つぎの文章を読んで、質問に答えなさい。答えは、1・2・3・4から最もよいものを一つえらびなさい。（請在閱讀下列文章後，回答問題。請從1・2・3・4裡面，選出一個最好的答案。）

寒い冬がやってきた。この季節は、大根（※1）がとてもおいしい。

大根にはビタミンCがたくさんあり、消化を助ける酵素が含まれている。そのため、①食べすぎたときや、お酒を飲んだあとに食べるといい。

大根をおいしく食べるには、それぞれの部位を上手に使い分けることだ。②大根の上の部分はやわらかく甘みがあるので、生で食べたほうがいい。真ん中は煮物に向いている。下の部分は辛みが強いので、味噌汁に入れるといい。

ところで、昔の大根には独特の③臭みがあった。そのため、わたしの母は、米を洗ったその汁でゆでてから、料理していた。しかし、最近の大根にはほとんど臭みがない。気になるなら、電子レンジ（※2）で少し加熱すると、臭みが消える。保存するときは、新聞紙で包んで冷暗所におこう。

最後に、④むいていらなくなった大根の皮や葉の部分だが、栄養がたくさんあるので、捨てないで使ってほしい。皮は細切りにして、味噌やしょう油などに漬けて、漬物にするといい。葉はごま油などで炒めると、おいしく食べられる。

（※1）大根：野菜の名前

（※2）電子レンジ：食べ物を温める調理器のこと

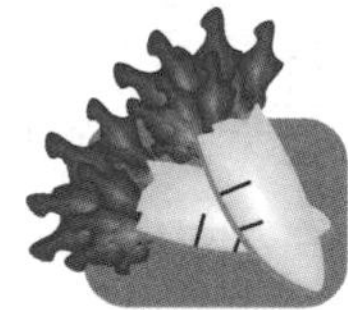

中譯

寒冬來了。這個季節，白蘿蔔（※1）非常地美味。

白蘿蔔裡面有許多維他命C，含有幫助消化的酵素。因此，①在吃過多的時候，或者是喝酒之後吃的話都很好。

為了美味地吃到白蘿蔔，要巧妙地分別使用各個部位。由於②白蘿蔔上面的部分柔軟有甜味，所以生吃最好。而中間部分，則適合燉煮食物。下面的部分辣味很強，所以放進味噌湯裡的話很不錯。

對了，以前的白蘿蔔有獨特的③臭味。為此，我的母親都是用洗米之後的那個水來川燙，之後才烹煮。但是，最近的白蘿蔔幾乎沒有臭味。如果在意的話，只要用微波爐（※2）稍微加熱一下，臭味就會消失。想要保存的時候，就用報紙包住，放在陰暗的地方備用吧。

最後，④削好後不要的白蘿蔔的皮或是葉子的部分，由於有許多營養，所以希望不要丟棄，能夠拿來運用。皮切成細絲，用味噌或是醬油等醃漬，做成醃漬品的話很不錯。葉子若是用麻油等來炒的話，會很好吃。

（※1）白蘿蔔：蔬菜的名稱

（※2）微波爐：指可以將食物加熱的烹調用具

34 ①食べすぎたときや、お酒を飲んだあとに食べるといいとあるが、それはどうしてか。

1. 大根にはビタミンCがたくさんあり、お酒などと合わさると肌がきれいになるから。
2. 大根の消化酵素が胃腸の働きをよくし、次の日、胃が重く感じるのを防いでくれるから。
3. 大根に含まれるビタミンCと消化酵素が、お酒を飲んで気持ちが悪くなるのを抑えるから。
4. 大根は消化を助けるため、どんなにたくさん食べても飲んでもぜんぜん太らないから。

中譯 文中提到①在吃了太多的時候，或者是喝酒之後吃都很好，那是為什麼呢？

1. 因為白蘿蔔有很多維他命C，和酒等調和的話，肌膚會變得美麗。
2. 因為白蘿蔔的消化酵素能有效促進腸胃的蠕動，防止次日胃部沉重感。
3. 因為白蘿蔔裡含有的維他命C以及消化酵素，可以抑制因為喝酒而不舒服的感覺。
4. 因為白蘿蔔可以幫助消化，所以不管吃多少喝多少，也完全不會發胖。

35 ②大根の上の部分の料理の仕方で、一番おいしいのはどれか。

1.カレー

2.ラーメン

3.デザート

4.サラダ

中譯 ②白蘿蔔上面的部分的料理方法當中，最好吃的是哪一個呢？

1. 咖哩
2. 拉麵
3. 甜點
4. 沙拉

36 大根の③臭みをとる方法として、昔も今も共通しているのは次のどれか。

1.熱を加えること

2.よく洗うこと

3.よく冷やすこと

4.味噌汁にすること

中譯 就去除白蘿蔔③臭味的方法，不管是以前還是現在，共通的是下列哪一個呢？

1. 加熱

2. 好好洗

3. 好好冷卻

4. 做成味噌湯

37 ④むいていらなくなった大根の皮や葉の部分は、どうするのがいいと言っているか。

1.栄養はあるがおいしくないので、皮も葉も捨てたほうがいい。

2.栄養があるので、皮と葉をいっしょに炒めて食べるといい。

3.栄養分が豊富なので、葉は油で炒め、皮は漬物にするといい。

4.栄養がたくさんあるので、葉は漬物にして、皮と身は炒めるといい。

中譯 文中提到，④削好後不要的白蘿蔔的皮或是葉子的部分，該怎麼做好呢？

1. 雖然有營養，但是不好吃，所以不管是皮還是葉子，都丟棄比較好。

2. 由於有營養，所以連皮帶葉一起炒來吃的話很不錯。

3. 由於營養成分豐富，所以葉子用油來炒、皮做成醃漬物的話很不錯。

4. 由於有很多營養，所以葉子做成醃漬物、皮和削掉皮的白蘿蔔拿來炒的話很不錯。

問題7　つぎの文章は、社員旅行に参加する人を募集するための案内である。下の質問に答えなさい。答えは、1・2・3・4から最もよいものを一つえらびなさい。（接下來的文章，是為了招募參加員工旅遊的人的指南。請回答下面的問題。請從1・2・3・4裡面，選出一個最好的答案。）

> 鈴木さんは、会社で募集している旅行に参加したいと考えています。できれば2人の子どもも連れて、３人で行きたいと思っています。子どもは、上の子は10歳で下の子は３歳です。
>
> でも、上の子どもは学校があるので、平日はだめです。それから、７月２１日から８月３１日までは夏休みですが、７月２４日からの一週間は、学校のキャンプに参加しますから、行けません。
>
> 費用は、３人合わせて5万円以内までだいじょうぶです。

中譯

> 鈴木先生正在考慮，想要參加公司裡招募的旅行。心想如果可以的話，二個小孩也帶去，想要三個人去。小孩上面的孩子是十歲，下面的孩子是三歲。
>
> 但是，由於上面的孩子學校要上課，所以平日不能去。還有，雖然從七月二十一日到八月三十一日為止是暑假，但是從七月二十四日開始的一個星期，因為要參加學校的露營，所以不能去。
>
> 費用三個人合起來五萬日圓之內的話沒問題。

38 鈴木さんが参加できるのはどれか。

1. （A）と（C）
2. （B）と（D）
3. （C）と（D）
4. （E）と（H）

中譯 鈴木先生可以參加的是哪一個呢？

1. （A）和（C）
2. （B）和（D）
3. （C）和（D）
4. （E）和（H）

39 鈴木さんは、何月何日までに申し込まなければならないか。

1. 7月1日
2. 7月4日
3. 7月7日
4. 7月17日

中譯 鈴木先生，非在幾月幾日之前申請不可呢？

1. 七月一日
2. 七月四日
3. 七月七日
4. 七月十七日

ニコニコ電気社員のみなさん、
いっしょに旅行に行きませんか。

● 場所：行き先は３つあります。希望の場所を選んでください。スケジュールが合えば、いくつ参加してもかまいません。

▹東京（１泊２日）
▹箱根（１泊２日）
▹日光（１泊２日）

● 申込方法：６月１７日から７月１日までの間に、申込書に必要なことを書いて、人事部の加藤に渡してください。申込書は、人事部の受付においてあります。

● 説明会：７月７日（木）の午後2時から、社員食堂で、説明会をします。

● 一人分の費用：東京は ９，９００円、箱根は １４,000円、日光は ４5,000円です。

● 期間：行く日は３つあります。旅行のスケジュールは以下の表を参考にしてください。

参加できる人：

期間 行き先	７月１６日（土）、１７日（日）	７月２８日（木）、２9日（金）	８月２日（火）、３日（水）
東京	社員のみ（A）	社員以外も参加できる（B）	社員以外も参加できる（C）
箱根	社員以外も参加できる（D）	社員のみ（E）	社員のみ（F）
日光	社員のみ（G）	社員以外も参加できる（H）	社員のみ（I）

中譯

各位微笑電氣的員工們，
要不要一起去旅行呢？

- 地點：前往的地點有三個。請選擇希望的地點。如果行程配合得上，參加幾個都沒有關係。
  ▹東京（二天一夜）
  ▹箱根（二天一夜）
  ▹日光（二天一夜）

- 報名辦法：從六月十七日開始到七月一日為止這段期間，請在報名表上填上必要的事項後，交給人事部的加藤。報名表在人事部的櫃檯備有。

- 說明會：七月七日（星期四）下午二點開始，在員工餐廳舉辦說明會。

- 每位的費用：東京是9,900日圓、箱根是14,000日圓、日光是45,000日圓。

- 時間：出發的時間有三種。旅遊行程請參考下表。

可以參加的人：

時間／地點	7月16日（六）、17日（日）	7月28日（四）、29日（五）	8月2日（二）、3日（三）
東京	限員工（A）	員工以外的也可以參加（B）	員工以外的也可以參加（C）
箱根	員工以外的也可以參加（D）	限員工（E）	限員工（F）
日光	限員工（G）	員工以外的也可以參加（H）	限員工（I）

聽解

以下日文原文和翻譯，M代表「男性、男孩」；F代表「女性、女孩」。

問題1

問題1では、まず質問を聞いてください。それから話を聞いて、問題用紙の1から4の中から、正しい答えを一つ選んでください。

（問題1，請先聽問題。接下來聽會話，從試題紙的1到4裡面，選出一個正確的答案。）

1番 MP3-29

夫婦が何を食べるか相談しています。2人は今から何を食べますか。

F：お昼、何にする？

M：そうだな。寿司でも取るか。

F：何言ってるの。お寿司なんか、高くて……。給料日までまだ20日もあるのよ。

M：そうだな。

F：カレーライスはどう？

M：暑くて食欲ない。こんな日に、カレーなんか食べたくないよ。

F：暑いからカレーがいいのよ。汗が出て、体にいいんだから。

M：じゃ、お前1人で食えよ。俺はコンビニで弁当でも買ってくる。

F：何よ、それ。珍しくいっしょにお昼が食べられるんだから、同じものを食べましょうよ。

M：じゃ、スパゲティは？

F：いいわね。冷蔵庫にイカとかエビとかあるから、シーフードスパゲティはどう？

M：シーフードか……。それより、ケチャップをいっぱい入れたやつが食べたいな。

F：ケチャップ味？子供みたい。

M：たまに食べたくなるんだよ。子供のときに食べたみたいな、真っ赤なやつ。

F：じゃ、そうしましょう。おいしいの作るから、ビールでも飲んで待ってて。

M：やった～！！

F：ふふっ、ほんとうに子供みたい。

2人は今から何を食べますか。

1 スパゲティ

2 お寿司

3 ピラフ

4 お弁当

中譯 第1題

夫婦正在討論要吃什麼。二個人接下來要吃什麼呢？

F：午餐，要吃什麼？

M：對喔。吃個壽司吧？

F：你在說什麼啊！壽司之類的，很貴耶……。離發薪日還有二十天耶！

M：對喔。

F：咖哩飯如何？

M：天氣熱沒有食慾。這種日子，咖哩什麼的，不想吃啊！

F：就是熱，咖哩才好啊！因為汗排出來，對身體才好。

M：那麼，妳一個人吃啊！我去便利商店買個便當回來。

F：什麼嘛！那個。難得可以一起吃中飯，吃一樣的嘛！

M：那麼，義大利麵呢？

F：好啊，冰箱裡有花枝或是蝦子，所以海鮮義大利麵如何？

M：海鮮啊……。比起那個，想吃放很多番茄醬的東西。

F：番茄醬口味？好像小孩子。

M：偶爾也會想吃啊！像小時候吃的那樣，紅通通的東西。

F：那麼，就那樣吧！我做個好吃的，你喝個啤酒等著。

M：太棒了～！！

F：哈哈，真的好像小孩子。

二個人接下來要吃什麼呢？

1 義大利麵

2 壽司

3 海鮮飯

4 便當

解析 聽解測驗問題1，共有六個小題，每個小題在試題冊上，均有四個選項可供參考，所以建議聽的時候不做筆記，邊聽邊用刪去法，先把完全不可能的答案刪除，最後再綜合判斷，選出正確的答案。本題問的是「**2人は今から何を食べますか。**」（二個人接下來要吃什麼呢？）所以依序會刪除選項2「**寿司**」（壽司），因為老婆嫌貴；接著會刪除選項4「**弁当**」（便當），因為老婆想和老公吃一樣的東西；最後聽到老婆要親手做「**スパゲティ**」（義大利麵），故正確答案為選項1。

2番 MP3-30

病院の受付で話しています。男の人は次回、いつ来ますか。

F：今日は1200円です。
M：はい。（お金を出す。）
F：こちら、診察券です。
M：あのう、次の診察なんですけど……。
F：来週の火曜、7日ですね。
M：ええ、先生からそう言われたんですが、その日は大事な会議があってちょっと……。
F：そうですか。それじゃ、8日の午前中はどうですか。
M：その日の午後はだめですか。
F：午後はいっぱいです。それでしたら4日の午後はどうですか。
M：ちょっと待ってください。（スケジュール帳を見る。）4日は午前しかだめです。
F：その日の午前中は、先生が別の病院で診察なんです。
M：そうですか。じゃ、8日の午前にします。会社は休みます。
F：分かりました。時間は9時半になりますが、よろしいですか。
M：はい、お願いします。

男の人は次回、いつ来ますか。
1 4日の午前
2 4日の午後
3 8日の午前
4 8日の午後

中譯 第2題

正在醫院的櫃檯說著話。男人下次，是什麼時候來呢？

F：今天是一千二百日圓。

M：好的。（拿錢出來。）

F：這是掛號證。

M：那個，下次的回診……。

F：是下星期二，七號是吧。

M：是的，醫生有那樣說，但是我那天有重要的會議，有點……。

F：那樣啊。那麼，八號的早上如何呢？

M：那天的下午不行嗎？

F：下午已經滿了。要不然，四號的下午如何呢？

M：請稍等。（看記事本。）四號只有早上可以。

F：那天早上，醫生在別的醫院看診。

M：那樣啊！那麼，就決定八號的早上。我跟公司請假。

F：了解。時間是九點半，方便嗎？

M：好的，麻煩妳。

男人下次，是什麼時候來呢？

1 四號的早上

2 四號的下午

3 八號的早上

4 八號的下午

解析 聽解測驗每回必考「日期」，尤其喜歡考一日到十日，因為最容易搞混。再次複習，「1日」（一日）、「2日」（二日）、「3日」（三日）、「4日」（四日）、「5日」（五日）、「6日」（六日）、「7日」（七日）、「8日」（八日）、「9日」（九日）、「10日」（十日），請牢記。本題的重點在於是否聽清楚「4日」或「8日」，以及有沒有弄懂「午前」（早上）或「午後」（下午）。若沒有聽清楚，由男人最後說的「8日の午前にします。」（就決定八號的早上。）也可以判斷出，正確答案為選項3「8日の午前」（八號的早上）。

3番 MP3-31

男の学生と女の学生が作文のテーマについて話しています。女の学生は、何をテーマにしますか。

F：赤坂くん、作文のテーマ、決まった？
M：地球の温暖化について。
F：へー、難しそう。
M：うん、難しくて、ぜんぜん進んでない。
F：えっ、もう書き始めてるの？
M：だって、提出は来週の金曜だよ。
F：そうなんだけど……。
M：もしかして、まだテーマも決まってないとか。
F：じつはそうなの。どうしよう。
M：今、一番興味のあることを書けばいいんじゃない？
F：興味のあることね……。ダイエットとか、お金持ちになる方法とか、どうしたら男性にもてるようになるとか。
M：何、それ。もっと意味のあることはないの？世の中に役立つこととか、誰かのためになることとか。
F：うーん、じゃ、老人問題ってのはどうかな。
M：いいんじゃない？
F：うん。じゃ、さっそく今日から書いてみる。
M：がんばって。

女の学生は、何をテーマにしますか。

1 リサイクル問題
2 地球の温暖化問題
3 老人問題
4 少子化問題

中譯 第3題

男學生和女學生就作文的題目正說著話。女學生決定把什麼當作題目呢？

F：赤坂同學，作文題目，決定了嗎？

M：論地球的溫暖化。

F：咦，好像很難。

M：嗯，很難，完全沒有進展。

F：咦，已經開始寫囉？

M：因為交期是下星期五啊！

F：是沒錯啦，但是……。

M：難不成，妳連題目都還沒有訂？

F：事實的確是如此。怎麼辦？

M：寫現在最感興趣的事情，不就好了？

F：感興趣的事情啊……。像是減肥，或是變成有錢人的方法，或是怎麼樣才能受男性歡迎之類的。

M：什麼啊，那個。沒有更有意義的事情嗎？像是對社會有貢獻的事情，或是可以幫什麼人的事情。

F：嗯，那麼，老人問題如何呢？

M：不錯啊！

F：嗯。那麼，今天立刻就寫看看。

M：加油！

女學生決定把什麼當作題目呢？

1 資源回收問題

2 地球暖化問題

3 老人問題

4 少子化問題

解析 本題測驗「主題」，重點在於是否聽懂問句。句型「AをBにします。」意為「把A當成B。」所以問句「女の学生は、何をテーマにしますか。」意為「女學生把什麼當作題目呢？」另外，整段會話雖然有點難度，但是答案依然在最後，而且不難，是選項3「老人問題」（老人問題）。

4番 MP3-32

会社で課長と部下が相談しています。2人はいつ出かけますか。

M：課長、明日の訪問ですが、何時ごろ会社を出ましょうか。

F：午後３時の約束よね。

M：はい。

F：それじゃ、2時半でいいんじゃない？

M：でも、明日は駅前でデモがあるそうなんです。もしかしたらその時間、かなり渋滞するかもしれません。ちょっと早めに出たほうがいいんじゃないでしょうか。

F：そうなったらたいへんね。じゃ、2時１5分にしましょう。あっ、そうだ。何か手土産が必要ね。駅ビルの中で買うことにして、１時半に出ましょうか。

M：そうですね。

F：あっ、忘れてた！明日は社長がいらっしゃって、お昼をごいっしょすることになってたんだったわ。１時半じゃちょっと忙しいから、１時４5分にしましょう。

M：分かりました。もし課長が間に合わなければ、ぼくが先に駅ビルに行って買っておきます。

F：そうね。とりあえずその時間で。

M：はい。

2人はいつ出かけますか。

1　1時5分

2　1時１5分

3　1時３０分

4　1時４5分

中譯 第4題

公司裡課長和屬下正在商量。二個人何時出門呢？

M：課長，明天的拜訪，大約什麼時候離開公司呢？

F：是下午三點的約吧！

M：是的。

F：那麼，二點半就好了吧？

M：但是，聽說明天車站前有遊行。說不定那個時間，會很塞車。稍微早一點出門是不是比較好呢？

F：要是那樣就糟了。那麼，就二點十五分吧！啊，對了。要帶點伴手禮吧！就在車站大樓裡面買，一點半出門吧！

M：是啊。

F：啊，我忘了！明天社長在，要一起吃午飯。一點半的話太趕了，所以就一點四十五分吧！

M：知道了。如果課長來不及的話，我先去車站大樓買好。

F：也是。就先那個時間。

M：好的。

二個人何時出門呢？

1 一點五分

2 一點十五分

3 一點三十分

4 一點四十五分

解析 本題測驗「時間」。會話中出現五個時間，依序為「3時（さんじ）」（三點，和對方約定的時間）→「2時半（にじはん）」（二點半，課長希望的出門時間）→「2時15分（にじじゅうごふん）」（二點十五分，課長擔心遊行，決定提前出門）→「1時半（いちじはん）」（一點半，課長想起要買伴手禮，想更早出門）→「1時45分（いちじよんじゅうごふん）」（一點四十五分，課長想起要和社長吃飯，改成這個時間）。遇到這樣的題目，依然用刪去法，或仔細聽到最後，因為最後一個時間，通常就是答案。故正確答案為選項4「1時45分（いちじよんじゅうごふん）」（一點四十五分）。

5番 MP3-33

男の子と女の子が教室で話しています。男の子は、これからどこに行きますか。

F：どうしたの？
M：うん、英語の辞書が見つからないんだ。
F：昨日、宿題をするから家に持って帰ったんじゃなかったっけ。
M：うん。でも、今日また学校に持ってきた。2時間目の授業で必要だったから。
F：じゃ、2時間目の授業のとき、使ったんじゃない？教室はどこ？
M：今日は図書室。でも使わなかった。先生が休みだったから、急にテストになって……。
F：そう。そのあとどうしたか覚えてないの？
M：戻るときにトイレに寄った。でも、そのときは持ってたような気がする。
F：そう。職員室に届いてないかな。
M：あっ、もしかしたら売店かも。赤のボールペンを買いに行ったとき。
F：じゃ、そこかもね。私、これから職員室に行くから、届いてないか山田先生に聞いてきてあげる。
M：うん。お願い。

男の子は、これからどこに行きますか。

1 図書室
2 売店
3 トイレ
4 職員室

中譯 第5題

男孩和女孩在教室中正說著話。男孩接下來要去哪裡呢？

F：怎麼了？

M：嗯，找不到英文字典。

F：是不是昨天要做作業，所以把它帶回家了？

M：嗯。但是，今天又帶到學校了。因為第二節課要用。

F：那麼，第二節上課的時候，不就用了？教室在哪裡？

M：今天是在圖書室。但是沒有用。因為老師請假，所以突然變成考試⋯⋯。

F：是喔。那你不記得之後做了什麼嗎？

M：回去的時候順便去了廁所。但是，我記得那時候似乎還拿著。

F：是喔。會不會送到教職員辦公室了啊？

M：啊，說不定在販賣部。我去買紅色原子筆的時候。

F：那麼，有可能在那裡。我，等一下要去教職員辦公室，再幫你問山田老師，看有沒有人送去。

M：嗯。麻煩了。

男孩接下來要去哪裡呢？

1 圖書室

2 販賣部

3 廁所

4 教職員辦公室

解析 本題測驗「地點」。會話中出現五個地點，依序為「**家**」（懷疑把字典帶回家了）→「**図書室**」（在圖書室上課，本來要用字典）→「**トイレ**」（回家前順道去了廁所）→「**職員室**」（覺得撿到的人，可能送到教職員辦公室）→「**売店**」（想起最後去了販賣部買紅色原子筆）。要注意的是，男孩接下來要去的地方，並非選項4「**職員室**」（教職員辦公室），因為從女孩說「**私、これから職員室に行くから、届いてないか山田先生に聞いてきてあげる。**」知道那是女孩要去的，並非男孩。故正確答案為選項2「**売店**」（販賣部）。

6番 MP3-34

教室で、女の学生が先生に進学の相談をしています。女の学生はどうすることにしましたか。

F：先生、今ちょっといいですか。

M：どうぞ。

F：大学のことなんですけど……。

M：医学部だったよな。

F：はい。でも、じつはそれ、親の希望なんです。私、本当は外国語学部で中国文学を勉強したいんです。

M：中国文学？またずいぶんとちがう進路だな。

F：はい。父が医者なので、私にも医者になってほしいというのは分かるんです。小さいころからそう言われてますし。でも……。

M：うん、分かるよ。自分のやりたいことが、やっと見つかったんだ。

F：はい。中国語も自分で勉強してるんです。ネットで、台湾や中国の友達もできて、いつか留学もしてみたいんです。

M：そうか。先生、応援するよ。

F：よかった。

M：でもその前に、自分の気持ちをご両親に話さないとな。最初は反対されると思うけど、あきらめちゃだめだぞ。

F：分かりました。今晩、両親に話してみます。

M：がんばれよ。

F：はい。

女の学生はどうすることにしましたか。

1 自分の思いを親に伝える。

2 台湾と中国に留学する。

3 親の希望する医学部に進む。

4 先生から親に伝えてもらう。

中譯 第6題

教室裡，女學生跟老師正在商量升學的事情。女學生決定要怎麼做了呢？

F：老師，現在方便說一下話嗎？

M：請說。

F：是有關大學的事情……。

M：之前是說醫學院吧。

F：是的。但是，其實那是我父母親希望的。我，其實是想在外語學院學中國文學。

M：中國文學？又是完全不同的出路啊！

F：是的。因為我爸爸是醫生，我知道他希望我也當醫生。從小就被那樣說。但是……。

M：嗯，我懂。終於找到了自己想做的事情。

F：是的。我自己也有在學中文。在網路上，也交了台灣或中國的朋友，希望有一天也可以留學看看。

M：這樣啊。老師，會支持妳喔！

F：太好了。

M：但是在那之前，不把自己的心情跟父母親說不可啊！我想一開始會被反對，但是不可以就此放棄喔！

F：我知道了。今天晚上，跟父母親說說看。

M：加油喔！

F：好的。

女學生決定要怎麼做了呢？

1 將自己的想法傳達給父母親。

2 到台灣和中國留學。

3 進父母親希望的醫學院。

4 拜託老師跟父母親說。

解析 本題並不困難，但要聽得懂「進学」（升學）、「進路」（出路）、「医学部」（醫學院）、「外国語学部」（外國語學院）、「ネット」（網路；「インターネット」的省略）、「留学」（留學）這幾個關鍵字，才不會心慌。關鍵句是最後老師說的「自分の気持ちをご両親に話さないとな。」（不把自己的心情跟父母親說不可啊。）以及女學生說的「今晩、両親に話してみます。」（今天晚上，跟父母親說說看。）故正確答案為選項1「自分の思いを親に伝える。」（將自己的想法傳達給父母親。）

問題2

問題2では、まず質問を聞いてください。そのあと、問題用紙を見てください。読む時間があります。それから話を聞いて、問題用紙の1から4の中から正しい答えを一つ選んでください。

（問題2，請先聽問題。之後，請看試題紙。有閱讀的時間。接下來聽會話，從試題紙的1到4裡面，選出一個正確的答案。）

1番 MP3-35

男の人が昨日買ったシャツについて、お店の人と話しています。男の人は、どうしてシャツを取りかえたいのですか。

F：いらっしゃいませ。

M：すみません、昨日ここでシャツを買った者なんですが、返品できますか。

F：お金は返せませんが、別の物に取りかえることはできますよ。失礼ですが、どういったご理由で……。

M：ちょっときつくて。今まではＭサイズでだいじょうぶだったんですが、最近ちょっと太ったみたいで……。

F：それでしたら、ＬとＬＬ、２つのサイズをお持ちしてみます。このタイプのシャツは元々小さめにできてるので、もしかしたらＬでも小さいかもしれません。

M：そうですか。

F：今年は、ぴったりめの服が流行りなんですよ。

M：知りませんでした。でも、あまりぴったりでも、おなかが出ちゃいそうなので、やっぱり大きめのにします。

F：かしこまりました。少々お待ちください。……お待たせいたしました。こちらがＬでこちらがＬＬです。でも、Ｌの黒は売り切れちゃったので、白をお持ちしました。

M：白は汚れやすいからな……。ちょっと大きくても黒がいいので、ＬＬにします。

F：かしこまりました。

男の人は、どうしてシャツを取りかえたいのですか。

1 汚れていたから。

2 小(ちい)さすぎたから。

3 大(おお)きすぎたから。

4 他(ほか)の色(いろ)にしたいから。

中譯 第1題

男人就昨天買的襯衫，正和店裡的人說話。男人為什麼想換襯衫呢？

F：歡迎光臨。

M：不好意思，我是昨天在這裡買襯衫的人，可以退換嗎？

F：不能夠退錢，但是可以換其他的商品喔！對不起，請問是什麼原因要……。

M：有點緊。之前M號都還可以，但是最近好像胖了點……。

F：那麼，我拿L和LL這二個尺寸過來試試。這款襯衫本來就做得比較小，所以說不定L號也還太小。

M：那樣啊！

F：今年流行比較合身的衣服喔！

M：我都不知道。但是，太合身的話，肚子好像要跑出來，所以還是要大一點的。

F：知道了。請稍等。……讓您久等了。這是L，這是LL。但是，L的黑色賣完了，所以我拿白色的來了。

M：因為白色容易髒……。就算稍微大一點，也還是黑色的好，所以就LL。

F：知道了。

男人為什麼想換襯衫呢？

1 因為是髒的。

2 因為太小。

3 因為太大。

4 因為想要其他顏色。

解析 聽解測驗問題2共有六個小題，應考時的重點，是先聽清楚題目問什麼，接著看試題冊上的四個選項，最後再仔細聆聽對話。問題2的對話都很長，但只要知道題目問什麼，反而可以馬上作答，並沒有什麼陷阱。像本題，光從「ちょっときつくて。」（有點緊。）就知道要換襯衫的原因，在於選項2「小(ちい)さすぎたから。」（因為太小。）

2番 MP3-36

2人の社員が、会社の入口にあるポスターを見て話しています。2人はどこに行くことにしましたか。

F：あっ、社員旅行のお知らせが出てます。

M：今年はどこですか。

F：韓国、上海、シンガポールの3つから選んでいいんですって。

M：いいですね。じゃ、どこにしようかな。

F：同じところにしませんか。私、鈴木さん以外に仲のいい人いないんです。去年、台湾へ社員旅行に行ったときなんか、1人ぼっちになっちゃって……つまらなかったから。

M：もちろんいいですよ。じゃ、どこにしましょうか。

F：シンガポールはやめましょう。おととし行ったことがあるんですが、あまりおもしろくなかったです。韓国はどうですか。

M：韓国ですか……。昔、行ったことがありますが、ぼくは辛いものが苦手でしょ。だから食事がたいへんでした。キムチばっかりで……。

F：それじゃ、上海ですかね。

M：上海、いいんじゃないですか。

F：鈴木さんも私も中華好きですし。

M：そうですね。そうしましょう。

F：はい。

2人はどこに行くことにしましたか。

1 韓国

2 上海

3 台湾

4 シンガポール

中譯 第2題

二個員工，正看著公司入口處的某張海報說著話。二人決定要去哪裡了呢？

F：啊，員工旅遊的公告出來了。

M：今年是哪裡呢？

F：上面寫可以從韓國、上海、新加坡這三個來選。

M：真好。那麼，要選哪裡呢？

F：要不要選同樣的地方呢？因為我，除了鈴木先生以外沒有感情比較要好的人。去年去台灣的員工旅遊時，孤孤單單一個人……，很無聊。

M：當然好啊！那麼，要去哪裡呢？

F：新加坡就算了！前年曾經去過，不太好玩。韓國如何呢？

M：韓國啊……。以前曾經去過，但是我對辣的東西不行，妳知道的。所以，吃東西很麻煩。一直吃泡菜……。

F：那麼，就上海囉。

M：上海，不錯啊！

F：而且不管鈴木先生還是我，都喜歡中華料理。

M：是啊！就那樣吧！

F：好。

二人決定要去哪裡了呢？

1 韓國

2 上海

3 台灣

4 新加坡

解析 本題考「地點」。重點在於要聽得懂「**韓国**」（韓國）、「**上海**」（上海）、「**シンガポール**」（新加坡）、「**台湾**」（台灣）這四個地名。一邊聽一邊刪除不可能的選項，再聽到最後的重點「**上海、いいんじゃないですか。**」（上海，不錯啊！）以及「**鈴木さんも私も中華好きですし。**」（而且不管鈴木先生還是我，都喜歡中華料理。）便知道正確答案為選項2「**上海**」（上海）。

3番 MP3-37

電気屋で男の人と女の人が話しています。男の人は、携帯電話を選ぶとき何を一番気にしますか。

F：これはどう？数字が大きくて、番号を押しやすいわよ。
M：ずいぶん大きいな。これ、老人向けのだろ。俺の目はそんなに悪くないよ。それより、画面が大きいほうが大事だろ。
F：そうなの？
M：お前は携帯電話持ってないから分からないんだよな。買ってあげるよ。最近はすごく安いんだから。
F：いいわよ。そんなもの必要ないもの。
M：珍しいよな、今どき携帯が必要ない人間なんて。
F：あっ、これはどう？画面も大きいし、黒でかっこいいわよ。
M：そうだな。うーん、デザインはいいけど重いよ。
F：そうね、他のよりちょっと重いわね。でも落としても壊れなさそうよ。あなた、しょっちゅう落として壊しちゃうんだもの。
M：これからは気をつけるよ。
F：じゃ、どれにするの？
M：うん、やっぱりこれにする。俺にとっては重くないのが大事なんだ。
F：でも、これ、安くないわよ。
M：来月の俺のこづかいから引いてくれ。
F：それならいいわ。

男の人は、携帯電話を選ぶとき何を一番気にしますか。

1 値段
2 画面の大きさ
3 軽さ
4 デザイン

中譯 第3題

電器行裡男人和女人正在說話。男人選行動電話的時候，最在意什麼呢？

F：這個如何？數字大，很好按號碼喔！

M：真大啊！這個，是給老人家用的吧！我的眼睛還沒那麼糟喔！比起那個，螢幕大才重要吧！

F：是這樣嗎？

M：妳沒有用行動電話不知道啦！我買給妳啦！因為最近非常便宜。

F：不用啦！那種東西根本沒有必要。

M：真少見啊！現在還有不需要行動電話的人。

F：啊，這個如何？螢幕大，而且黑色很酷喔！

M：對耶！嗯，有設計感，但是太重了！

F：對耶，和其他的比起來，真的有點重耶！但是好像摔也摔不壞喔！你啊，常常摔壞。

M：以後會注意啦！

F：那麼，決定哪一個呢？

M：嗯，還是決定這個。對我來說，要緊的是不能太重。

F：可是，這個，不便宜耶！

M：從我下個月的零用錢扣！

F：那樣的話就可以。

男人在選行動電話的時候，最在意什麼呢？

1 價錢

2 螢幕的大小

3 輕重

4 設計

解析 問句中的「気(き)にします」意為「在意」，所以本題問的是男人在意行動電話的哪一方面。從會話最後的「俺(おれ)にとっては重(おも)くないのが大事(だいじ)なんだ。」（對我來說，要緊的是不能太重。）便知道正確答案為選項3「軽(かる)さ」（輕重）。

4番 MP3-38

男の人と女の人がスーパーで話しています。女の人はこれからどこへ行きますか。

F：こんにちは。

M：あっ、田中さん。こんにちは。

F：ご主人がお買い物ですか。うらやましいわ。

M：いえ、妻が同窓会で出かけてるんですよ。夜遅くなるっていうから、子供と2人でカップラーメンでも食べようと思って。

F：そうですか。それにしても、お菓子もずいぶんたくさん……。

M：ははっ。妻が厳しくて、うちの子、お菓子とか食べさせてもらえないんですよ。だからいないうちに。ないしょですよ。

F：分かりました。あっ、もうこんな時間。銀行に間に合わない。

M：あれっ、5時半まで開いてるんじゃ……。

F：それは郵便局ですよ。銀行は３時半までです。市役所もそうじゃなかったかしら。

M：そうでしたっけ。いつも妻に頼ってるので、何も分からないですね。

F：しかたないですよ。うちの主人なんか、スーパーで買い物もしたことがないんですから。

M：ほとんど会社にいますからね。あっ、あと20分しかないですよ。急いだほうがいいんじゃないですか。

F：たいへん！それじゃ、また。

M：お気をつけて。

女の人はこれからどこへ行きますか。

1 市役所

2 銀行

3 郵便局

4 会社

中譯 第4題

男人和女人正在超級市場說話。女人接下來要去哪裡呢？

F：午安。

M：啊，田中太太。午安。

F：先生您來買東西嗎？真羨慕啊！

M：沒有啦，因為我太太去參加同學會啦！她說會晚回來，所以才想說和小孩二個人就吃個杯麵什麼的。

F：這樣啊！但是好像也買了不少零食……。

M：呵呵。我太太很嚴格，不給我們家小孩吃零食什麼的呢！所以趁（她）不在的時候。祕密喔！

F：知道了。啊，已經這個時間了。銀行要來不及了。

M：咦，不是開到五點半嗎……？

F：那是郵局啦！銀行是到三點半。市公所不也是那樣嗎？

M：是那樣嗎？我都是拜託我太太，所以什麼都不知道啊！

F：沒辦法啊！我家的老公，連在超市買過東西都沒有。

M：因為幾乎都在公司啊！啊，只剩下二十分鐘了！趕快去比較好吧！

F：糟了！那麼，再見！

M：請小心。

女人接下來要去哪裡呢？

1 市公所

2 銀行

3 郵局

4 公司

解析 本題從「あっ、もうこんな時間。銀行に間に合わない。」（啊，已經這個時間了。銀行要來不及了。）知道女人要去銀行，其他地點完全無關，故正確答案為選項2「銀行」（銀行）。

5番 MP3-39

女の人2人がレストランで話しています。女の人はどうしてそんなに高いバッグを買いましたか。

F1：あっ、新しいバッグ。いつ買ったの？
F2：おととい。銀座の三越デパートで。
F1：じゃ、かなり高かったでしょ。
F2：そうなの。給料前でお金がないから、カードで買っちゃった。
F1：だいじょうぶ？来月、フランスに海外旅行するんじゃなかったっけ。
F2：それはそうなんだけどね……。お店の男の子がかっこよくてさ。
F1：えっ？そんな理由でそんなに高いもの買っちゃったの？
F2：ちがうわよ。いくらイケメン好きな私でも、それほどバカじゃないわよ。
F1：そりゃそうね。じゃ、どうして？
F2：日本に2つしかないって言うんだもん。それにもう1つは皇室の人が持ってるんだって。お店の男の子はね、名前は教えてくれなかったんだけど、私は雅子様じゃないかって思ってるんだ。
F1：どうして？
F2：だって、このバッグの品のよさ、雅子様のイメージにぴったりじゃない。
F1：バカね。それだったら、店員がイケメンだったって理由のほうがましよ。
F2：うるさいわね。

女の人はどうしてそんなに高いバッグを買いましたか。

1 店員がかっこよかったから。
2 皇室の人も持っているから。
3 フランスより安いから。
4 日本に1つしかないから。

中譯 第5題

二個女人正在餐廳說話。女人為什麼買了那麼貴的包包呢？

F1：啊，新包包。什麼時候買的？

F2：前天。在銀座的三越百貨。

F1：那麼，很貴吧！

F2：是啊。發薪水前沒有錢，所以用信用卡買了。

F1：沒關係嗎？妳不是說下個月要去法國海外旅行？

F2：是那樣沒錯啦……。就店裡的男生很帥。

F1：咦？妳因為那種理由買了那麼貴的東西？

F2：不是啦！我再怎麼喜歡帥哥，也不會傻到那種程度啦！

F1：說的也是。那麼，為什麼呢？

F2：因為他說日本只有二個。而且說另外一個是皇室的人買了。店裡的男生，雖然沒有告訴我名字，但是我在想，該不會就是雅子妃吧！

F1：為什麼？

F2：因為這個包包的氣質，和雅子妃的形象很符合不是嗎？

F1：真蠢啊！那樣的話，倒不如店員是帥哥這樣的理由還好一點！

F2：妳很煩耶！

女人為什麼買了那麼貴的包包呢？

1 因為店員帥。

2 因為皇室的人也買了。

3 因為比法國便宜。

4 因為日本只有一個。

解析 從一連串的會話中，推斷本題的答案有可能是選項1或選項2。但若能聽懂「**それだったら、店員がイケメンだったって理由のほうがましよ。**」（那樣的話，倒不如店員是帥哥這樣的理由還好一點！）便知道正確答案為選項2「**皇室の人も持っているから。**」（因為皇室的人也買了。）附帶一提，此句中的「**って**」等於「**という**」，意為「這樣的」。而「**まし**」為「ナ形容詞」，意為「強過」，所以句型「**～のほうがましだ**」就是「～還比較強」。

6番 MP3-40

大学の先輩が後輩に教えています。就職の面接では何が一番大切だと言っていますか。

F：岡本先輩、お久しぶりです。

M：あっ、奈々ちゃん。就職活動、がんばってる？

F：はい、ほとんど毎日面接みたいなものです。でも厳しいですね。

M：どこの会社も景気が悪いからね。俺の年はよかったけど、今年はみんな厳しいらしいね。

F：はい。先輩、面接に受かる秘訣はないですか？

M：秘訣と言われてもな……。そうそう、人事の先輩が言ってた。今年の新卒の子は身だしなみが悪いって。服装は問題ないんだけど、化粧が濃かったり、バッグが派手だったり……。そういう基本的な部分、見てるよ。

F：それはだいじょうぶだと思います。面接の本をたくさん買って、研究してますから。

M：うん、それなら問題ないだろうな。でもね、逆にそれが危なかったりもするんだよ。

F：どういうことですか。

M：面接官に聞かれると、みんな同じ答えなんだって。本に書いてあるような答えばっかり。

F：たしかに私もそうです。

M：それじゃ、パスするはずないよ。本当にそこで働きたいなら、その会社のことをいろいろ調べなきゃ。調べれば、疑問も出てくるから、それを面接官に話すんだ。面接官には伝わるはずだよ、そういう情熱。

F：なるほど。これからは、先輩のおっしゃるようにやってみます。

M：がんばれよ！

F：はい。

就職の面接では何が一番大切だと言っていますか。

1 服装やバッグに気をつける。

2 化粧を上手にすること。

3 受ける会社のことをよく知る。

4 面接本と同じように話す。

中譯 第6題

大學的學長正在教學妹。他說就職的面試中，最重要的是什麼呢？

F：岡本學長，好久不見。

M：啊，奈奈。有沒有認真在找工作啊？

F：有，感覺上幾乎每天都在面試。但是很難啊！

M：因為不管哪一個公司景氣都不好啊！我的年紀是還好，但是今年大家好像都不容易啊！

F：是啊。學長，沒有面試能上的祕訣嗎？

M：說到祕訣嘛……。對了、對了，人事部的前輩說的。他說今年畢業的學生穿著打扮不行。服裝是沒有問題，但是有的化妝很濃、有的包包太華麗……。這些基本的部分，（面試）會看的。

F：那我應該沒有問題。因為我買了很多面試的書，做了研究。

M：嗯，如果那樣的話，應該沒有問題吧！但是啊，那個反而也會有危險喔！

F：怎麼說呢？

M：聽說面試委員一問問題，所有的人都做相同的回答。全都像書裡寫的那樣回答。

F：的確，我也是那樣。

M：那樣的話，不可能會上的喔！如果真的想在那裡工作，就非好好調查那家公司的一切不可。因為調查的話，就會產生疑問，然後用那個跟面試委員聊。應該可以傳達給面試委員的！那樣的熱忱。

F：原來如此，之後我會照學長說的那樣試試看。

M：加油喔！

F：好的。

他說就職的面試中，最重要的是什麼呢？

1 要注意服裝或是包包。

2 妝要畫得好。

3 要好好了解面試的公司。

4 要說和面試書上一樣的話。

解析 本題稍有難度。先了解幾個重要的單字：「**新卒**」（今年剛畢業）、「**身だしなみ**」（儀表、服裝打扮、教養）、「**面接官**」（主考官、面試委員）。接著要知道幾個重要句型：「～はずがない」（不會～、不可能～）、「～なきゃ」（非～不可）、「～はず」（應該～）。本題的關鍵句是「本当にそこで働きたいなら、その会社のことをいろいろ調べなきゃ。……面接官には伝わるはずだよ、そういう情熱。」（如果真的想在那裡工作，就非好好調查那家公司的一切不可。……應該可以傳達給面試委員的！那樣的熱忱。）故正確答案為選項3「受ける会社のことをよく知る。」（要好好了解面試的公司。）

問題3

問題3では、問題用紙に何も印刷されていません。まず話を聞いてください。それから、質問を聞いて、正しい答えを1から4の中から一つ選んでください。

（問題3，試題紙上沒有印任何字。請先聽會話。接下來聽問題，從1到4裡面，選出一個正確的答案。）

1番 MP3-41

女の子が友達の家に来て、話しています。

F1：この間借りた漫画、ありがとう。

F2：もう読み終わったの？

F1：うん。すごくおもしろくて、１日で読み終わっちゃった。

F2：そう。由美ちゃん、このＤＶＤもう見た？

F1：インド映画？

F2：うん。すごく笑えて、ちょっと泣けるの。

F1：へー、今度貸して。

F2：うん。

F1：そうそう、ちょっとお願いがあるんだけどいい？

F2：何？

F1：今日の英語の宿題で分からないところがあるから、教えてもらえない？

F2：でも、英語なら私より得意だよね。

F1：じつは昨日、遅くまで漫画を読んでたでしょ。それで授業中に寝ちゃって、ぜんぜん聞いてなかったの。

F2：由美ちゃんらしくない。どこ？教えてあげる。

F1：ありがとう。

女の子は、何のために友達の家に来ましたか。

1 漫画を借りるため。

2 いっしょにＤＶＤを見るため。

3 宿題を教えてもらうため。

4 料理を教えてもらうため。

中譯 第1題

女孩到朋友家，正在說話。

F1：之前借我的漫畫，謝謝。

F2：已經讀完啦？

F1：嗯。太有趣了，所以一天就讀完了。

F2：是喔。由美，這片DVD已經看了嗎？

F1：印度電影？

F2：嗯。又好笑，又有點會讓人掉淚。

F1：咦，下次借我。

F2：嗯。

F1：對了、對了，有點事想拜託妳可以嗎？

F2：什麼事？

F1：今天的英文作業有地方不懂，可以教我嗎？

F2：但是，英文的話，妳比我厲害吧！

F1：其實，昨天漫畫不是看太晚了嗎？所以上課中睡著，完全沒有聽。

F2：真不像由美。哪裡？我教妳。

F1：謝謝。

女孩為了什麼，而到朋友家呢？

1 為了借漫畫。

2 為了一起看DVD。

3 為了請對方教自己作業。

4 為了請對方教自己做菜。

解析 聽解測驗的問題3，由於試題上沒有任何的圖畫或是選項可供參考，所以要一邊聽、一邊記下關鍵字。本題從頭聽到尾，關鍵字只有「**漫画**」（漫畫）、「**ＤＶＤ**」（DVD）、「**英語の宿題**」（英文作業），所以選項4「**料理**」（做菜）一定無關。至於其他三個選項，選項1由於「**この間借りた漫画、ありがとう。**」（之前借我的漫畫，謝謝。）知道是要「還漫畫」，而不是「借漫畫」，所以錯誤；選項2由於「**今度貸して。**」（下次借我。）知道這次不是為了DVD而來，所以錯誤；選項3由於「**今日の英語の宿題で分からないところがあるから、教えてもらえない？**」（今天的英文作業有地方不懂，可以教我嗎？）知道是為了作業來求救，故正確答案為選項3「**宿題を教えてもらうため。**」（為了請對方教自己作業。）

2番 MP3-42

男の学生と女の学生が話しています。

M：雨が降ってきちゃったね。

F：ほんとう。傘、持ってる？

M：持ってる。涼子ちゃんは？

F：私、教室に忘れてきちゃった。

M：じゃ、いっしょに差せばいいよ。俺の傘、大きいから。

F：ありがとう。

M：そうだ、これから映画でも行かない？雨だから、テニス部も休みでしょ。

F：うん、それはそうなんだけど、私、これから予定があるの。

M：えっ？もしかして木村とデートとか？

F：まさか。ほんとうは洋子ちゃんたちと図書館に行くつもりだったんだけど、さっきお母さんから電話があって、早く帰ってきてって。

M：何かあったの？

F：ご飯を作ってるとき、指を切っちゃったんだって。傷はたいしたことないんだけど、料理ができないでしょ。夜、お父さんのお客さんが来るから、手伝わなきゃならないのよ。

M：それはたいへんだ。急いで帰らなきゃ。家まで送ってあげる。急ごう！

F：ありがとう。

女の子はこれからどうしますか。

1 急いで家に帰る。

2 友達と図書館に行く。

3 木村くんとデートする。

4 男の子と映画を見る。

中譯 第2題

男學生和女學生正在說話。

M：下雨了耶。
F：真的。雨傘，有帶嗎？
M：有帶。涼子呢？
F：我，忘在教室裡了。
M：那麼，一起撐就好了。因為我的傘很大。
F：謝謝。
M：對了，等一下要不要去看個電影？因為下雨，網球社也休息吧。
F：嗯，話是沒錯，但是我，等一下還有事。
M：咦？難不成是要和木村約會？
F：哪是啊！其實本來打算要和洋子她們到圖書館的，但是剛剛我媽媽打電話來，說要我早點回家。
M：有什麼事情嗎？
F：我媽媽說做飯的時候，切到手指頭了。傷勢雖然不嚴重，但是沒辦法做菜吧！晚上，我爸爸的客人要來，所以不幫忙不行啊！
M：那真糟糕。不快回去不行。我送妳回家。快！
F：謝謝。

女孩接下來要做什麼呢？

1 趕快回家。
2 和朋友去圖書館。
3 和木村同學約會。
4 和男孩看電影。

解析 聽解測驗問題3這種題型，雖然對話很長，試題冊上又沒有圖畫或文字的提示，但只要掌握重點幾乎都是在最後，就可以聽出女孩是「急（いそ）いで帰（かえ）らなきゃ。」（不快回去不行。）故正確答案為選項1「急（いそ）いで家（うち）に帰（かえ）る。」（趕快回家。）

3番 MP3-43

旅館で、係の人が客に説明しています。

F：……では、次に娯楽施設についてご説明させていただきます。カラオケですが、２部屋ございます。１つはこの階の一番奥にあって、もう１つは１７階のゲームセンターの中にございます。１７階のほうは2、３人が入れるカラオケボックスが５つ用意してあります。この階のカラオケルームはとても広くて、３０人くらいがお酒を飲みながら歌えるバーのようになっています。

M：カラオケはいいや。うちの子、うるさいところが苦手だから。

F：それでしたら、卓球はいかがですか。１７階のゲームセンターのすぐ横に３台用意してあります。１時間たったの500円なので、人気があるんですよ。

M：いいですね。うちはみんな運動が好きだから。

F：ただ、ご利用時間は午後３時から夜10時までとなっていますので、ご注意ください。今はもう9時４０分ですので、あと20分しかございません。

M：分かりました。

旅館の係の人は、特に何について注意しましたか。

1 カラオケの値段について

2 卓球の利用時間について

3 バーで飲むお酒の量について

4 ゲームセンターの年齢制限について

中譯 第3題

旅館裡，負責的人正向客人說明著。

F：……那麼，接下來，請讓我就娛樂設施做說明。卡拉OK有二個房間。一間是在這層樓的最裡面，另外一間是在十七樓電玩中心的裡面。十七樓的那間，有可以容納二、三個人的卡拉OK房五間。而這層樓的卡拉OK房非常大，有三十個人左右可以一邊喝酒一邊唱歌的酒吧。

M：卡拉OK我看算了。因為我們家小孩怕吵。

F：那麼，打桌球如何呢？十七樓的電玩中心的正旁邊有三張。由於一小時只要五百日圓，很受歡迎喔！

M：不錯耶。因為我們全家都愛運動。

F：不過，可以使用的時間是下午三點開始到晚上十點為止，所以請注意一下時間。因為現在已經九點四十分了，所以只有二十分鐘。

M：知道了。

旅館負責的人，特別就什麼事情，要客人注意呢？

1 有關卡拉OK的價錢

2 有關桌球的使用時間

3 有關在酒吧飲酒的量

4 有關電玩中心的年齡限制

解析 一長串的對話聽下來，試題冊上的筆記欄上，應該依序會有以下幾個關鍵字，分別為「**カラオケ**」（卡拉OK）、「**ゲームセンター**」（電玩中心）、「**バー**」（酒吧）、「**卓球**（たっきゅう）」（桌球）。不過最重要的答案，依舊是在最後，也就是「**ただ、ご利用時間**（りようじかん）**は午後**（ごご）**3時**（さんじ）**から夜**（よる）**10時**（じゅうじ）**までとなっていますので、ご注意**（ちゅうい）**ください。**」（不過，可以使用的時間是下午三點開始到晚上十點為止，所以請注意一下時間。）故正確答案為選項2「**卓球**（たっきゅう）**の利用時間**（りようじかん）**について**」（有關桌球的使用時間）。

問題4

問題4では、絵を見ながら質問を聞いてください。それから、正しい答えを1から3の中から一つ選んでください。

（問題4，請一邊看圖一邊聽問題。接下來，從1到3裡面，選出一個正確的答案。）

1番 MP3-44

別の学校の友達に、自分の学校を自慢します。何と言いますか。

1 あれがうちの学校。小さいけど新しくていい学校なんだ。

2 あれがうちの学校。きれいなだけで、新しくしてほしい。

3 あれがうちの学校。新しいけど、だめな学校になるよ。

中譯 第1題

向別的學校的朋友誇耀自己的學校。要說什麼呢？

1 那是我的學校。雖然小，但是又新又好的學校。

2 那是我的學校。只是漂亮而已，我希望它翻新。

3 那是我的學校。雖然新，但是變成不行的學校了。

解析 問句中的「自慢する」意為「自滿、自誇」，所以三個選項當中，只有選項1「小さいけど新しくていい学校なんだ。」（雖然小，但是又新又好的學校。）符合「先謙虛（說自己的學校小），接著再稱讚（說學校又新又好）」這種高明的自誇方法，故正確答案為選項1。

2番 MP3-45

友達をパーティーに誘います。何と言いますか。

1 楽しいから、いっしょに行きましょうよ。

2 楽しいから、いっしょに行きたがります。

3 楽しいから、いっしょしてもいいでしょう。

中譯 第2題

要邀朋友參加宴會。要說什麼呢？

1 很好玩，所以一起去嘛！

2 很好玩，所以想一起去。

3 很好玩，所以一起去做也可以吧！

解析 日文常用的邀約句型有「～ませんか。」（不～嗎？）以及「～ましょう。」（～吧！）所以選項1的「いっしょに行きましょうよ。」（一起去嘛！）為正確答案。至於選項2的「いっしょに行きたがります。」（想一起去。）是第三者想做某事的「願望句型」；選項3的「してもいいでしょう。」（做也可以吧！）是允許對方做某事的「許可句型」，皆不予考慮。

3番 MP3-46

同僚が騒ぎすぎて、周りの人が迷惑しています。何と言いますか。

1 ちょっと静かにすれば、よろしかったです。

2 ちょっと静かにしても、周りが助かるよ。

3 ちょっと静かにしないと、周りに悪いよ。

中譯 第3題

同事太吵，周遭的人被打擾了。要說什麼呢？

1 如果稍微安靜點，就太好了。

2 就算稍微安靜點，周遭的人也會得救喔！

3 不稍微安靜點的話，對周遭的人不好意思喔！

解析「迷惑」意為「打擾」，所以「迷惑をかける」就是「給人家添麻煩」，而「迷惑する」就是「感到為難、被打擾」。因此，針對問句中的「周りの人が迷惑しています。」（周遭的人被、打擾了。）選項1和2不知所云，不予考慮；選項3「ちょっと静かにしないと、周りに悪いよ。」（不稍微安靜點的話，對周遭的人不好意思喔！）帶有歉意，故正確答案為選項3。

4番（ばん） MP3-47

自転車（じてんしゃ）に乗（の）っている友達（ともだち）を見（み）つけました。何（なん）と言（い）いますか。

1 今（いま）からどこへ行（い）くの？

2 今日（きょう）もいい天気（てんき）かな。

3 またいつか会（あ）おうね。

中譯 第4題

發現了騎著腳踏車的朋友。要說什麼呢？

1 接下來要去哪裡啊？

2 今天也會是好天氣嗎？

3 總有一天會再見吧！

解析 「見（み）つけました」是他動詞，意為「發現了」，也就是在路上「突然看到了」的意思。路上突然遇到熟識的人，問的第一句話，常會是「今（いま）からどこへ行（い）くの？」（接下來要去哪裡啊？）故正確答案為選項1。

問題5

問題5では、問題用紙に何も印刷されていません。まず、文を聞いてください。それから、その返事を聞いて、1から3の中から、正しい答えを一つ選んでください。

（問題5，試題紙上沒有印任何字。首先，請聽句子。接下來，請聽它的回答，從1到3裡面，選出一個正確的答案。）

1番 MP3-48

F：先生、今ちょっとよろしいですか。

M：1 いいよ。何かな。

2 いけないね。がんばって。

3 こっちこそ、よろしくね。

中譯 第1題

F：老師，現在可以說一下話嗎？

M：1 好啊！什麼事啊？

2 不可以喔！加油！

3 我才要請你多多指教。

解析 本題要得懂問句「今ちょっとよろしいですか。」（現在可以說一下話嗎？）的意思才能作答。「ちょっと」意為「稍微」，而「よろしいですか」意為「可以嗎？」，也就是整句話其實是省略了「話しても」（說也～），原本應為「今ちょっと話してもよろしいですか。」（現在稍微說一下話也可以嗎？）故回答的部分，正確答案為選項1「いいよ。何かな。」（好啊！什麼事啊？）

2番 MP3-49

F：作文の宿題って、いつ提出するんだっけ？

M：1 来週の火曜はどうしよう？

2 来週の火曜はどうだった？

3 来週の火曜じゃなかったっけ？

中譯 第2題

F：作文的作業，說什麼時候要交啊？

M：1 下週二是要怎麼辦？

2 下週二是怎麼了？

3 不是說下週二嗎？

解析 本題要懂得問句中的「～っけ」的意思才能作答。問句中的「～っけ」，意為「是不是～來著」，用於自己記不清楚某事時的確認，所以「いつ提出するんだっけ？」意為「說什麼時候要交啊？」故回答的部分，正確答案為選項3「来週の火曜じゃなかったっけ？」（不是說下週二嗎？）

3番 MP3-50

F：いらっしゃい。どうぞお入りください。

M：1 すみません、おじゃまします。

2 すみません、いただきます。

3 すみません、いってきます。

中譯 第3題

F：歡迎。請進。

M：1 不好意思，打擾了。

2 不好意思，開動了。

3 不好意思，我出門了。

解析 本題無論是問句或者是三個選項，均為常用會話，請牢記。其中問句中的「いらっしゃい。どうぞお入りください。」（歡迎。請進。）是親近的人到家裡來時，主人所說的話，有別於餐廳或店家會說的「いらっしゃいませ。」（歡迎光臨。）至於三個選項，選項1「おじゃまします。」（打擾了。）是拜訪人家時進門說的話；選項2「いただきます。」（開動了。）是吃東西前說的話；選項3「いってきます。」是出門前說的話。故正確答案為選項1。

4番 MP3-51

F：今日は誘っていただいて、ありがとうございます。

M：1 いえいえ、こちらこそ。

2 いいえ、もうけっこうです。

3 いいよ、これまでにしよう。

中譯 第4題

F：謝謝您今天的邀約。

M：1 哪裡、哪裡，我才是。

2 不會，已經夠了。

3 好啊！就到此為止吧！

解析 本題要懂得問句中的「誘っていただいて」的意思才能作答。「～ていただく」是「～てもらう」的敬語，意為「從某人那邊得到～」，所以「誘っていただいて」就是「得到您的邀約」。故回答的部分，正確答案為選項1「いえいえ、こちらこそ。」（哪裡、哪裡，我才是。）

5番（ばん） MP3-52

F：すみません、だいじょうぶでしたか。

M：1 ええ、もうたいへんですよ。

2 ええ、たいしたことありません。

3 ええ、どういたしまして。

中譯 第5題

F：對不起，沒事吧？

M：1 是的，已經很嚴重了喔！

2 是的，沒有什麼大礙。

3 是的，不客氣。

解析 本題要注意問句「だいじょうぶでしたか。」中的「でした」。「でした」是過去式，所以表示問的是「已經發生過的事情」，因此「すみません、だいじょうぶでしたか。」就是「對不起，沒事吧？」至於三個選項，選項1「もうたいへんですよ。」（已經很嚴重了喔！）很嚴重的人應該說不出這樣的話來，所以錯誤；選項2「たいしたことありません。」（沒有什麼大礙。）為常用會話，請牢記；選項3「どういたしまして。」（不客氣。）是別人向自己致謝時的回話，不適合此問句。故正確答案為選項2。

6番 MP3-53

F：あれっ、今日の会議はこの部屋だったっけ？

M：1 ううん、あさってだよ。

2 ううん、2時からだよ。

3 ううん、この隣の部屋だよ。

中譯 第6題

F：咦，今天的會議是在這間房間嗎？

M：1 不是，是後天喔！

2 不是，從二點開始喔！

3 不是，是這隔壁的房間喔！

解析 本題也是考「～っけ」（是不是～來著）的用法，但只要聽得懂問句問的是「この部屋」（這個房間），重點是「地點」，就不會選擇選項1的「日期」（あさって；後天）」也不會選擇選項2的「時間」（2時から；二點開始）故正確答案為選項3「ううん、この隣の部屋だよ。」（不是，是這隔壁的房間喔！）

7番 MP3-54

F：昨日、近くで火事があったんですって。

M：1 えー、それはたいへんみたいですね。

2 えー、それはたいへんでしたね。

3 えー、それはたいへんいいですね。

中譯 第7題

F：聽說昨天附近有火災？

M：1 咦，那好像很嚴重耶！

2 咦，那真糟糕啊！

3 咦，那太棒了呢！

解析 先看問句。問句中的「って」是「引用聽到的話」，可翻譯成「聽說」，所以「昨日、近くで火事があったんですって。」就是「聽說昨天附近有火災？」至於三個選項，雖然都是「たいへん」，但會因為在句中的詞性不同，意思也跟著不同。像是選項1和2的「たいへん」是「ナ形容詞」，所以意為「嚴重」或「糟糕」；選項3的「たいへん」是「副詞」，所以意為「非常」。故正確答案為選項2「えー、それはたいへんでしたね。」（咦，那真糟糕啊！）

8番 MP3-55

F：期末テスト、うまくいった？

M：1 こちらこそ。

2 うまかったよ。

3 まあまあかな。

中譯 第8題

F：期末考，順利嗎？

M：1 我才是。

2 好吃喔！

3 大概馬馬虎虎吧！

解析 本題要得懂問句「うまくいった？」（考得好嗎？）的意思才能作答。句中的動詞「行く」除了有「去」的意思之外，還有「（事物）進展得順利與否」這層意義。而副詞「うまく」意為「順利地」，和イ形容詞的「うまい」（好吃、巧妙的）無關。針對問句問考試的情況，正確答案為選項3「まあまあかな。」（大概馬馬虎虎吧！）

9番 MP3-56

F：まだこのこと、話してませんよね。

M：1 ええ、もう聞きました。

　　2 ええ、まだ聞いていません。

　　3 ええ、さっき聞いています。

中譯 第9題

F：這件事情，還沒有提到吧！

M：1 是的，已經聽說了。

　　2 是的，還沒有聽說。

　　3 是的，剛剛聽到。

解析 句型「～ています」有幾種意思，一為「動作的持續」，可翻譯成「正在～」；二為「動作的結果」，可翻譯成「已經～了」；三為「動作的反覆」，不特別翻譯出來；四為「動作的完成」，可翻譯成「已經～了」或是「還沒～呢」。所以問句中的「話してませんよね。」意為「還沒有提到吧！」而不是「沒有正在說吧！」故正確的答案為選項2「ええ、まだ聞いていません。」（是的，還沒有聽說。）

N3 模擬試題　第三回

考題解答

言語知識（文字・語彙）

問題1（每小題各1分）

1 2　2 4　3 1　4 2　5 3　6 4　7 1　8 3

問題2（每小題各1分）

9 2　10 3　11 4　12 2　13 4　14 1

問題3（每小題各1分）

15 3　16 1　17 1　18 1　19 4　20 3　21 1　22 3　23 3　24 1
25 4

問題4（每小題各1分）

26 2　27 2　28 2　29 2　30 2

問題5（每小題各1分）

31 2　32 1　33 4　34 4　35 1

言語知識（文法）・讀解

問題1（每小題各1分）

1 3　2 1　3 2　4 4　5 2　6 4　7 2　8 3　9 2　10 1
11 4　12 2　13 3

問題2（每小題各1分）

14 1　15 1　16 3　17 1　18 1

問題3（19為1分。20～23，每小題各1.5分）

19 2　20 4　21 1　22 2　23 2

問題4（每小題各3分）

24 3　25 3　26 2　27 1

問題5（每小題各4分）

28 1　29 4　30 3　31 2　32 2　33 4

問題6（每小題各4分）

34 4　35 1　36 2　37 3

問題7（每小題各4分）

38 3　39 3

註1：「言語知識（文字・語彙）」測驗問題1～問題5，與「言語知識（文法）・讀解」測驗問題1～問題3合併計分，「言語知識」科目滿分為60分。

註2：「言語知識（文法）・讀解」測驗問題4～問題7為「讀解」科目，滿分為60分。

◎自我成績統計

測驗	問題	小計	總分	科目
言語知識（文字・語彙）	問題1	/8	/60	言語知識（文字・語彙・文法）
	問題2	/6		
	問題3	/11		
	問題4	/5		
	問題5	/5		
言語知識（文法）・讀解	問題1	/13		
	問題2	/5		
	問題3	/7		
	問題4	/12	/60	讀解
	問題5	/24		
	問題6	/16		
	問題7	/8		

聽解

問題1（每小題各2分）

1番 1

2番 1

3番 2

4番 3

5番 4

6番 3

問題2（每小題各2分）

1番 4

2番 4

3番 2

4番 3

5番 4

6番 3

問題3（每小題各2分）

1番 2

2番 1

3番 3

問題4（每小題各3分）

1番 3

2番 1

3番 2

4番 3

問題5（每小題各2分）

1番 3

2番 2

3番 1

4番 1

5番 2

6番 1

7番 1

8番 1

9番 2

註1：「聽解」科目滿分為60分。

◎自我成績統計

科目	問題	小計	總分
聽解	問題1	/12	/60
	問題2	/12	
	問題3	/6	
	問題4	/12	
	問題5	/18	

考題解析

言語知識（文字・語彙）

問題1 ＿＿＿のことばの読み方として最もよいものを、1・2・3・4から一つえらびなさい。（有關＿＿＿的語彙的唸法，請從1・2・3・4裡面，選出一個最好的答案。）

1 みんなで協力して作りましょう。

1.きょうりき　2.きょうりょく　3.きょうりゃく　4.きょうりく

中譯 大家同心協力來做吧！

解析 正確答案選項2「協力する」為「動詞」，意為「合作、協助」，其餘選項均無該字。「力」這個漢字除了「協力」的「力」這個發音之外，還有「力士」（相撲力士）的「力」，以及「力強い」（力量）的「力」等唸法，請一併記住。

2 たくさん稼いで両親を喜ばせたい。

1.かまいで　2.かついで　3.かさいで　4.かせいで

中譯 想賺很多錢讓父母親高興。

解析 本題考動詞「稼ぐ」（做工、賺錢）的唸法，正確答案為選項4。其餘選項中，選項1「構う」意為「介意、照顧」，其動詞「て形」的變化方式應該為「構って」；選項2「担ぐ→担いで」（扛、挑）的變化沒有錯，但發音和題目無關；選項3，無此字。

3 いつか宇宙へ行ってみたい。

1.うちゅう　2.かちゅう　3.ゆちゅう　4.あちゅう

中譯 有朝一日想去外太空看看。

解析「宇宙」為「名詞」，意為「宇宙、外太空」，「宇宙船」（太空船）、「宇宙飛行士」（太空人）可一併記住。其餘選項中，選項2可為「火中」（火中）；選項3和4，無此字。

4 東京と比べると、田舎は物価が安い。

1.ぶつか　2.ぶっか　3.ものか　4.もっか

中譯 和東京相比的話，鄉下物價便宜。

解析「物」這個漢字，有「物価（ぶっか）」（物價）的「物（ぶっ）」、「物理（ぶつり）」（物理）的「物（ぶつ）」、「食べ物（たべもの）」（食物）的「物（もの）」等幾種重要唸法，正確答案為選項2，其餘均為陷阱，請小心。其餘選項中，選項1，無此字；選項3「ものか」是「終助詞」，和題目無關；選項4可為「目下（もっか）」（目前）或「黙過（もっか）」（默認），非N3範圍單字，不需記誦。

5 あんなに大（おお）きな会社（かいしゃ）が<u>倒産（とうさん）する</u>なんて。

1.だっさんする　2.たおさんする　**3.とうさんする**　4.ていさんする

中譯 那麼大的公司，居然會倒閉！

解析「倒」這個漢字，有「倒産（とうさん）」（倒閉、破產）的「倒（とう）」、「倒れる（たおれる）」（倒下、倒塌）的「倒（たお）」幾種重要唸法，基本上以二個漢字的方式呈現時，都是音讀唸法「倒（とう）」，所以正確答案為選項3。其餘選項，均無該字。

6 娘（むすめ）はバイオリンを上手（じょうず）に<u>演奏（えんそう）する</u>。

1.えんざいする　2.えんざつする　3.えんぞうする　**4.えんそうする**

中譯 我女兒小提琴拉得很好。

解析 正確答案選項4「演奏する（えんそう）」為「動詞」，意為「演奏」。其餘選項中，選項1為「冤罪する（えんざい）」（不白之冤）；選項2，無此字；選項3為「塩蔵する（えんぞう）」（用鹽醃漬），皆非N3範圍單字，不需記誦。

7 知（し）らない土地（とち）で<u>迷子（まいご）</u>になってしまった。

1.まいご　2.まよこ　3.みこ　4.みちご

中譯 在不熟悉的地方迷了路。

解析「迷」這個漢字，有「迷子（まいご）」（走丟、迷路）的「迷（まい）」、「迷路（めいろ）」（迷宮）的「迷（めい）」、「迷う（まよう）」（迷惘、猶豫）的「迷（まよ）」幾種重要唸法。而「子」這個漢字，則有「子孫（しそん）」（子孫）的「子（し）」、「子供（こども）」（小孩）的「子（こ）」幾種重要唸法，且非位於字首時，通常會變成濁音「子（ご）」。正確答案為選項1，其餘均為陷阱。

8 昨日（きのう）、近所（きんじょ）の家（いえ）に<u>泥棒（どろぼう）</u>が入（はい）ったそうです。

1.とろぼう　2.でんぼう　**3.どろぼう**　4.てんぼう

中譯 聽說昨天鄰居家遭小偷。

解析 正確答案選項3「泥棒（どろぼう）」為「名詞」，意為「小偷」。其餘選項中，選項1，無此字；選項2「伝法（でんぼう）」，意為「流氓、（女人的）俠氣」；選項4「展望（てんぼう）」，意為「展望」。

問題2　＿＿＿のことばを漢字で書くとき、最もよいものを、1・2・3・4から一つえらびなさい。（用漢字書寫＿＿＿的語彙的時候，請從1・2・3・4裡面，選出一個最好的答案。）

9 ルール<u>いはん</u>をしてはいけません。

1.遺犯　　2.違反　　3.反則　　4.犯違

中譯 不可以違反規則。

解析 正確答案為選項2「違反」，意為「違反」。其餘選項中，選項1和4，無此字；選項3「反則」，意為「違反法律或規則」。

10 面接のときに<u>りれきしょ</u>を持って来てください。

1.履歴表　　2.履歴証　　3.履歴書　　4.履歴署

中譯 面試時，請帶履歷表來。

解析 正確答案為選項3「履歴書」，意為「履歷表」。其餘選項，均無該字，似是而非，要小心。

11 <u>おせんされた</u>川をきれいにしたい。

1.排染された　　2.感染された　　3.除染された　　4.汚染された

中譯 想把被污染的河川弄乾淨。

解析 正確答案為選項4「汚染された」，意為「被污染」，其「原形」為「汚染する」（污染）。其餘選項中，選項1和3，無此字；選項2「感染された」，意為「被感染」。

12 新学期の<u>じかんわり</u>が発表されました。

1.時間表　　2.時間割　　3.時間分　　4.時間程

中譯 新學期的課程表公布了。

解析 正確答案為選項2「時間割」，意為「課程表、功課表」。其餘選項，均無該字，似是而非，要小心。

13 かぜをひいたので病院に行ったら、<u>ちゅうしゃ</u>をされました。

1.打射　　2.点滴　　3.注滴　　4.注射

中譯 因為感冒到醫院，結果被打了一針。

解析 正確答案選項4「注射」，意為「注射、打針」。其餘選項中，選項1和3，無此字；選項2「点滴」，意為「點滴」。

14 いきものを殺してはいけません。

1.生き物　　2.活き物　　3.育き物　　4.命き物

中譯 不可以殺生。

解析 正確答案為選項1「生き物」，意為「生物、有生命的東西」。其餘選項，均無該字，似是而非，要小心。

問題3　（　　）に入れるのに最もよいものを、1・2・3・4から一つえらびなさい。（請從1・2・3・4裡面，選出一個放進（　　）中最好的答案。）

15 彼女は顔もいいし、（　　）もいいし、本当にうらやましい。

1.身材　　2.体身　　3.体形　　4.身形

中譯 她的臉蛋也好，身材也好，真羨慕。

解析 正確答案為選項3「体形」，指「胖、瘦的體型」。其餘選項，均無該字，似是而非，要小心。

16 この地方は、昔から米作りがたいへん（　　）。

1.盛んだ　　2.栄んだ　　3.賑んだ　　4.豊んだ

中譯 這個地方，自古以來製米就非常繁盛。

解析 正確答案選項1「盛んだ」，看似為動詞的「た形」，其實是「ナ形容詞」，意為「繁榮、旺盛的」。其餘選項不但意思不對，寫法也不對，正確寫法選項2應為「栄えている」（興盛、繁榮）；選項3應為「賑やかだ」（熱鬧的）；選項4應為「豊かだ」（豐富、富裕的）。

17 会議の前までに、資料を（　　）読んでおいてください。

1.ざっと　　2.がっと　　3.ばっと　　4.ずっと

中譯 會議之前，請粗略地先讀一下資料。

解析 本題考答案外型相似的「擬聲擬態語」。選項1「ざっと」為「粗略、簡略地」，多用於「稍微過目一下」；選項2「がっと」為「砰地一聲」，多用於「猛烈的衝擊」；選項3「ばっと」為「突然變化貌」，多用於「突然站起來或突然把錢花光」等；選項4「ずっと」為「一直」，多用於「長時間不曾改變的事」。依句意，選項1為最好的答案。

18 今度の週末、（　　　）行かない。

1.どこか　　2.いつか　　3.なんか　　4.どうか

中譯 這個週末，要不要去哪裡？

解析 選項1「どこか」意為「哪裡呢」；選項2「いつか」意為「遲早、不知什麼時候」；選項3「なんか」等於「なにか」，意為「什麼呢」；選項4「どうか」意為「如何呢」。依句意，選項1為最好的答案。

19 8時（　　　）に学校につきました。

1.たっぷり　　2.きっぱり　　3.さっぱり　　**4.ぴったり**

中譯 正好八點到了學校。

解析 本題考答案外型相似的「副詞」。選項1「たっぷり」意為「充分、足夠地」；選項2「きっぱり」意為「斷然、乾脆地」；選項3「さっぱり」意為「清爽、俐落地」；選項4「ぴったり」意為「緊密、準確無誤地」。以上均為重要單字，請牢記。依語意，選項4為最好的答案。

20 お客さんが来るから、部屋を（　　　）片づけておこう。

1.わざと　　2.さらりと　　**3.きちんと**　　4.ふんわりと

中譯 因為客人要來，所以先好好整理房間吧！

解析 本題考答案外型相似的「副詞」。選項1「わざと」意為「故意地」；選項2「さらりと」意為「滑溜、乾脆地」；選項3「きちんと」意為「準確、整整齊齊地」；選項4「ふんわりと」意為「輕柔、委婉地」。依語意，選項3為最好的答案。

21 新しいお店は8月に（　　　）します。

1.オープン　　2.ノック　　3.トースト　　4.セット

中譯 新店面八月開張。

解析 本題考「外來語」。選項1「オープン」（open）意為「開張」；選項2「ノック」（knock）意為「敲打」；選項3「トースト」（toast）意為「吐司」；選項4「セット」（set）意為「安裝、設定、成套」。依語意，選項1為最好的答案。

22 このレストランは（　　　）いたほどは、おいしくなかった。

1.覚悟して　　2.歓迎して　　**3.期待して**　　4.予知して

中譯 這家餐廳不如期盼中的好吃。

解析 四個選項均為動詞的「て形」，其「原形」分別為選項1「覚悟する」（覺悟）；選項2「歓迎する」（歡迎）；選項3「期待する」（期待）；選項4「予知する」（預知）。依語意，選項3為最好的答案。

23 （　　）しながら、彼が来るのを待った。

1.からから　　2.ぱらぱら　　**3.わくわく**　　4.ふらふら

中譯 心怦怦跳地等著他來。

解析 本題考答案外型相似的「擬聲擬態語」。選項1「からから」意為「乾涸、空空地」，多用於「喉嚨很乾或是錢包空空如也」；選項2為「ぱらぱら」意為「稀稀落落、分散貌」，亦可為「連續翻書貌」；選項3「わくわく」意為「緊張不安」，多用於「因高興、期待、擔心所引起的心情不平靜」；選項4「ふらふら」則為「搖晃貌」，多用於「步履蹣跚或是態度搖擺」。依語意，選項3為最好的答案。

24 彼女は少し変わった（　　）をしている。

1.性格　　2.属性　　3.能力　　4.人物

中譯 她的個性有點怪。

解析 考題中的「～をしている」意為「～的狀態」，表示「是～的人」，所以能和「変わった」（奇怪的）搭配的單字，只有選項1「性格」（個性）。其餘選項意思分別為：選項2「属性」（屬性）；選項3「能力」（能力）；選項4「人物」（人物）。

25 あきらめないで、もう一度（　　）してみたらどうですか。

1.マニュアル　　2.ユーモア　　3.ポイント　　**4.チャレンジ**

中譯 不要放棄，再挑戰一次看看如何呢？

解析 本題考「外來語」。選項1「マニュアル」（manual）意為「使用說明書、操作手冊」；選項2「ユーモア」（humor）意為「幽默」；選項3「ポイント」（point）意為「要點」；選項4「チャレンジ」（challenge）意為「挑戰」。依語意，選項4為最好的答案。

問題4 ＿＿＿に意味が最も近いものを、1・2・3・4から一つえらびなさい。
（請從1・2・3・4裡面，選出一個和＿＿＿意思最相近的答案。）

26 彼女は自分勝手なので、みんなに嫌われている。

1.いじわるな　2.わがままな　3.ふまじめな　4.きれいな

中譯 她很自私，所以被大家討厭。

解析 選項1「いじわるな」漢字為「意地悪な」，意為「壞心眼的」；選項2「わがままな」意為「任性的」；選項3「ふまじめな」漢字為「不真面目な」，意為「不認真的」；選項4「きれいな」漢字為「綺麗な」，意為「漂亮的」。由於題目中的「自分勝手な」意為「任性、自私的」，所以正確答案為選項2。

27 ご迷惑をおかけして、申し訳ありませんでした。

1.ありがたい　2.すみません　3.ごちそうさま　4.すばらしい

中譯 添了麻煩，非常抱歉。

解析 選項1「ありがたい」意為「感謝的」；選項2「すみません」意為「對不起」；選項3「ごちそうさま」意為「吃飽了、謝謝招待」；選項4「すばらしい」意為「了不起的」。由於題目中的「申し訳ありません」意為「非常抱歉」，所以正確答案為選項2。

28 彼女のお母さんはとても品のある女性です。

1.品格な　2.上品な　3.気質な　4.潔白な

中譯 她的母親是非常有氣質的女性。

解析 選項1「品格な」意為「品格的」；選項2「上品な」意為「文雅、高尚的」；選項3「気質な」意為「性情、氣質的」；選項4「潔白な」，意為「潔白的」。由於題目中的「品」有「品格、氣質、風度」等幾種意思，所以選項2為最好的答案。

29 問題のあるところは、削除してください。

1.へらして　2.けして　3.のびて　4.ころして

中譯 有問題的地方，請刪除。

解析 選項1「減らして」意為「減少」；選項2「消して」意為「消除、關閉」；選項3「伸びて」意為「延長、拉長」；選項4「殺して」，意為「殺」。由於題目中的「削除して」意為「削除、刪掉」，所以選項2為最好的答案。

30 このホテルでは、すべての部屋から海が見えます。

1.ちっとも　　2.あらゆる　　3.すっかり　　4.ずいぶん

中譯 在這間飯店，從所有的房間都看得到海。

解析 選項1「ちっとも」為「副詞」，意為「一點也～」，後面通常會接續否定；選項2「あらゆる」為「連體詞」，意為「一切、所有的」；選項3「すっかり」為「副詞」意為「完全、全部」；選項4「ずいぶん」為「副詞」，意為「相當、很」。由於題目中的「全ての」意為「所有的」，後面接續名詞「部屋」（房間），所以答案只能選同樣意思且同樣可以接續名詞的選項2。

問題5　つぎのことばの使い方として最もよいものを、一つえらびなさい。（請就下列語彙的用法，選出一個最好的答案。）

31 効く

1.新しいメンバーがチームに効いた。

2.この薬は頭痛によく効きます。

3.時期によって宿泊料金が効きます。

4.コーヒーは胸にかなり効きました。

中譯 這種藥對頭痛很有效。

解析「効く」為「動詞」，意為「有效、起作用、有影響」，所以選項2為正確用法。其餘選項若改成如下，即為正確用法。

1.新しいメンバーがチームで活躍した。

（新的成員在團隊中很活躍。）

3.時期によって宿泊料金が異なります。

（依時節不同，住宿費也不同。）

4.この薬は体にかなり効きました。

（這藥對身體相當有效。）

32 くっつく

1.ズボンにガムがくっついていますよ。

2.入院中の父には、看護の人がくっついている。

3.その病気は完全にはくっつかないだろう。

4.トイレで急いで化粧をくっつけた。

中譯 褲子黏到口香糖了喔！

解析 「くっつく」為「動詞」，意為「黏住、附著、挨緊」，所以選項1為正確用法。其餘選項若改成如下，即為正確用法。

2.入院中の父には、看護の人がついている。

（住院中的父親，有看護陪著。）

3.その病気は完全には治らないだろう。

（那種病無法完全治癒吧！）

4.トイレで急いで化粧をした。

（在廁所中急忙化了妝。）

33 おかしい

1.戦争のない、おかしい世界になってほしい。

2.大きな台風のせいで、畑がおかしくなった。

3.この刺身は新鮮で、とてもおかしい。

4.彼の言ってることはおかしいと思う。

中譯 我覺得他正在說的話有問題。

解析 「おかしい」為「イ形容詞」，意為「可笑、奇怪、可疑的」，所以選項4為正確用法。其餘選項若改成如下，即為正確用法。

1.戦争のない、平和な世界になってほしい。

（期盼有個沒有戰爭、和平的世界。）

2.大きな台風のせいで、畑がめちゃくちゃになった。

（因為強颱，田地變得亂七八糟。）

3.この刺身は新鮮で、とてもおいしい。

（這個生魚片很新鮮，非常好吃。）

34 まもなく

1.気になるなら、本人にまもなく聞いてみたら。

2.子供の写真は、まもなく財布に入れています。

3.何度も練習したので、まもなく成功しました。

4.まもなく英語のテストが始まります。

中譯 再過不久英語考試就要開始了。

解析 「まもなく」為「副詞」，意為「不久、不一會兒」，所以選項4為正確用法。其餘選項若改成如下，即為正確用法。

1.気になるなら、本人に直接聞いてみたら。

（在意的話，直接問本人看看呢？）

2.子供の写真は、いつも財布に入れています。

（小孩的照片，總是放在錢包裡。）

3.何度も練習したので、ついに成功しました。

（因為練習了好多次，終於成功了。）

35 そのうえ

1.ごちそうになって、そのうえお土産までもらってしまった。

2.日本語の先生は好きではない。そのうえ、怖いからだ。

3.彼女はとてもきれいで、そのうえ頭が悪いです。

4.あの店のラーメンはそのうえおいしかったね。

中譯 不但被招待，而且還收到了土產。

解析 「そのうえ」為「接續詞」，意為「而且、並且、加之」，所以選項1為正確用法。其餘選項若改成如下，即為正確用法。

2.日本語の先生は好きではない。なぜならば、怖いからだ。

（我不喜歡日文老師。為什麼呢？因為很恐怖。）

3.彼女はとてもきれいで、そのうえやさしいです。

（她非常漂亮，而且很溫柔。）

4.あの店のラーメンはとてもおいしかったね。

（那家店的拉麵非常好吃吧！）

言語知識（文法）・讀解

問題1　つぎの文の（　　　）に入れるのに最もよいものを、1・2・3・4から一つえらびなさい。（請從1・2・3・4裡面，選出一個放進下列句子的（　　　）中最好的答案。）

1 知らない（　　　）、知っているふりをするな。

1.おかげで　2.せいで　**3.くせに**　4.ために

中譯　不要明明不知道，卻裝做知道的樣子。

解析　四個選項中，選項1「～おかげで」意為「多虧～、託您的福～」；選項2「～せいで」意為「歸咎於～」；選項3「～くせに」意為「明明～卻～」；選項4「～ために」意為「為了～」。故正確答案為選項3。

2 姉は美人なの（　　　）、妹はそれほどきれいではない。

1.に対して　2.において　3.によって　4.について

中譯　相對於姊姊是美女，妹妹就沒有那麼地漂亮。

解析　四個選項中，選項1「～に対して」意為「對～、相對於～」；選項2「～において」意為「在～地點、在～時候、在～方面」；選項3「～によって」意為「由於～、因為～」；選項4「～について」意為「就～」。故正確答案為選項1。

3 母は風邪（　　　）で、とてもつらそうです。

1.がち　**2.ぎみ**　3.がけ　4.ぎり

中譯　媽媽因為有點感冒，看起來非常不舒服的樣子。

解析　四個選項接續在名詞後面時，選項1「～がち」意為「經常～、總是～、帶有～」；選項2「～ぎみ」意為「稍微～、有點～的感覺」；選項3「～がけ」意為「穿著～」；選項4「～ぎり」為錯誤句型，應為「～きり」，意為「只有～、僅有～」。故正確答案為選項2。

4 本日は雨天（　　　）、試合は中止です。

1.にかけ　2.につれ　3.になり　**4.につき**

中譯　本日因為雨天，比賽中止。

解析　四個選項中，選項1「～にかけ」，意為「在～方面、論～」；選項2「～につれ」意為「隨著～、伴隨～」；選項3「～になり」意為「變成～」；選項4「～につき」意

為「因為～、就～、每～」。故正確答案為選項4。

5 私のうちでは、食事の（　　　）テレビを見てはいけません。

1.最上に　　2.最中に　　3.時候に　　4.期間に

中譯 在我家，吃飯的時候不可以看電視。

解析 四個選項中，選項1「～最上に」無此用法；選項2「～最中に」意為「正在～的時候」；選項3「～時候に」意為「在～季節、在～氣候」；選項4「～期間に」意為「在～期間」。故正確答案為選項2。

6 鈴木先生の（　　　）、日本語能力試験に合格できました。

1.せいで　　2.くせで　　3.きりで　　4.おかげで

中譯 託鈴木老師的福，日本語能力測驗及格了。

解析 四個選項中，選項1「～せいで」意為「歸咎於～」；選項2「～くせで」為錯誤句型，應為「～くせに」意為「明明～卻～」；選項3「～きりで」為錯誤句型，應為「～きり」，意為「只有～、僅有～」；選項4「～おかげで」意為「多虧～、託您的福～」。故正確答案為選項4。

7 妹は休日（　　　）、学校へ行きました。

1.ならば　　2.なのに　　3.なので　　4.なりに

中譯 妹妹明明是假日，卻去了學校。

解析 四個選項中，選項1「～ならば」意為「如果～的話」；選項2「～なのに」由「な＋のに」組成，因為「のに」和名詞連接時，要先加上「な」才能接續，「～のに」意為「雖然～卻～」；選項3「～なので」由「な＋ので」組成，也是因為和名詞連接，所以要先加上「な」，才能接續「ので」，而「～ので」意為「因為～」；選項4「～なりに」無此用法。故正確答案為選項2。

8 インターネット（　　　）、そのことを知りました。

1.をくわえて　　2.をあたって　　3.をつうじて　　4.をぬいて

中譯 透過網路，知道了那件事情。

解析 四個選項中，選項1「～をくわえて」意為「添加～」；選項2「～をあたって」為錯誤句型，應為「～にあたって」，意為「在～的時候、值此～之際」；選項3「～をつうじて」意為「透過～、經由～」；選項4「～をぬいて」意為「去除～、超過～」。故正確答案為選項3。

9 父が私に本を買って（　　　）。

1.あげました　　**2.くれました**　　3.もらいました　　4.さしあげました

中譯 爸爸為我買了書。

解析 本題為年年必考的授受句型。四個選項中，選項1「～あげました」意為「授予者給了接受者～」；選項2「～くれました」意為「授予者為我或我們做了～」；選項3「～もらいました」意為「接受者從授予者那邊獲得了～」；選項4「さしあげました」為選項1的敬語用法，意思相同。故正確答案為選項2。

10 姉は母の顔を見た（　　　）、泣き出しました。

1.とたん　　2.ほどに　　3.うちに　　4.しだい

中譯 姊姊看到母親的臉的瞬間，便哭了出來。

解析 選項1「～とたん」意為「剛～、～的剎那」；選項2「～ほどに」無此用法；選項3「～うちに」意為「在～之內、趁～時」；選項4「～しだい」意為「一～馬上～」。四個選項中，選項1和4好像都可以，但其實只有選項1才是正確答案。因為選項4的「～しだい」，當意思為「一～馬上～」時，必須接續在動詞「ます形」的後面，而非題目中的「た形」。再者，「～しだい」的「一～馬上～」，是表達說話者主動積極的行動，例如「馬上出發、馬上通知」等等，和題目中的「馬上哭了」的真情流露無關。

11 子供の教育問題を（　　　）、妻とけんかになりました。

1.いたって　　2.わたって　　3.あたって　　**4.めぐって**

中譯 圍繞著小孩的教育問題，和妻子吵架了。

解析 四個選項中，和題目中的助詞「を」一起搭配的話，選項1「～をいたって」為錯誤句型，應為「～にいたって」，意為「到了～（階段）才～」；選項2「～をわたって」為錯誤句型，應為「～にわたって」意為「在～範圍內～、涉及～、一直～」；選項3「～をあたって」為錯誤句型，應為「～にあたって」，意為「在～的時候、值此～之際」；選項4「～をめぐって」意為「圍繞著～、就～」。故正確答案為選項4。

12 彼はハンサムな（　　　）でなく、頭もいい。

1.くらい　　**2.ばかり**　　3.しだい　　4.あたり

中譯 他不只是帥，頭腦也好。

解析 四個選項中，選項1「～くらい」意為「～左右」；選項2「～ばかり」意為「只～、光～」；選項3「～しだい」意為「全憑～、馬上～」；選項4「～あたり」意為「～附近」。故正確答案為選項2。

13 年(とし)をとる（　　　）、忘(わす)れっぽくなってきた。

1.にかけて　　2.にわたり　　3.につれて　　4.について

中譯 隨著年紀的增長，變得健忘。

解析 四個選項中，選項1「～にかけて」意為「在～方面、論～」；選項2「～にわたり」意為「在～範圍內、涉及～」；選項3「～につれて」意為「隨著～、伴隨～」；選項4「～について」意為「關於～、就～」。故正確答案為選項3。

問題(もんだい)2　つぎの文(ぶん)の＿★＿に入(はい)る最(もっと)もよいものを、1・2・3・4から一(ひと)つえらびなさい。（請從1・2・3・4裡面，選出一個放進下列句子的＿★＿中最好的答案。）

（問題例(もんだいれい)）

これは ＿＿ ＿＿ ＿★＿ ＿＿ です。

1.薬(くすり)　　2.頭痛(ずつう)　　3.に　　4.効(き)く

（解答(かいとう)の仕方(しかた)）

1.正(ただ)しい文(ぶん)はこうです。

これは ＿＿ ＿＿ ＿★＿ ＿＿ です。 2.頭痛(ずつう)　3.に　4.効(き)く　1.薬(くすり)

2.＿★＿に入(はい)る番号(ばんごう)を解答用紙(かいとうようし)にマークします。

（解答用紙(かいとうようし)）

（例(れい)）	①②③●

14 まずは ＿＿＿ ＿★＿ ＿＿＿ ＿＿＿ が必要です。

1.睡眠　　2.取ること　　3.十分な　　4.を

正解 まずは 十分な 睡眠 を 取ること が必要です。

中譯 首先，取得充足的睡眠是必要的。

解析 本題考句子的架構。當看到句子依序出現「は」和「が」二個助詞，且「が」的後面又有一段敘述文時，便要聯想到「大主語は＋小主語が＋述語」這樣的架構。如此看來，四個選項，剛剛好都是屬於小主語的部分。那麼四個選項該如何排序呢？因為主語必須要名詞化，所以當然是「名詞を＋動詞＋こと」，也就是「睡眠を 取ること」（取得睡眠這件事）。至於ナ形容詞「十分な」（充分的）是用來修飾名詞的，所以放在「睡眠」的前面即可。

15 お互いの ＿＿＿ ＿＿＿ ＿＿＿ ＿★＿ 大事です。

1.ことが　　2.立場を　　3.協力する　　4.理解して

正解 お互いの 立場を 理解して 協力する ことが 大事です。

中譯 先了解彼此的立場再合作，是很重要的。

解析 本題也是考句子的架構。看到題目最後有「大事です」（很重要），又看到選項中有「ことが」（這件事情），便可趕快將它們組合在一起，變成「～ことが 大事です」（～事情是很重要的），表示前面一大串敘述，是一件重要的事情。至於前面怎麼排序呢？前面有二個動詞，有「て形」的一定放前面，表示先做一件事情後，再做另外一件事情，也就是「立場を 理解して 協力する」（先了解立場，再合作）。如此一來，全部順序便排出來了。

16 今回の ＿★＿ ＿＿＿ ＿＿＿ ＿＿＿ と思いますか。

1.責任が　　2.誰に　　3.事故は　　4.ある

正解 今回の 事故は 責任が 誰に ある と思いますか。

中譯 （你）認為這次的事故，責任歸屬誰呢？

解析 看到題目有「～と思いますか」（你覺得～呢？）就知道助詞「と」前面那一大話，就是問人家想法的內容。什麼內容呢？內容剛好也是「大主語は＋小主語が＋述語」這樣的架構。所以依序先找大主語，一定是「今回の 事故は」（這次的事故）。再找小主語，一定是「責任が」（責任）。最後是述語，就是「誰に ある」（歸屬誰）。

17 みなさん ＿＿＿ ＿＿＿ ＿＿＿ ＿★＿ 忘れません。

1.けっして　2.は　3.こと　4.の

正解 みなさん の こと は けっして 忘れません。

中譯 我絕對不會忘記大家的。

解析 本題考「けっして～ない」（絕對不會）的用法。「けっして」後面要接續否定，所以一定是放在動詞「忘れません」（不會忘記）的前面，所以馬上知道答案了。至於其他的選項，排序當然是「みなさん の こと は」，（大家的事情），因為這是非常單純的主語。

18 それ ＿★＿ ＿＿＿ ＿＿＿ ＿＿＿ よかったです。

1.くらいの　2.けが　3.済んで　4.で

正解 それ くらいの けが で 済んで よかったです。

中譯 那樣的傷就解決了，真是太好了。（還好只是小傷。）

解析 本題考「～済む」（～就解決了）的用法。「～済んでよかったです」經常連在一起使用，表示「只是～就解決了，真是太好了」，請牢記。接下來看前半段，究竟是什麼事情太好了呢？一定是「それ くらいの けが」（那種程度左右的傷）＋「で」（狀態）。

問題3　つぎの文章を読んで、19 から 23 の中に入る最もよいものを、1・2・3・4から一つえらびなさい。（請在閱讀下列文章後，從1・2・3・4裡面，選出一個放進 19 到 23 中最好的答案。）

仕事は楽しい

中山和男

わたしは去年の2月に会社を辞めて、今はお店を経営しています。自分 19 で作った革製品を売っているのです。畳4つ分くらいの、とても小さなお店です。お店を始めた 20 ばかりのころは、お客さんはほとんど来ませんでした。でも、雑誌で紹介されてから、毎日たくさんのお客さんが 21 来るようになりました。今は、アルバイトの女の子を雇って、お店を任せています。わたしは、注文（※1）を受けた商品を作るので、忙しいからです。

先週、アメリカ人のお客さんが来て、バッグを８つも注文してくれました。来月、アメリカに帰る前にほしいそうです。それで、最近はごはんを食べる時間と眠る時間を 22 減らして作っています。

仕事はたいへんですが、自分の作ったものを使ってもらえるのは、とてもうれしいことです。それに、好きなことをやっているので、少しも 23 つらくないです。

（※1）注文：品物の製作などを頼むこと

中譯

工作是快樂的

中山和男

我在去年二月辭掉工作，現在正經營著一家店。賣著自己所做的皮革製品。是四個榻榻米大左右、非常小的店。店剛開張的時候，幾乎沒有客人來。但是，經雜誌介紹了以後，變成每天有很多客人。現在，我雇了打工的女孩，把店交給她。而我，因為要製作訂製（※1）的商品，所以很忙。

上個星期，美國的客人來，訂購了八個包包之多。據說希望在下個月回美國前拿到。所以，最近減少吃飯和睡眠時間製作著。

工作雖然勞累，但是有人能夠使用自己做的東西，是非常開心的事情。而且，因為是做著喜歡的事情，所以一點也不辛苦。

（※1）訂製：物品製作等的請託

19 1.に　2.で　3.は　4.と

解析 本題考助詞的用法。整句話是「自分＿＿作った革製品を売っているのです。」（賣著自己做的皮革製品。）將四個選項和「自分」（自己）套在一起，選項1「自分に」，無此用法；選項2「自分で」（自己來～），正確；選項3「自分は」（自己是～），語意不合；選項4「自分と」（和自己～），語意不合。故正確答案為選項2。

20 1.さえ　2.まで　3.ところ　4.ばかり

解析 本題考句型。整句話是「お店を始めた＿＿のころは……」（店＿＿開張的時候……）將四個選項套入，選項1「～さえ」意為「連～」，語意不合；選項2「～まで」意

為「到～為止」，語意不合；選項3「～ところ」表「剛剛～」，看起來好像對，但是這個「剛剛～」，是真的剛過沒有多久，甚至是處於說話的同時，所以不正確；選項4「～ばかり」表示一個動作完成後，說話者認為還沒有經過多久，意為「剛～」，正確。故正確答案為選項4。

21 1.来るようになりました　2.来ないようになりました
3.来ることになりました　4.来ないおそれになりました

解析 本題考句型。四個選項中，選項1為「～ようになる」句型，意為「逐漸變成～」，所以「来るようになりました」就是「變成（很多人）來了」；選項2為「～ないようになる」句型，意為「逐漸變成不～」，所以「来ないようになりました」就是「變成（很多人）不來了」；選項3為「～ことになる」句型，意為「決定～」，所以「来ることになりました」就是「決定要來了」；選項4為錯誤句型，應該為「～おそれがある」，意為「有～之虞」，所以不探討「来ないおそれになりました」的意義。因為有雜誌報導，所以客人應該會變多，故正確答案為選項1。

22 1.増やして　2.減らして　3.高めて　4.低めて

解析 本題考對前後文語意的了解。四個選項中，選項1「増やして」意為「增加」；選項2「減らして」意為「減少」；選項3「高めて」意為「提高」；選項4「低めて」意為「降低」。因為美國客人訂購八個包包，所以要努力趕製，所以當然是減少吃飯和睡眠時間來做，故正確答案為選項2。

23 1.たのしくないです　2.つらくないです
3.わるくないです　4.ひどくないです

解析 本題也是考對前後文語意的了解。四個選項中，選項1「たのしくないです」意為「不開心」；選項2「つらくないです」意為「不辛苦」；選項3「わるくないです」意為「不壞」；選項4「ひどくないです」意為「不過分、不嚴重」。由於文章裡提到，作者是做自己喜歡的事情，所以當然是樂在其中、覺得不辛苦，故正確答案為選項2。

問題4　つぎの文章を読んで、質問に答えなさい。答えは、1・2・3・4から最もよいものを一つえらびなさい。（請在閱讀下列文章後，回答問題。請從1・2・3・4裡面，選出一個最好的答案。）

ごみの出し方について

　最近、「ごみの回収（※1）日」以外に、ごみを出す人がいます。それから、分類しないで出す人もいます。「燃えるごみ」と「燃えないごみ」の分類だけでなく、細かい分類方法があります。管理人室にごみの分け方を書いたポスターがありますので、必要な人はもらいに来てください。ハッピーマンションはみんなの場所です。みんなで規則を守り、楽しく暮らしましょう。

　ごみは次のように出してください。

一）毎週火曜日と木曜日、土曜日が「燃えるごみ」の日です。「燃えないごみ」は水曜日に出してください。

二）ごみを回収する時間は朝８時半です。それまでに指定の場所に出しておいてください。朝5時より前に出してはいけません。

三）食べ物が入っていた容器などは、まず水でよく洗い、乾かしてから、透明の袋に入れて出してください。

四）いらなくなった新聞や雑誌などは、ひもでしばって出してください。袋には入れないでください。

五）いらなくなった服は透明の袋に入れて、中が見えるように出してください。汚れているものは、洗って乾かしてから、出してください。

六）洗ってもきれいにならない服は、「燃えるごみ」に出してください。

ハッピーマンション管理人
杉田

（※1）回収：集めること

中譯

有關倒垃圾的方式

最近，有人在「垃圾回收（※1）日」以外把垃圾拿出來。而且，也有人不分類就拿出來。不只是「可燃垃圾」和「不可燃垃圾」的分類而已，還有詳細的分類方式。管理員室有寫有垃圾分類方式的海報，所以有需要的人請過來拿。快樂公寓是大家的場所。大家一起遵守規則、快樂地生活吧！

垃圾請依照下面的方式拿出來。

一）每星期的星期二和星期四、星期六，是「可燃垃圾」的日子。「不可燃垃圾」請在星期三拿出來。

二）回收垃圾的時間是早上八點半。請在那之前先拿到指定的場所放置。不可以在早上五點前拿出來。

三）有放過食物的容器等，請先用水好好清洗，乾了以後，再放進透明的袋子裡拿出來。

四）不要的報紙或雜誌等，請用繩子綁好後拿出來。請不要放到袋子裡。

五）不要的衣服請放入透明的袋子裡，讓人可以看到裡面，再拿出來。髒掉的東西，要先洗好曬乾後，再拿出來。

六）再怎麼洗也洗不乾淨的衣服，請當成「可燃垃圾」拿出來。

快樂公寓管理員
杉田

（※1）回收：收集

24 ここに書かれている問題点について、正しいのはどれか。

1.「燃えるごみ」と「燃えないごみ」を同じ場所に出す人がいる。

2.ごみの回収時間を過ぎてから出す人がいる。

3.ごみの細かい分類を守らないで出す人がいる。

4.指定されていない場所に、ごみを出す人がいる。

中譯 有關這裡寫的問題點，正確的是哪一個呢？

1. 有人把「可燃垃圾」和「不可燃垃圾」倒在相同的場所。

2. 有人在垃圾回收時間過了以後，才拿出來。

3. 有人不遵守垃圾詳細的分類。

4. 有人把垃圾倒在非指定的場所。

25 「ごみの回収」について、正しくないのはどれか。

1. 「燃えるごみ」は火曜日と木曜、土曜日に出します。

2.毎週の水曜日が「燃えないごみ」の日です。

3.ごみは朝８時半になったら、指定の場所におきます。

4. 「ごみの回収日」の前の夜にごみを出してはいけません。

中譯 有關「垃圾的回收」，不正確的是哪一個呢？

1. 「可燃垃圾」是在星期二和星期四、星期六拿出來。

2. 每星期的星期三，是「不可燃垃圾」的日子。

3. 垃圾要早上八點半以後，放到指定的場所。

4. 不可以在「垃圾回收日」的前一個晚上把垃圾拿出來。

26 新聞や雑誌の出し方で、正しいのはどれか。

1.透明の袋などに入れて出す。

2.ひもなどでしばってから出す。

3.よく洗って乾かしてから出す。

4.ひもでしばって袋に入れて出す。

中譯 報紙或是雜誌的丟棄方式當中，正確的是哪一個呢？

1. 放入透明的袋子等再拿出來。

2. 用繩子等綁好後再拿出來。

3. 好好清洗曬乾後再拿出來。

4. 用繩子綁好，放入袋子後，再拿出來。

27 ここに書かれているものとちがうのは、次のどれか。

1.いらなくなった服は透明の袋に入れて出すが、汚れが落ちないものは水曜日に出す。

2.ごみは朝８時半までに指定の場所に出しておかなければならない。

3.汚れている服や容器はよく洗って乾かしてから、透明の袋に入れて出す。

4. 「燃えるごみ」は土曜日だけでなく、火曜日と木曜日も出すことができる。

中譯 和這裡寫的事情不同的，是下列哪一個呢？

1. 不要的衣服放進透明的袋子裡再拿出來，但是無法去除髒污的東西要在星期三拿出來。
2. 垃圾非在早上八點半以前拿到指定的場所放置不可。
3. 髒掉的衣服或是容器要好好地清洗、曬乾以後，放到透明的袋子裡再拿出來。
4. 「可燃垃圾」不只是星期六，星期二和星期四也可以拿出來。

問題5　つぎの文章を読んで、質問に答えなさい。答えは、1・2・3・4から最もよいものを一つえらびなさい。（請在閱讀下列文章後，回答問題。請從1・2・3・4裡面，選出一個最好的答案。）

今年の冬はいつもよりかなり寒いです。そのうえ、電力不足のために節電しなければならないので、電気をたくさん使うことができません。それで、最近ある商品がとても売れています。今日はそのうちの二つをご紹介しましょう。

一つは「湯たんぽ」です。容器に熱いお湯を入れて、タオルで包んで使います。子どものときに、祖母の家で使ったことがありますが、わたしの家にはありません。でも先週、友達にすすめられて買ってみました。それを抱いて寝ると、体がぽかぽかしてとてもよく眠れます。電気がなくても、ぜんぜん寒くありません。

それからもう一つは、YAMADAの「しょうが（※1）蜂蜜漬け」です。これは、しょうがを蜂蜜に漬けたもので、お湯に入れて飲みます。しょうがは体をあたためてくれるだけでなく、いい香りがします。それに、甘い蜂蜜がたっぷり入っていて、とてもおいしいです。他社のものと比べると、YAMADAのものはしょうがの苦味がないのがいいです。保存料が入っていないのも、人気の理由だそうです。

毎日寒くて眠れない人には、この二つをおすすめします。

（※1）しょうが：独特の香りと苦味があり、香辛料に使われる

中譯

今年的冬天比往年冷很多。而且，因為電力不足非節約用電不可，所以不能用很多電。因此，最近有某些商品賣得非常好。今天就來介紹其中的二種吧！

一種是「熱水袋」。把熱水倒進容器裡，用毛巾包起來使用。雖然孩提時代，曾在祖母家用過，但是我們家沒有。不過，上星期經朋友推薦，買來試試看了。抱著那個睡覺，身體暖洋洋地非常好睡。就算沒有電，也完全不冷。

接著還有一種，是YAMADA的「蜂蜜醃漬薑（※1）」。這是一種把薑醃漬在蜂蜜裡的東西，沖熱水來喝。薑不但可以暖和身體，還有香氣。而且，因為放入很多甜甜的蜂蜜，所以非常好喝。若和其他公司的產品相比，YAMADA的產品好在薑沒有苦味。據說不含防腐劑，也是受歡迎的原因。

推薦給每天冷到睡不著的人這二樣東西。

（※1）薑：有獨特的香味和苦味，可當辛香料使用

28 今年の冬はどうだと言っているか。

1.いつもと比べて気温が非常に低い。

2.いつもと比べてちょっとだけ寒い。

3.去年よりはだいぶ寒いが、おとといほどではない。

4.毎年この季節は今年と同じくらい気温が低い。

中譯 文中提到今年的冬天怎麼樣呢？

1. 和往年相比，氣溫非常低。

2. 和往年相比，只稍微冷一點。

3. 和去年相比冷很多，但是不像前年那樣。

4. 每年的這個季節，和今年大致相同，氣溫很低。

29 電気をたくさん使うことができないのはどうしてだと言っているか。

1.電気をたくさん使うと、電気代が高くなって払えないから。

2.日本の電力会社の数が不足しているので、電気がないから。

3.今年はいつもよりとても寒いので、みんなが電気をたくさん使っているから。

4.日本の電気が足りないので、電気を節約しなければならないから。

中譯 文中提到不能用很多電，是為什麼呢？

1. 因為用很多電，電費會變高，付不出來的緣故。

2. 因為日本的電力公司數量不夠，沒有電的緣故。

3. 因為今年比往年冷很多，大家用了很多電的緣故。

4. 因為日本的電力不足，非節約用電不可的緣故。

30 「湯たんぽ」のいい点はどんなところだと言っているか。

1.祖母の家で使っていたので、祖母を思い出せること

2.値段が安くて、電気代もほとんどいらないこと

3.電気がなくても、あたたかくてよく眠れること

4.電気が不要で、水をいれるだけであたたかくなること

中譯 文中提到「熱水袋」的優點，是什麼樣的地方呢？

1. 由於在祖母家用過，所以可以回想起祖母

2. 因為價錢便宜，幾乎不需要電費

3. 就算沒有電，也能夠暖洋洋地好眠

4. 不需要電，只要把水放進去就可以變熱

31 「湯たんぽ」を使うときほかに必要なものは何だと言っているか。

1.熱いお湯とタイヤなど

2.熱いお湯と包むもの

3.タイプと熱いお湯

4.たたむものと熱いお湯

中譯 文中提到，使用「熱水袋」時，其他還需要的東西是什麼呢？

1. 熱水和輪胎等

2. 熱水和包起來的東西

3. 打字機和熱水

4. 摺疊起來的東西和熱水

32 しょうがのいい点は何だと言っているか。

1.体をあたためてくれるほかに、ちょっと苦くておいしいところ

2.いい匂いがするだけでなく、体をぽかぽかにしてくれるところ

3.お湯に入れると溶けて、体をあたためてくれるところ

4.甘くていい香りがし、体をひやしてくれるところ

中譯 文中提到，薑的優點是什麼呢？

1. 除了可以暖和身體之外，因為有一點苦，所以好吃這個部分

2. 不只有香味，還能讓身體暖洋洋這個部分

3. 放進熱水裡就溶化，可以讓身體暖和這個部分

4. 又甜又香，能夠讓身體冰涼這個部分

33 YAMADAの「しょうが蜂蜜漬け」のいい点は何だと言っているか。

1.他社のものと比べてしょうがの味と香りが少なくて、飲みやすいこと

2.他の会社のものと異なり、しょうゆが入っていてご飯に合うこと

3.他社の商品には保存料がたくさん入っているのに、YAMADAのものには少ししか入っていないこと

4.他社の商品とちがって苦味がないことと、保存料が使われていないこと

中譯 文中提到YAMADA的「蜂蜜醃漬薑」的優點，是什麼呢？

1. 和其他公司的產品相比，薑的味道和香氣比較少，容易喝

2. 和其他公司的產品不同，因為裡面有放醬油，所以和白飯很搭

3. 其他公司的商品都放很多防腐劑，但是YAMADA的產品只放一點點

4. 和其他公司的商品不同，既沒有苦味，也沒有使用防腐劑

問題6 つぎの文章を読んで、質問に答えなさい。答えは、1・2・3・4から最もよいものを一つえらびなさい。（請在閱讀下列文章後，回答問題。請從1・2・3・4裡面，選出一個最好的答案。）

わたしは半年後に結婚する。それで今「花嫁学校」というところで、料理や洗たく、掃除の仕方などを学んでいる。授業の中に①「おばあちゃんの知恵」という科目がある。そこでは、昔からあるお年寄りの知恵を使って、上手に生活する方法を学ぶ。簡単なうえ、ドライヤーや②調味料など家にあるものでできる。その一部を紹介しよう。

（一）靴下の汚れを落とす：
洗たく機で洗っても落ちない汚れの場合、歯ブラシに歯みがき粉をつけてこする。それでも落ちない場合は、靴下の中にビー玉（※1）を5個ぐらい入れ、それを洗たくネット（※2）に入れてから洗たく機で洗う。

（二）ジーンズの色が落ちるのを防ぐ：
塩水に３０分ほど浸けてから洗う。これは、黒や赤など色の濃い服にも効果がある。

（三）新聞紙で窓ガラスをふく：

まず、ぬらした新聞紙でガラスの汚れを取り、次に乾いた新聞紙でふく。すると、窓ガラスはピカピカになる。

（四）シール（※3）を上手にはがす：

ドライヤーで温風を当てると、熱でシールが浮いてはがれやすくなる。

（五）蚊を避ける：

③みかんの皮の汁を皮膚にこすりつけると、蚊が寄って来なくなる。蚊はみかんの皮に含まれている成分が苦手なのだ。

今はお金を出せば、何でも買える便利な時代だ。でも昔の人はお金を使わなくても、家にあるものを工夫して暮らしていた。④わたしも未来の旦那さまのために、賢い奥さんになりたいと思っている。

（※1）ビー玉：ガラス玉、子供が遊んだりするのに使われる

（※2）洗たくネット：洗たくするものを入れる網

（※3）シール：seal、表面に絵や文字を印刷したのり付きの紙

中譯

我在半年後要結婚。所以現在在「新娘學校」這樣的地方，學習做菜或是洗衣、打掃的方法等。課程中有①「老奶奶的智慧」這樣的科目。在那個課程裡，學習運用從以前就有的長者的智慧，高明地過生活的方法。不但簡單，而且用吹風機或是②調味料等家裡就有的東西就能辦到。就介紹其中的一部分吧！

（一）去除襪子的髒污：

用洗衣機洗也洗不掉的髒污時，要在牙刷上沾上牙粉來刷洗。要是這樣還洗不掉的話，就在襪子裡放入五顆左右的彈珠（※1），然後把它放進洗衣網（※2）之後，再用洗衣機來洗。

（二）預防牛仔褲的顏色褪色：

在鹽水中浸泡三十分鐘左右再洗。這對黑或紅等顏色深的衣服也很有效果。

（三）用報紙擦窗戶玻璃：

首先，用沾溼了的報紙去除玻璃的汙垢，接著用乾的報紙擦拭。如此一來，窗戶玻璃就會變得亮晶晶。

（四）高明地撕下貼紙（※3）：

用吹風機吹上溫風，熱氣會讓貼紙浮起來，變得好撕下來。

（五）防蚊：

③把橘子皮的汁液擦在皮膚上，蚊子就變得不會靠過來。因為蚊子害怕橘子皮中含有的成分。

現在是只要掏出錢來，什麼都買得到的方便的時代。但是以前的人就算不使用錢，也能運用家裡有的東西過生活。④為了將來的老公，我也想當個賢慧的妻子。

（※1）彈珠：玻璃珠，小孩用來玩的東西

（※2）洗衣網：把要洗的衣物放進去的網子

（※3）貼紙：seal，表面印有圖案或文字，附有黏膠的紙

34 ①「おばあちゃんの知恵」という科目とあるが、それについて正しく説明しているのはどれか。

1.学生それぞれが、自分のおばあちゃんから聞いた知恵を発表し、上手に生活する方法を話し合う。

2.学校の中で、お年寄りといっしょに生活しながら、料理と洗たくの仕方を教えてもらう。

3.おばあちゃんが花嫁さんだったときの話を聞きながら、上手に生活する方法を学ぶ。

4.先生から昔の人の知恵を教えてもらい、家にあるものを上手に工夫し生活する方法を学ぶ。

中譯 文中提到①「老奶奶的智慧」這樣的科目，就此，正確地說明的是哪一個呢？

1. 學生各自發表從自己的奶奶那邊聽到的智慧，互相交流高明地生活的方法。
2. 在學校裡，一邊和年長者一起生活，一邊請他們教做菜和洗衣的方法。
3. 一邊聽老奶奶說她們過去當新娘時的事情，一邊學習高明地生活的方法。
4. 老師教我們以前的人的智慧，學習高明地運用家裡有的東西過生活的方法。

35 ②調味料など家にあるものでできるとあるが、「調味料」でできるものは文章の中のどれか。

1.（二）

2.（三）

3.（二）と（四）

4.（四）と（五）

中譯 文中提到②用調味料等家裡有的東西就能辦到，用「調味料」就能辦到的東西，是文章中的哪一個呢？

1.（二）

2.（三）

3.（二）和（四）

4.（四）和（五）

36 ③みかんの皮の汁を皮膚にこすりつけると、蚊が寄って来なくなるとあるが、それはどうしてか。

1.蚊はみかんの皮に含まれている成分を気に入っているから。

2.蚊はみかんの皮の中にある成分が嫌いだから。

3.蚊はみかんの皮の匂いと色が苦手だから。

4.蚊はみかんの皮に触れるとかゆくなるから。

中譯 文中提到③把橘子皮的汁液擦在皮膚上，蚊子就變得不會靠過來，那是為什麼呢？

1. 因為蚊子喜歡橘子皮中含有的成分。

2. 因為蚊子討厭橘子皮中的某些成分。

3. 因為蚊子討厭橘子皮的味道和顏色。

4. 因為蚊子一接觸到橘子皮就會變得發癢。

37 ④わたしも未来の旦那さまのために、賢い奥さんになりたいと思っているとあるが、ここで言いたいことはどんなことか。

1.たくさん勉強して頭のいい奥さんになり、未来の旦那さまにほめられたい。

2.お金をたくさん貯めて、未来の旦那さまのために家を買ってあげたい。

3.お金をむだにしないで、家の中にあるものを利用して上手に生活したい。

4.わたしの未来の旦那さまはとても賢いので、わたしも賢くなりたい。

中譯 文中提到④為了將來的老公，我也想當個賢慧的妻子，這裡想說的是什麼樣的事情呢？

1. 想要學很多東西，變成聰明的太太，被將來的老公稱讚。

2. 想要存很多錢，為了將來的老公，買房子給他。

3. 想要不要浪費錢，運用家中有的東西，高明地過生活。

4. 因為我將來的老公非常聰明，所以我也想要變聰明。

問題7　つぎの文章は、英会話スクールで英語の歌を学ぶ人を募集するための案内である。下の質問に答えなさい。答えは、1・2・3・4から最もよいものを一つえらびなさい。（下面的文章，是英語會話補習班為了招募學英文歌的人的指南。請回答下面的問題。請從1・2・3・4裡面，選出一個最好的答案。）

> 木村さんは大学の授業のほかに、英会話スクールで中級以上の英語を勉強したいと考えています。それと、英語の歌も学びたがっています。歌は、The Beatlesなど昔、流行した歌が好きです。でも、最近の流行の歌にも興味があります。
>
> 木村さんの大学の授業は9時半から6時までです。週末は休みです。毎週火曜日と金曜日は授業がありません。でも、金曜日は朝8時から夜5時までアルバイトをしてるので、忙しいです。

中譯

> 木村同學除了大學的課程之外，還想去英文會話補習班學習中級以上的英文。還有，也想學英文歌。歌曲，喜歡的是披頭四（The Beatles）等以前的流行歌曲。但是，對最近流行的歌曲也有興趣。
>
> 木村同學大學的課程是九點半到六點。週末休息。每個星期二和星期五沒有上課。但是，由於星期五從早上八點到晚上五點都在打工，所以很忙。

38 木村さんが、とることのできるクラスはどれか（木村さんの希望条件に合ったクラスだけ）。

1. (A) と (C) と (G)

2. (B) と (E) と (H)

3. (C) と (F) と (H)

4. (D) と (F) と (G)

中譯 木村同學可以上的班級，是哪一個呢？（僅限符合木村同學希望條件的班級）

1.（A）和（C）和（G）

2.（B）和（E）和（H）

3.（C）和（F）和（H）

4.（D）和（F）和（G）

39 木村（きむら）さんが、授業料（じゅぎょうりょう）の全部（ぜんぶ）を払（はら）い終（お）わるのはいつか。

1.申（もう）し込（こ）んだ日（ひ）

2.6月1日（ろくがつついたち）

3.最初（さいしょ）の授業（じゅぎょう）の日（ひ）

4.お金（かね）がたくさんある日（ひ）

中譯 木村同學，什麼時候要付完全部的學費呢？

1.報名的那一天

2.六月一日

3.第一次上課的日子

4.有很多錢的日子

英語（えいご）を学（まな）んで、世界（せかい）の人（ひと）と友達（ともだち）になりませんか。

● 期間（きかん）：夏（なつ）のコース（7月5日（しちがついつか）～8月30日（はちがつさんじゅうにち））

● 場所（ばしょ）：青山（あおやま）John英会話（えいかいわ）スクール

● 先生（せんせい）：先生（せんせい）はみんなアメリカ人（じん）です。日本語（にほんご）が上手（じょうず）な先生（せんせい）もたくさんいます。昔（むかし）は歌手（かしゅ）だったという先生（せんせい）もいて、歌（うた）ったりゲームをしたりしながら、楽（たの）しく勉強（べんきょう）できます。経験（けいけん）がたくさんある先生（せんせい）ばかりですので、安心（あんしん）です。

● 申込（もうしこみ）と授業料（じゅぎょうりょう）：6月1日（ろくがつついたち）から6月30日（ろくがつさんじゅうにち）までの間（あいだ）に、学校（がっこう）の受付（うけつけ）で申（もう）し込（こ）んでください。そのとき授業料（じゅぎょうりょう）の半分（はんぶん）を先（さき）に払（はら）い、残（のこ）りは授業（じゅぎょう）の1日目（いちにちめ）に先生（せんせい）に渡（わた）してください。

- 教科書：先生によってちがいます。授業の１日目に先生から買ってください。先生によっては、教科書を使わない場合もあります（「英語の歌」のクラスは、先生がプリントを用意します）。

- クラスの数：みんなでいっしょに勉強する「グループクラス」と、先生と二人だけで勉強する「個人クラス」があります。人数が多ければ多いほど、授業料は安くなります。

- 夏のコースの時間割：○がついているところだけ、申し込むことができます。

クラス名	曜日	早朝（6時30分～8時）	午前（10時30分～12時）	午後（14時～15時30分）	夜（19時30分～21時）
(A) 基礎英語	火	○	○	○	○
(B) 初級英語	月・水		○	○	○
(C) 中級英語	水				○
(D) 上級英語	金	○		○	
(E) 英会話１（初級）	木		○		
(F) 英会話2（中級以上）	土・日	○		○	○
(G) 英語の歌１	金	○	○	○	
(H) 英語の歌2	月	○			○

【注意】
▷2のほうが１より難しいです。
▷「英語の歌１」は新しい歌を練習します。
▷「英語の歌2」は古い歌を練習します。

中譯

要不要學英文，和世界各國的人交朋友呢？

- 期間：夏季課程（七月五日～八月三十日）

- 地點：青山John英文會話學校

- 老師：老師都是美國人。也有很多日文很好的老師。還有以前是歌手的老師，所以可以一邊唱歌一邊玩遊戲，快樂地學習。全都是有經驗的老師，所以請放心。

- 報名和學費：請在六月一日至六月三十日之間，到學校的櫃檯報名。屆時請先繳納一半的學費，剩下的在第一次上課時交給老師。

- 教科書：因老師而異。請在第一次上課時向老師購買。因老師不同，有的不使用教科書（「英文歌」的班級，老師會準備講義）。

- 班級數：有大家一起學習的「團體班級」，以及只有老師和學生二個人學習的「個人班級」。人數越多，學費就越便宜。

- 夏季課程的時間表：只有標註○記號的，才可以報名。

班級名稱	星期	早上（六時三十分～八時）	上午（十時三十分～十二時）	下午（十四時～十五時三十分）	晚上（十九時三十分～二十一時）
（A）基礎英文	二	○	○	○	○
（B）初級英文	一、三		○	○	○
（C）中級英文	三				○
（D）高級英文	五	○		○	
（E）英文會話1（初級）	四		○		

班級名稱	星期	早上（六時三十分～八時）	上午（十時三十分～十二時）	下午（十四時～十五時三十分）	晚上（十九時三十分～二十一時）
（F）英文會話2（中級以上）	六、日	○		○	○
（G）英文歌1	五	○	○	○	
（H）英文歌2	一	○			○

【注意】

▹2比1困難。

▹「英文歌1」是練習新歌。

▹「英文歌2」是練習老歌。

聽解

以下日文原文和翻譯，M代表「男性、男孩」；F代表「女性、女孩」。

問題1

問題1では、まず質問を聞いてください。それから話を聞いて、問題用紙の1から4の中から、正しい答えを一つ選んでください。

（問題1，請先聽問題。接下來聽會話，從試題紙的1到4裡面，選出一個正確的答案。）

1番 MP3-57

居酒屋で大学時代の同級生2人が話しています。2人はこのあとどこへ行きますか。

M1：もうすぐ閉店の時間だって。行こう。

M2：えー、まだ飲み足りないよ。

M1：とにかくもう閉店だから、店を出なきゃ。

M2：分かったよ。じゃ、別の飲み屋に行って飲もうぜ！

M1：まだ飲むのか？俺はもういいよ。それより何か食べたい。

M2：お前も年とったな。昔はたくさん飲めたのに。

M1：そうだ、この近くにおいしいラーメン屋があるんだよ。そこで食べていかないか。

M2：その店にはビールか日本酒があるのか？

M1：なかったと思う。

M2：じゃ、いやだ。俺はまだ酒が飲みたい！

M1：分かったよ。それなら駅前にあるおでんの屋台に行こう。あそこなら、おでんの他に、焼き鳥とかお茶漬けとかもあるし、もちろんビールも日本酒もあるから。

M2：よし、決まりだ！

2人はこのあとどこへ行きますか。

1 おでんの屋台

2 焼き鳥の屋台

3 ラーメン屋

4 ほかの飲み屋

中譯 第1題

居酒屋裡大學時代同年級的二個人正在說話。二個人之後要去哪裡呢？

M1：在說店就要關了。走吧！

M2：咦，還沒喝夠耶！

M1：總之店快要關了，所以不走不行了。

M2：知道啦！那麼，去別的喝酒的地方喝吧！

M1：還喝嗎？我已經夠了！比起那個，想吃點什麼。

M2：你也老啦！以前明明可以喝很多的。

M1：對了，這附近有好吃的拉麵店喔！要不要在那邊吃呢？

M2：那家店有啤酒或日本酒嗎？

M1：我想應該沒有。

M2：那不要啦！我還想喝酒！

M1：知道了啦！那麼去車站前一家關東煮的路邊攤吧！那裡的話，除了關東煮之外，還有串燒或是茶泡飯等，當然，也有啤酒和日本酒。

M2：好！就這麼決定！

二個人之後要去哪裡呢？

1 關東煮的路邊攤

2 串燒的路邊攤

3 拉麵店

4 其他可以喝一杯的店

解析 聽解測驗問題1，共有六個小題，每個小題在試題冊上，均有四個選項可供參考，所以建議聽的時候不做筆記，邊聽邊用刪去法，先把完全不可能的答案刪除，最後再綜合判斷，選出正確的答案。本題的重點，要先知道一些日本吃東西或喝酒的地方，例如：「居酒屋」（居酒屋；可以喝酒、喝飲料、吃些小菜的店）、「ラーメン屋」（拉麵店）、「屋台」（路邊攤）。還要知道一些日本的庶民美食，例如：「ラーメン」（拉麵）、「おでん」（關東煮）、「焼き鳥」（串燒、燒烤）、「お茶漬け」（茶泡飯）。另外，由於會話最後有「駅前にあるおでんの屋台に行こう。あそこなら、おでんの他に、……ビールも日本酒もあるから。」（去車站前一家關東煮的路邊攤吧！那裡的話，除了關東煮之外，……也有啤酒和日本酒。）所以正確答案為選項1「おでんの屋台」（關東煮的路邊攤）。

2番 MP3-58

外国人の男の子が、日本語学校で相談しています。男の子は何曜日のクラスを取りますか。

M：すみません、クラスについて聞きたいことがあるんですが……。

F：どうぞ。

M：上級の会話クラスを取りたいんですが、午前中の授業はありますか。

F：そうですね……金曜日でしたら、朝８時からのクラスがあります。

M：金曜日の朝はちょっと……。

F：それでしたら、土曜日ですね。これでしたら、午前１０時から１2時までで、一番人気の斉藤先生のクラスです。

M：土曜日ですか。土曜日はアルバイトがあるので、だめです。

F：じゃ、困りましたね。午前中の上級の会話クラスはこれだけなんです。会話のクラスじゃなくてもいいのでしたら、月曜日の午前中に、斉藤先生のクラスがあります。会話の練習もたくさんするみたいですから、このクラスでもいいかもしれませんよ。

M：そうですか。それじゃ、そうします。

男の子は何曜日のクラスを取りますか。

1 月曜日
2 木曜日
3 金曜日
4 土曜日

中譯 第2題

外國的男孩，正在日語學校商量事情。男孩要上星期幾的班呢？

M：不好意思，我想請問有關課程的事情……。

F：請說。

M：我想上高級會話班，但是有上午的班嗎？

F：這樣啊……。星期五的話，有從早上八點開始的班。

M：星期五早上我有點……。

F：如果那樣的話，就是星期六囉。那是從早上十點到十二點，最受歡迎的齊藤老師的班。

M：星期六嗎？因為星期六有打工，所以不行。

F：那真是傷腦筋啊！上午的高級會話班只有這些。如果不是會話班也可以的話，星期一早上有齊藤老師的班。好像也有很多會話練習的樣子，所以這個班可能可以喔！

M：那樣啊！那麼，就決定那個。

男孩要上星期幾的班呢？

1 星期一

2 星期四

3 星期五

4 星期六

解析 本題考星期。先複習一次星期的說法：「**月曜日**」（星期一）、「**火曜日**」（星期二）、「**水曜日**」（星期三）、「**木曜日**」（星期四）、「**金曜日**」（星期五）、「**土曜日**」（星期六）、「**日曜日**」（星期日）。測驗時，一邊聽會話，一邊會陸續刪除選項3「**金曜日**」（因為男孩不方便）、選項4「**土曜日**」（因為男孩要打工），再加上會話最後「**月曜日の午前中に、斉藤先生のクラスがあります。会話の練習もたくさんするみたいですから、このクラスでもいいかもしれませんよ。**」（星期一早上有齊藤老師的班。好像也有很多會話練習的樣子，所以這個班可能也可以喔！）所以正確答案為選項1「**月曜日**」（星期一）。

3番 MP3-59

男の人と女の人が会社で話しています。女の人はこれからどうしますか。

F：お先に失礼します。

M：お疲れさまでした。

F：あっ、やばい！明日の会議の資料、まだ準備してなかった！

M：ぼくがやっておきましょうか？

F：古川くん、今日、彼女と映画を見に行くんじゃなかったっけ。

M：それが、さっきキャンセルされちゃって、急にひまになっちゃったんです。今、家に帰ってもつまらないし、先輩のその仕事、ぼくにやらせてください。

F：いいの？あと、人数分のコピーもしなきゃならないけど……。

M：全部まかせてください。いつもいろいろお世話になってますから。たまには、ぼくも先輩のお役に立ちたいんです。

F：じゃ、お願いしちゃおうかな。じつは母が風邪をひいて家で寝てるから、ちょっと心配で……。

M：それじゃ、急いだほうがいいです。

F：うん、じゃ、お願いするわね。ありがとう。

女の人はこれからどうしますか。

1 映画を見に行く。

2 急いで家に帰る。

3 会議の資料を作る。

4 資料をコピーする。

中譯 第3題

男人和女人在公司正說著話。女人接下來要怎麼做呢？

F：我先告辭了。

M：辛苦了。

F：啊，糟了！明天開會的資料，還沒有準備！

M：我來弄吧？

F：古川先生，今天，不是要和女朋友去看電影嗎？

M：那個剛剛被取消了，所以突然變閒了。我現在就算回家也很無聊，所以前輩的那個工作，請讓我做。

F：可以嗎？還有，非影印參加者的份數不可……。

M：請全部交給我。因為前輩平常很照顧我。偶爾，我也想為前輩派上用場。

F：那麼，就拜託你囉。其實，因為我媽媽感冒在家昏睡，我有點擔心……。

M：那麼，趕快回去比較好。

F：嗯，那麼，就拜託你了。謝謝。

女人接下來要怎麼做呢？

1 去看電影。

2 趕快回家。

3 做開會的資料。

4 影印資料。

解析 本題一邊聽會話，一邊可立刻刪除選項1「**映画を見に行く。**」（去看電影。）因為這是男同事本來要去的。還可以刪除選項4「**資料をコピーする。**」（影印資料。）因為這是做完開會資料後才要做的。答案有可能是選項3「**会議の資料を作る。**」（做開會的資料。）或是選項2「**急いで家に帰る。**」（趕快回家。）但是由於會話的最後男人說「**急いだほうがいいです。**」（趕快回去比較好。）而女人也回答「**じゃ、お願いするわね。**」（那麼，就拜託你了。）故正確答案為選項2。

4番 MP3-60

兄と妹が話しています。妹はこのあと誰に電話しますか。

F：お兄ちゃん、もうすぐ敬老の日だから、おじいちゃんとおばあちゃんを招待して、お祝いしない？

M：いいね。しばらく会ってないし。

F：じゃ、いつにする？平日はみんな忙しいから、週末がいいよね。おばあちゃんに電話して、聞いてみよっか。

M：いや、その前におじいちゃんの携帯に電話したほうがいいよ。おじいちゃん、ゲートボールで出かけることが多いから。

F：それもそうね。

M：久美子、電話してくれる？俺、これからアルバイトで出かけなきゃならないから。

F：いいよ。そうだ、その前にお父さんとお母さんに、聞かないでもいいのかな。

M：あの2人はひまだから、いつでもだいじょうぶだよ。

F：分かった。これから電話してみる。

妹はこのあと誰に電話しますか。

1 父

2 母

3 祖父

4 祖母

第三回模擬試題解析 ≫ 聴解

中譯 第4題

哥哥和妹妹正在說話。妹妹之後要打電話給誰呢？

F：哥哥，再過不久就是敬老節了，要不要招待爺爺和奶奶，慶祝一下？

M：好耶！也好久不見了。

F：那麼，要什麼時候？平常大家都很忙，所以週末好吧！打電話給奶奶，問看看吧！

M：不，在那之前先打到爺爺的行動電話比較好喔！因為爺爺，常出門打木球。

F：說的也是啊！

M：久美子，可以幫我打電話嗎？我，等一下非出門打工不可。

F：好啊！對了，在那之前，不問一下爸爸和媽媽行嗎？

M：那二個人很閒，隨時都沒有問題的啦！

F：知道了。等一下打打看。

妹妹之後要打電話給誰呢？

1 父親

2 母親

3 祖父

4 祖母

解析 本題從一開始，就要鎖定打電話的對象。一邊聽會話，一邊會陸續刪除選項3「祖母（そぼ）」（祖母），因為爺爺比較忙，要先確認爺爺的時間。之後會刪除選項1「父（ちち）」（父親）和選項2「母（はは）」（母親），因為父母親很閒，不問他們也無所謂。故正確答案為選項3「祖父（そふ）」（祖父）。附帶一提，「ゲートボール」（gate＋ball）是五人一組，分成二隊，用木球來比賽的一種運動。

5番 MP3-61

男の人と女の人が郵便局で話しています。男の人は、何時までに荷物を出しますか。

M：すみません、今から出して、今日中に届きますか？送り先は同じ市内なんですが……。

F：今日中ですか？ちょっとむりですね。この時間に受付したものは、明日の朝、配達になりますから。

M：どうしよう。それじゃ、明日、一番早くて何時ごろ届きますか。

F：だいたいですが、前の日の午後３時までに受付していただいたものは、市内なら、次の朝１０時ごろついているようです。ただ、受付は4時までなので、もう終了しています。

M：困ったな。

F：あの、本局なら、午後5時まで受付していますが……。

M：そうですか。今は……4時半か……。本局はここから歩いて5分くらいのところでしたよね。

F：はい。今すぐ出れば、間に合うと思いますよ。

M：じゃ、そっちに行ってみます。

男の人は、何時までに荷物を出しますか。

1 3時

2 4時

3 4時半

4 5時

中譯 第5題

男人和女人在郵局正說著話。男人幾點之前要把物品交出去呢？

M：不好意思，現在給妳，今天之內就可以送到嗎？寄送的地點一樣都是市內……。

F：今天之內嗎？可能不行喔！因為這個時間受理的東西，要明天早上才能配送。

M：怎麼辦？那麼，明天，最早幾點左右可以送達呢？

F：大致上，前一天下午三點之前受理的東西，市內的話，隔天早上十點左右好像就會到。但是，由於受理只到四點為止，所以已經結束了。

M：傷腦筋啊！

F：那個，如果是總局的話，受理到下午五點……。

M：那樣啊！現在是……四點半啊……。總局就在從這裡走五分鐘左右的地方吧！

F：是的。現在馬上去的話，我想應該還來得及喔！

M：那麼，我去那裡試試看。

男人幾點之前要把物品交出去呢？

1 三點

2 四點

3 四點半

4 五點

解析 本題考時間。首先要了解「～まで」意為「到～為止」；「～までに」意為「在～之前」。一邊聽會話，一邊可以陸續刪除選項1「3時」（三點），因為那是郵局說可能明天送得到的最後時間。接著會刪除選項2「4時」（四點），因為那是郵局受理的最後時間。最後會刪除選項3「4時半」（四點半），因為那是當時的時間。由於會話的最後有「本局なら、午後5時まで受付していますが……。」（如果是總局的話，受理到下午五點……。）故正確答案為選項4「5時」（五點）。

6番 MP3-62

オフィスで男の人と女の人が話しています。女の人はこのあと何をしますか。

M：横田さん、おみやげです。

F：どこに行ってきたの？

M：台湾です。食べ物がおいしくて、マッサージも気持ちがよかったし、最高でした。

F：うらやましい。

M：そうそう、このパイナップルケーキは防腐剤が入ってないので、7日以内に食べてくださいね。

F：わー、おいしそう。あとでみんなといただくわね。これは？

M：カラスミとドライマンゴーです。

F：カラスミ、高かったでしょう？

M：そうでもないです。日本の中華街みたいな値段じゃないですから、安心してください。

F：ありがとう。

M：カラスミは急いで冷蔵庫に入れたほうがいいですよ。今日は気温も高いし。

F：じゃ、会議室の冷蔵庫を借りちゃおうかな。会議は明日だから、今日は誰も使わないし。

M：それがいいですね。

女の人はこのあと何をしますか。

1 パイナップルケーキを食べる。

2 明日の会議の資料を準備する。

3 カラスミを冷蔵庫に入れる。

4 中華街に食材を買いに行く。

中譯 第6題

辦公室裡男人和女人正在說話。女人之後要做什麼呢？

M：橫田小姐，這是土產。
F：你去哪裡回來啦？
M：台灣。食物好吃，按摩也舒服，真是太棒了。
F：真羨慕啊！
M：對了、對了，這鳳梨酥沒放防腐劑，所以請在七天之內吃喔！
F：哇，看起來好好吃。等一下和大家一起分享。這個呢？
M：烏魚子和芒果乾。
F：烏魚子，很貴吧？
M：也還好。不是像日本的中華街那種價格，所以請放心。
F：謝謝。
M：烏魚子要盡快放到冰箱裡比較好喔！今天氣溫又高。
F：那麼，借一下會議室的冰箱吧！開會是明天，所以今天誰都不會用。
M：那很好。

女人之後要做什麼呢？
1 吃鳳梨酥。
2 準備明天開會的資料。
3 把烏魚子放到冰箱。
4 去中華街買食材。

解析 本題要先聽得懂台灣幾項「おみやげ」（土產），分別是「パイナップルケーキ」（鳳梨酥）、「カラスミ」（烏魚子）、「ドライマンゴー」（芒果乾），才能知道女人之後要做什麼。由於會話最後有「カラスミは急いで冷蔵庫に入れたほうがいいですよ。」（烏魚子要盡快放到冰箱比較好喔！）以及「会議室の冷蔵庫を借りちゃおうかな。」（借一下會議室的冰箱吧！）故正確答案為選項3。

問題2

問題2では、まず質問を聞いてください。そのあと、問題用紙を見てください。読む時間があります。それから話を聞いて、問題用紙の1から4の中から正しい答えを一つ選んでください。

（問題2，請先聽問題。之後，請看試題紙。有閱讀的時間。接下來聽會話，從試題紙的1到4裡面，選出一個正確的答案。）

1番 MP3-63

学生が先生と話しています。宿題の絵はいつ出しますか。

M：先生、あさって休みたいんですけど、いいですか？

F：どうしたの？理由によってはだめよ。

M：じつは母が手術をするんです。大きい手術じゃないんですけど、父が仕事で付き添えないものですから。

F：そういったことなら、だいじょうぶよ。お母さんのそばにいてあげて。

M：はい。それで、宿題の絵なんですけど……。

F：提出日はあさってだったわね。じゃ、明日出せる？

M：いえ、それはちょっと……。

F：じゃ、しあさってね。今日からがんばって描けば間に合うわよ。

M：がんばってみますけど、だめなら来週でもいいですか。

F：それはだめ。不公平でしょ。がんばってやりなさい。

M：はい、分かりました。

宿題の絵はいつ出しますか。

1 今日

2 明日

3 あさって

4 しあさって

中譯 第1題

學生正和老師說話。畫畫的作業何時要交呢？

M：老師，後天想請假，可以嗎？
F：怎麼了？看理由再說可不可以。
M：其實是因為母親要開刀。雖然不是大手術，但是父親因為工作不能作陪。
F：如果是因為這樣的事情，沒有關係喔！陪在媽媽的身邊吧！
M：好。所以，畫畫的作業……。
F：之前有說後天要交是吧？那麼，明天交得出來嗎？
M：不，那個有點……。
F：那麼，就大後天吧！今天努力畫的話，應該來得及喔！
M：我會努力試試看的，但還是不行的話，下個星期也可以嗎？
F：那可不行。不公平吧！努力畫！
M：是的，我知道了。

畫畫的作業何時要交呢？

1 今天
2 明天
3 後天
4 大後天

解析 本題首先要熟悉日文「時間的推移」：「今日（きょう）」是「今天」；「明日（あした）」是「明天」；「あさって」是「後天」；「しあさって」是「大後天」；「来週（らいしゅう）」是「下個星期」。由於會話的最後老師拒絕學生晚交，再加上「じゃ、しあさってね。今日（きょう）からがんばって描（か）けば間（ま）に合（あ）うわよ。」（那麼，就大後天吧！今天努力畫的話，應該來得及喔！）故正確答案為選項4「しあさって」（大後天）。

2番 MP3-64

スーパーで女の人が店員と話しています。女の人は何を買いますか。

F：すみません、このトマト、広告に出てたやつですよね。値段がちがうみたいなんですけど……。

M：ああ、こちらの商品はセール品じゃないんです。広告に出てたのは、あっちのトマトですね。

F：量は同じなのに、値段はずいぶんちがいますね。

M：ええ、でも、甘さもぜんぜんちがうんですよ。これは高いですけど、すごく甘くて水分もたっぷりなんです。このセール品は、ここだけの話、あまりおいしくないですよ。こんなこと言ったら、店長に叱られちゃいますけど……（笑）。

F：ははっ、ありがとうございます。じゃ、トマトはやめておきます。サラダを作るんですが、ほかに安くておいしい野菜はないですかね。最近、野菜が高くて。キャベツとかきゅうりとか……。

M：そうですね……広告には出てないんですが、今日はだいこんがとくにおすすめですね。シャキシャキしてて、甘くて。細く切って、ドレッシングをかければ、おいしいサラダになりますよ。

F：いいですね。そうします。

M：ありがとうございます。

女の人は何を買いますか。

1 トマト

2 きゅうり

3 キャベツ

4 だいこん

中譯 第2題

超級市場裡女人正和店員說著話。女人要買什麼呢？

F：不好意思，這個番茄，是在廣告裡刊登出來的那個吧？價錢好像不一樣……。

M：啊，這邊的商品不是促銷品。廣告裡有刊登出來的，是那邊的番茄喔！

F：分量明明一樣，但是價錢差很多耶。

M：是的，但是甜度也完全不同喔！這個雖然貴，但是非常甜，水分也很充足。而這個促銷品，我們只在這裡說，不太好吃喔！雖然說這種話，肯定被店長罵……（笑）。

F：哈哈，謝謝您。那麼，就不買番茄了。我要做沙拉，有沒有其他便宜又好吃的蔬菜呢？最近蔬菜很貴。高麗菜或是小黃瓜什麼的……。

M：這樣啊……雖然沒有刊登在廣告上，但是今天特別推薦白蘿蔔喔！又清脆、又甜。切成細絲，淋上沙拉醬，就會是美味的沙拉了！

F：不賴耶！就那樣吧！

M：謝謝您。

女人要買什麼呢？

1 番茄

2 小黃瓜

3 高麗菜

4 白蘿蔔

解析 本題要知道「蔬菜」的日文說法。一邊聽一邊可陸續刪除選項1「トマト」（番茄），因為店員說不好吃。接著會刪除選項2「きゅうり」（小黃瓜）和選項3「キャベツ」（高麗菜），因為那是顧客隨口說說。由於會話最後有「広告（こうこく）には出（で）てないんですが、今日（きょう）はだいこんがとくにおすすめですね。」（雖然沒有刊登在廣告上，但是今天特別推薦白蘿蔔喔！）故正確答案為選項4「だいこん」（白蘿蔔）。

3番 MP3-65

男の人が電話で話しています。男の人は、東京スカイツリーまでどうやって行きますか。

F：はい、東京スカイツリータウンでございます。

M：すみませんが、「上野」駅からそちらまでの行き方を教えていただけませんか。

F：かしこまりました。「上野」駅からですと、東京メトロ銀座線で「浅草」まで行って、東武スカイツリーラインに乗り換えてください。そのまま行くと「東京スカイツリー」駅です。

M：そうですか。値段はどのくらいですか。

F：３００円だったと思います。

M：そうですか。もう少し安いのはありますか。学校の子供たちを連れて行くので、安ければ安いほうがいいんですが……。

F：少々お待ちください……。ありました。「上野」駅から東京メトロ銀座線に乗って、「浅草」駅で降りてください。そこから東京スカイツリーまでは、歩いて15分くらいです。これですと、２６０円です。４０円しか安くありませんが……。

M：いえ、４０円でも安ければ、助かります。ただ、15分も歩くのはむりですね。小学生ですから。

F：他にも「東京」駅からバスが出ていますが、ちょっと複雑なので、やはり最初にお教えした方法をおすすめします。

M：分かりました。どうも。

男の人は、東京スカイツリーまでどうやって行きますか。

1 バスに乗ってから、電車に乗ります。

2 電車を乗り換えて行きます。

3 電車に乗ってから、歩いて行きます。

4 バスを乗り換えて、電車に乗ります。

中譯 第3題

男人正在電話中說著話。男人，要怎麼去東京晴空塔呢？

F：您好，這裡是東京晴空塔。

M：不好意思，能不能請您告訴我，從「上野」車站到那裡的方法呢？

F：知道了。如果是從「上野」車站的話，請搭乘東京地下鐵銀座線到「淺草」，再轉乘東武晴空塔線。這樣去的話，直接就是「東京晴空塔」車站。

M：這樣啊！價格大約多少呢？

F：應該是三百日圓。

M：這樣啊！有再稍微便宜點的嗎？因為要帶學校的孩子們去，所以越便宜越好……。

F：請稍等……。有了。請從「上野」車站搭乘東京地下鐵銀座線，在「淺草」車站下車。從那裡到東京晴空塔，走路大約十五分鐘左右。這樣的話，就是二百六十日圓。雖然只有便宜四十日圓……。

M：不會，就算只便宜四十日圓，也幫助不少。只不過，要走到十五分鐘，有點困難呢！因為還是小學生。

F：其他也有從「東京」車站開出的巴士，但是有點複雜，所以還是建議一開始告訴您的方法。

M：知道了。謝謝。

男人，要怎麼去東京晴空塔呢？

1 先搭巴士，再搭電車。

2 轉乘電車去。

3 先搭電車，再走路去。

4 轉乘巴士，再搭電車。

解析 本題問的是「どうやって行きますか。」（要怎麼去呢？）所以要聽清楚服務人員的指示。方法依序有三，第一為「**東京メトロ銀座線**で「**浅草**」まで行って、**東武スカイツリーラインに乗り換える。**」（搭乘東京地下鐵銀座線到「淺草」，再轉乘東武晴空塔線。）但是男人嫌貴；第二為「**東京メトロ銀座線に乗って、「浅草」駅で降りてから、歩いて行く。**」（搭乘東京地下鐵銀座線，在「淺草」車站下車後，走路過去。）但是男人說小學生沒辦法走這麼遠；第三為「「**東京」駅からバスが出ている**」（有從「東京」車站開出的巴士）但是有點複雜。由於會話的最後有「**やはり最初にお教えした方法をおすすめします。**」（還是建議一開始告訴您的方法。）故正確答案為選項2「**電車を乗り換えて行きます。**」（轉乘電車去。）

4番 MP3-66

店長が、アルバイトの店員に指導しています。一番注意しなければならないのは、どんなことですか。

M：最近、お客様から店員の態度について、注意を受けました。どんなことだか分かりますか、鈴木さん。
F1：言葉づかいについてでしょうか。
M：例えば？
F1：私もそうですが、最近の若い人たちは敬語がうまく使えないと、よく言われています。そういうことでしょうか。
M：それも1つあるね。でも、もっと大事なことがあるんだけど、三田さんはどうかな。
F2：笑顔でしょうか。疲れてると、つい忘れてしまって……。
M：そう、その通りです！サービス業では、これがもっとも大事なことなんです。
F2：でも、混んでいる時にコーヒー1杯で4時間もいるお客さんとかいると、つい……。
M：そういう時は、何度もお水を取り替えたりするとか、お客様が長くいにくくなるような方法もありますよね。何があっても笑顔だけは忘れてはいけません。それが私たちの仕事です。
F2：はい。
M：お客様がまたこの店に来たいと思うかどうかは、みなさんにかかっています。そのことを、忘れないでくださいね。

一番注意しなければならないのは、どんなことですか。
1 言葉づかいが悪いことについて
2 敬語がうまく使えないことについて
3 笑顔が足りないことについて
4 水の取り替え方について

中譯 第4題

店長正在指導打工的店員。最非注意不可的是事情，是什麼樣的事情呢？

M：最近，有客人要我們注意關於店員的態度。知道是什麼樣的事情嗎？鈴木小姐。

F1：是有關遣辭用句嗎？

M：例如？

F1：我自己也是那樣，常常有人說，最近的年輕人們不太會用敬語。是那樣的事情吧？

M：那也是其中一個啊！但是，還有更重要的事情，三田小姐覺得呢？

F2：是笑容吧？只要一累，不小心就會忘記……。

M：沒錯，就是那個！在服務業裡，這是最重要的事情。

F2：但是，客滿的時候，如果還有一杯咖啡就坐四小時的客人，不由得……。

M：那樣的時候，也是有多換幾次水、或是讓客人難以久待的方法吧！不管有什麼事情，就只有笑容不可以忘記。那是我們的工作。

F2：是。

M：客人還會不會想來這家店，和各位息息相關。那件事情，請不要忘記喔！

最非注意不可的是事情，是什麼樣的事情呢？

1 有關遣辭用句不好的事情

2 有關不太會用敬語的事情

3 有關笑容不夠的事情

4 有關換水的方式

解析 本題考「非注意不可的事情」。由於會話的最後，其中一位女性說「笑顔でしょうか。」（是笑容吧！）再加上店長立刻回答「そう、その通りです！サービス業では、これがもっとも大事なことなんです。」（沒錯，就是那個！在服務業裡，這是最重要的事情。）故正確答案為選項3「笑顔が足りないことについて」（有關笑容不夠的事情）。

5番 MP3-67

男の人が女の人をサッカーの試合に誘っています。男の人はどうすることにしましたか。

M：和子ちゃん、今週の土曜日、空いてる？
F：今週の土曜日？午後なら時間あるけど。何？
M：これ、サッカーのチケット。会社の同僚からもらったんだけど、いっしょにどう？
F：サッカー？
M：うん、なかなか手に入らないらしいよ。
F：そう。でも、サッカーってあまり興味がないの。岡本くん誘ったらどう？サッカーファンだったわよね、彼。
M：岡本なんかと行ってもつまんないよ。和子ちゃんが行かないんなら、俺も行かない。
F：チケットがもったいないじゃない。
M：じゃ、チケットは誰かにあげて、俺たちは映画でも見に行かない？
F：映画はいや。それより、チケット、誰にあげるのよ。
M：そうだ、金券ショップで売っちゃおう。そのお金で、おいしいものでも食べよう！
F：それ、いいわね。
M：たぶんいい値段がつくと思うよ。

男の人はどうすることにしましたか。

1 チケットを友だちにあげる。
2 和子ちゃんと映画を見に行く。
3 岡本くんとサッカーを見に行く。
4 チケットを金券ショップで売る。

中譯 第5題

男人約女人去看足球比賽。男人決定要怎麼做了呢？

M：和子，這個星期六，有空嗎？

F：這個星期六？下午的話有空。什麼事嗎？

M：這個，是足球票。從公司同事那裡拿到的，一起去如何？

F：足球？

M：嗯，好像一票難求喔！

F：是嗎？但是，我對足球不太有興趣。約岡本先生如何呢？他是足球迷吧。

M：和岡本那樣的人，去了也沒意思啊！和子不去的話，我也不去。

F：票很可惜不是嗎？

M：那麼，看把票給誰，我們要不要去看個電影什麼的？

F：我不要看電影。比起那個，票看要給誰吧！

M：對了，在金券商店賣掉吧！用那個錢，去吃個好吃的東西吧！

F：那，不賴耶！

M：我想應該會有好價錢喔！

男人決定要怎麼做了呢？

1 把票給朋友。

2 和和子小姐去看電影。

3 和岡本先生去看足球。

4 在金券商店把票賣掉。

解析 本題圍繞著如何處理男人手頭上的足球票。一邊聽會話，一邊可陸續刪除選項1「**岡本くんとサッカーを見に行く。**」（和岡本先生去看足球。）因為男人只想和女人去。接著會刪除選項2「**和子ちゃんと映画を見に行く。**」（和和子小姐去看電影。）因為女人說不想看電影。最後要從選項1和4中挑選一個，由於會話最後男人說「**そうだ、金券ショップで売っちゃおう。**」（對了，在金券商店賣掉吧！）而且女人也回答「**それ、いいわね。**」（那，不賴耶！）所以正確答案為選項4「**チケットを金券ショップで売る。**」（在金券商店把票賣掉。）附帶一提，「**金券ショップ**」（金券商店）是日本便宜販賣著啤酒券、新幹線車票、高速公路回數票等票券的商店。

6番 MP3-68

男の人と女の人がレストランで食事をしています。女の人は、どうしてそれを食べませんか。

M：どうしてそれ、残すの？体にいいのに。
F：食べたくないのよ。
M：ダイエット中とか？
F：そうじゃないわよ。
M：じゃ、どうして？こんなにおいしいのに。
F：味はべつにだいじょうぶなんだけど、この食感がね……。
M：食感？
F：そう、食感。これ、シャキシャキしてるでしょ。
M：だからいいんじゃない。
F：私、そういうの苦手なの。きゅうりとか梨とか、シャキシャキした食感。
M：変わってるね。
F：うん、よく言われる。広樹くんは苦手な食べ物ってないの？
M：納豆かな。あの匂いだけはだめ。
F：へー、おいしいのに。私は大好きだから毎朝食べてるわよ。いつもバッグの中に入れてるほどなんだから。
M：えっ、うそだろ？
F：うそよ。じょうだんに決まってるじゃない。
M：やめてくれよ～。

女の人は、どうしてそれを食べませんか。

1 ダイエット中だから。
2 体によくないから。
3 **食感が苦手だから。**
4 匂いが嫌いだから。

中譯 第6題

男人和女人在餐廳正吃著飯。女人為什麼不吃那個呢？

M：為什麼那個剩下來呢？明明對身體很好。

F：就不想吃啊！

M：在減肥什麼的嗎？

F：不是啦！

M：那麼，為什麼？明明這麼好吃。

F：味道沒什麼特別的問題，但是這個口感啊……。

M：口感？

F：是的，口感。這個，脆脆的吧！

M：所以才好不是嗎？

F：我，對那個不行。像是小黃瓜、梨子那種脆脆的口感。

M：好奇怪喔！

F：嗯，常被人家說。廣樹同學沒有不喜歡的食物嗎？

M：納豆吧！只有那個味道不行。

F：咦，明明就好吃。我超級喜歡的，所以每天早上都吃喔！喜歡到幾乎包包裡面隨時都放著。

M：咦，騙人的吧？

F：騙你的啦！想也知道是開玩笑的不是嗎？

M：別鬧了啦～。

女人為什麼不吃那個呢？

1 因為減肥中。

2 因為對身體不好。

3 因為不喜歡那口感。

4 因為討厭那味道。

解析 本題不難，關鍵字在於懂不懂得「シャキシャキ」（清脆地）這個擬聲擬態語。關鍵句為「私、そういうの苦手なの。きゅうりとか梨とか、シャキシャキした食感。」（我，對那個不行。像是小黃瓜、梨子那種脆脆的口感。）故正確答案為選項3「食感が苦手だから。」（因為不喜歡那口感。）

問題3

問題3では、問題用紙に何も印刷されていません。まず話を聞いてください。それから、質問を聞いて、正しい答えを1から4の中から一つ選んでください。

（問題3，試題紙上沒有印任何字。請先聽會話。接下來聽問題，從1到4裡面，選出一個正確的答案。）

1番 MP3-69

男の人と女の人が話しています。

M1：変だな。部長が遅刻するなんて……。

F：そうね。集合時間をもう３０分もすぎてるし。事故とかじゃなければいいけど……。携帯に電話してみようか。

M1：部長、携帯を持たないで出かけちゃったんだって。今朝、部長の奥さんが電話くれて、教えてくれたんだ。

F：そうなの？じゃ、しょうがないわね。あれっ？もしかして、あれ、部長じゃない？

M2：ごめんごめん！遅くなっちゃって……。

F：部長！！

M1：どうしたんですか？事故にでも遭ったんじゃないかって、心配してたんですよ。

M2：ごめん。今日必要な資料を会社に忘れてきちゃって、会社に寄ってから来たんだ。電車に乗ってから電話しようと思ったら、携帯を持ってないし……。本当にごめん。

F：そうだったんですか。

M1：でも、事故じゃなくてよかったです。

M2：心配かけて悪かったな。さ、急いで行こう。新幹線の時間に間に合わない！

部長はどうして部下に電話しませんでしたか。

1 携帯を会社においてきてしまったから。

2 携帯を持たないで出かけてしまったから。

3 事故に遭って、携帯を落としてしまったから。

4 携帯を新幹線の中に忘れてきてしまったから。

中譯 第1題

男人和女人正在說話。

M1：好奇怪喔。部長會遲到……。

F ：對啊！集合時間都已經超過三十分鐘了。希望不是因為事故什麼的……。打到他的行動電話看看吧！

M1：有說部長沒帶行動電話就出門了。今天早上，部長的太太打過來跟我說的。

F ：這樣啊？那就沒辦法了。咦？該不會是？咦，不就是部長嗎？

M2：對不起、對不起！遲到了……。

F ：部長！！

M1：怎麼了呢？還想說不會是發生了事故什麼的吧，擔心了好一下呢！

M2：對不起。我把今天要用的資料忘在公司，所以繞到公司以後才過來。搭上電車後想打電話時，又沒帶行動電話……。真是對不起。

F ：原來如此啊。

M1：不過，沒發生事故太好了。

M2：讓你們擔心，是我不好。那，快走吧！新幹線的時間要來不及了！

部長為什麼沒有打電話給部下呢？

1 因為把行動電話放在公司了。

2 因為沒帶行動電話就出門了。

3 因為遭逢事故，行動電話掉了。

4 因為把行動電話忘在新幹線上了。

解析 問題3的三個小題，試題紙上沒有印任何圖畫或文字，考生難免會不安。更糟糕的是，題目的一開始，甚至沒有先提示問題。所以測驗問題3時，與其急著做筆記，還不如靜下心來，聽會話結束後第一句冒出來的「提問」。本題的提問是「部長はどうして部下に電話しませんでしたか。」（部長為什麼沒有打電話給部下呢？）整段會話中已經提示過好幾次，就是因為部長沒帶電話，故正確答案為選項2「携帯を持たないで出かけてしまったから。」（因為沒帶行動電話就出門了。）

2番 MP3-70

教室で女の学生が友だちと話しています。

F1：知美ちゃん、今日、塾に行く？

F2：うん、行くよ。

F1：私、用事があるから、行けないの。それで、お願いがあるんだけど、このＣＤ、木村くんに渡してくれないかな。今日渡す約束してたから。

F2：いいよ。それにしても、木村くんと仲がいいね。

F1：趣味が似てるから、話が合うのよ。この間コンサートのチケットをもらったんだけど、もともと私も買うつもりだったから、びっくりしちゃった。

F2：へー、それでいっしょに行ったの？

F1：ううん、誘いたかったけど、恥ずかしくて。

F2：由紀ちゃん、木村くんのことが好きなんだ。

F1：うん。2年前くらいから。

F2：じゃ、告白すればいいのに。

F1：えー、どうやって？

F2：今度のバレンタインデーに、手作りのチョコレートをあげるとか。

F1：チョコレートなんか作ったことないもん。

F2：私が手伝ってあげるよ。

F1：本当？ありがとう。

女の学生は友だちに何を頼みましたか。

1 木村くんにＣＤを渡してもらうこと

2 チョコの作り方を教えてもらうこと

3 木村くんをコンサートに誘うこと

4 告白の仕方を教えてもらうこと

中譯 第2題

教室裡女學生和朋友正說著話。

F1 ：知美，今天，要去補習班嗎？

F2 ：嗯，去啊！

F1 ：我，因為有事情不能去。所以，有件事想拜託妳，就是這個CD，可以幫我交給木村同學嗎？因為約好今天要給他。

F2 ：好啊！話雖如此，妳和木村同學感情很好嘛！

F1 ：因為興趣相近，所以有話聊啦！之前他送我音樂會的票，我原本也打算買的，所以嚇了一跳。

F2 ：咦，所以就一起去了？

F1 ：沒有，雖然想約他，但是不好意思。

F2 ：原來由紀喜歡木村同學。

F1 ：嗯。大約從二年前左右。

F2 ：那麼，告白不就得了？

F1 ：咦，要怎麼做？

F2 ：可以在這次的情人節，送他親手做的巧克力之類的。

F1 ：可是我沒有做過巧克力。

F2 ：我幫妳啦！

F1 ：真的？謝謝。

女學生拜託了朋友什麼事呢？

1 幫忙把CD交給木村同學

2 幫忙教她巧克力的作法

3 約木村同學去音樂會

4 幫忙教她告白的方法

解析 有些老師會建議，應考聽解時不要做筆記，認為注意聽才不會分心，但筆者根據多年教學經驗，建議還是要做筆記。因為透過筆記這個動作，比較不會聽到睡著，且在選擇答案時，也較有依據，尤其是問題3這種會話又長、試題冊上又沒有印任何字的問題。以N3的程度，筆記時記下「名詞」即可。例如本題，依序可以記下關鍵字「ＣＤ」（告白）、「コンサートのチケット」（音樂會的票）、「告白」（告白）、「チョコレート」（巧克力）。其中只有「ＣＤ」，是會話一開始由紀拜託知美的，故正確答案為選項1「木村くんにＣＤを渡してもらうこと」（幫忙把CD交給木村同學）。

3番 MP3-71

会議室で課長が部下に話しています。

M：山下さん、ちょっといい？

F：はい、課長。

M：お昼、いっしょに食べに行かないか。頼みたいことがあってね。

F：ええ、もちろんだいじょうぶですけど、どのようなことですか。

M：いや、たいしたことじゃないんだけど、ここじゃちょっと……。

F：そうですか。私はこの後、特に予定がないので、今からでもだいじょうぶですが……。

M：そうか？じゃ、お昼は込むから、早めに出かけようか。

F：はい。

（近くの定食屋さんで）

M：……ちょっと言いにくいんだけどね、最近、娘が家を出てっちゃってね。娘がつき合っている男のことでけんかしたのが原因なんだけど……。もう 4 日も帰ってないから、心配でね。

F：そうですね。

M：それで昨日、近所のゲームセンターにいるのを見た人がいるんだけど、行きにくくてさ。もしよかったら、代わりに見てきてくれないかな、元気かどうか。前に山下さんがうちに遊びにきたとき、話も合ってたし、それで……。他に頼める人がいなくてね。

F：いいですよ。おまかせください。

M：よかった。ありがとう。

課長は、部下に何を頼みましたか。

1 いっしょにお昼を食べてほしいこと

2 娘の彼氏と話をしてきてほしいこと

3 娘が元気かどうか見てきてほしいこと

4 娘を家に連れて帰ってきてほしいこと

中譯 第3題

會議室裡課長正對著部下說話。

M：山下小姐，現在方便說一下話嗎？

F：是的，課長。

M：中午，要不要一起去吃飯呢？有事情想拜託妳。

F：嗯，當然沒問題，但是，是什麼樣的事情呢？

M：不，不是什麼大不了的事，但是在這裡說有點……。

F：這樣啊。我這之後，沒有什麼特別的事情，所以現在去也沒有關係……。

M：這樣啊。那麼，中午人多，就早點出門吧！

F：好的。

（在附近的定食餐廳）

M：……雖然有點難以啟齒，但是最近我女兒離家出走了。女兒因為和交往中的男生吵了架……。已經四天都沒回來，所以很擔心。

F：是啊。

M：然後昨天，有人看到她人在附近的電玩中心，但是我又不好去。如果可以的話，可以代替我去看看她嗎？看看她好不好。之前山下小姐來我們家玩的時候，也很聊得來，所以……。我沒有其他能拜託的人了。

F：好啊！請交給我。

M：太好了。謝謝。

課長拜託了部下什麼呢？

1 希望她一起吃午飯

2 希望她和女兒的男朋友說話

3 希望她去看看女兒好不好

4 希望她把女兒帶回家

解析 本題的關鍵句是「もしよかったら、代わりに見てきてくれないかな、元気かどうか。」（如果可以的話，可以代替我去看看她嗎？看看她好不好。）句中的「～代わりに」很重要，顯然省略了「私の」，應該為「（私の）～代わりに」，意思為「代替我」。另外，四個選項中的「～てほしい」也很重要，意為「希望（某人）為自已做（某事）」。故正確答案為選項3「娘が元気かどうか見てきてほしいこと」（希望她去看看女兒好不好。）

問題4

問題4では、絵を見ながら質問を聞いてください。それから、正しい答えを1から3の中から一つ選んでください。

（問題4，請一邊看圖一邊聽問題。接下來，從1到3裡面，選出一個正確的答案。）

1番 MP3-72

レストランで食べるものを選びます。何と言いますか。

1 何さまなの？

2 何になる？

3 何にする？

中譯 第1題

在餐廳要選吃的東西。要說什麼呢？

1 哪位仁兄啊？（什麼東西啊？）

2 要變什麼？

3 要點什麼？

解析 選項1中的「何さま」意為「哪位仁兄」，帶有諷刺意味；選項2句型「～になる」意為「變成～」；選項3句型「～にする」意為「決定～」。故正確答案為選項3「何にする？」（要點什麼？）

2番 MP3-73

友達に靴を借りたいです。何と言いますか。

1 その靴、ちょっとだけ借りられない？

2 その靴、ちょっとだけ使わせられない？

3 その靴、ちょっとだけ貸せられない？

中譯 第2題

想跟朋友借鞋子。要說什麼呢？

1 那雙鞋子，可以稍微借一下嗎？

2（錯誤文法，不翻譯）

3（錯誤文法，不翻譯）

解析 首先要知道「**借りる**」意為「借入、租借」；「**貸す**」意為「借出、出租」。正確答案為選項1「**その靴、ちょっとだけ借りられない？**」（那雙鞋子，可以稍微借一下嗎？）其變化為：「**借りる**」（借入）→「**借りられる**」（能借入）→「**借りられない？**」（能不能借呢？）至於選項2，若改成「**その靴、ちょっとだけ使わせてくれない？**」（那雙鞋子，可以稍微讓我用一下嗎？）選項3，若改成「**その靴、ちょっとだけ貸してもらえない？**」（那雙鞋子，可以稍微借出一下嗎？）也可成立，請參考。

3番 MP3-74

旅行に行って、彼女と伝統の服を着ました。彼女に何と言いますか。

1 すごくこわいよ。

2 すごくにあってるよ。

3 すごくむずかしいよ。

中譯 第3題

去旅行，和女朋友都穿了傳統的服飾。要對女朋友說什麼呢？

1 真恐怖啊！

2 真適合妳啊！

3 真難啊！

解析「似合う」意為「合適、相稱」，要讚美女朋友，正確答案當然為選項2「すごくにあってるよ。」（真適合妳啊！）

4番 MP3-75

自己紹介をされました。何と答えますか。

1 はじめまして、陳ですが。どうぞお願い。

2 はじめまして、陳だよ。どうもです。

3 はじめまして、陳です。どうぞよろしく。

中譯 第4題

被要求做自我介紹。要回答什麼呢？

1 初次見面，敝姓陳……。拜託了。

2 初次見面，我是陳啦！謝了。

3 初次見面，敝姓陳。請多多指教。

解析 日文自我介紹的固定說法是「はじめまして、〇〇です。どうぞよろしくお願いします。」（初次見面，敝姓〇〇。麻煩請多多指教。）其中「お願いします」（麻煩）可省略。故正確答案為選項3「はじめまして、陳です。どうぞよろしく。」（初次見面，敝姓陳。請多多指教。）其餘答案不倫不類，不予考量。

問題5

問題5では、問題用紙に何も印刷されていません。まず、文を聞いてください。それから、その返事を聞いて、1から3の中から、正しい答えを一つ選んでください。

（問題5，試題紙上沒有印任何字。首先，請聽句子。接下來，請聽它的回答，從1到3裡面，選出一個正確的答案。）

1番 MP3-76

F：明日、英語の試験があるんだ。今からがんばらなきゃ。

M：1 うん、がんばるよ。

2 うん、がんばったね。

3 うん、がんばれよ。

中譯 第1題

F：明天，有英文考試。從現在開始不加油不行。

M：1 嗯，會加油喔！

2 嗯，加油了喔！

3 嗯，要加油喔！

解析 本題考動詞用法。動詞「頑張る」意為「加油、努力、用功」，選項1中的「がんばる」是原形，意為「會加油」；選項2中的「がんばった」是過去式，表動作的完成，意為「加油了」；選項3中的「がんばれ」為命令形，表命令、祈求、期待，意為「要加油」。會話中，由於女人已表示要開始努力了，所以男人當然要鼓勵對方，並回答選項3「うん、がんばれよ。」（嗯，要加油喔！）

2番 MP3-77

F：これ、今日中にやっておいたほうがいいですか。

M：1 そうだな、早いほうがよかったよ。

2 そうだな、そのほうがいいね。

3 そうだな、明日にしようか。

中譯 第2題

F：這個，今天之內做完比較好嗎？

M：1 是吧，快一點真好啊！

2 是吧，那樣比較好吧！

3 是吧，就決定明天吧！

解析 句型「～ほうがいい」意為「～比較好」。三個選項中，選項1「早いほうがよかったよ。」（快一點真好啊！）中的「よかった」是過去式，由於會話中的女生，只是問要不要做這件事，根本還沒有開始做，所以男人不能用過去式回話。選項2「そのほうがいいね。」（那樣比較好吧！）是標準答案。選項3「明日にしようか。」（就決定明天吧！）文法雖然沒有錯，但是答非所問，故不予考慮。

3番 MP3-78

M：すみませんが、三越デパートはどちらですか。

F：1 すみません、この辺は詳しくないんです。

2 はい、三越デパートならこの辺ですよ。

3 いいえ、三越デパートはよくないですよ。

中譯 第3題

M：不好意思，請問三越百貨公司在哪邊呢？

F：1 不好意思，這附近我不熟。

2 是的，三越百貨的話是這附近喔！

3 不，三越百貨不好喔！

解析 句型「～はどちらですか」意為「～在哪邊呢？」所以當別人這樣問時，若知道地方，可明白指示「あそこです。」（那邊。）若不知道地方，就回答「すみません、この辺は詳しくないんです。」（不好意思，這附近我不熟。）故正確答案為選項1。至於選項2，問句應該是「三越デパートはこの辺ですか。」（三越百貨在這附近嗎？）此時才有可能回答「はい、三越デパートならこの辺ですよ。」（是的，三越百貨的話是這附近喔！）故非正確答案。選項3答非所問，不予考慮。

4番（ばん） MP3-79

F：ねえ、このワンピース、可愛（かわい）くない？

M：1 うん、可愛（かわい）いね。

2 うん、モデルがいいね。

3 うん、高（たか）いよね。

中譯 第4題

F：你看，這洋裝，是不是很可愛？

M：1 嗯，很可愛耶。

2 嗯，模特兒很好耶。

3 嗯，很貴吧！

解析 當女生問「可愛（かわい）くない？」（是不是很可愛？）時，男生回答選項1「うん、可愛（かわい）いね。」（嗯，很可愛耶。）是最好的選擇。選項2故意說模特兒好，以及選項3立刻嫌價格高，都是失禮的回答。

5番 MP3-80

M：お昼、どうする？いつもの食堂、今日は休みだし……。

F：1 やっぱり、あの食堂は最高だね。

2 それじゃ、コンビニのお弁当にしようか。

3 しょうがないよ。そうすることにしよう。

中譯 第5題

M：午餐，怎麼辦？常去的餐廳，今天又休息……。

F：1 果然，還是那家餐廳最棒吧！

2 那麼，就吃便利商店的便當吧！

3 沒辦法啊！就決定那樣吧！

解析 問句中的「お昼」指的是「午餐」，而「どうする？」意為「如何做？」所以「お昼、どうする？」意思就是「中午要吃什麼？」故正確答案為選項2「それじゃ、コンビニのお弁当にしようか。」（那麼，就吃便利商店的便當吧！）

6番（ばん） MP3-81

F：ねえ、泊（と）まるところはハイアットでいい？

M：1 うーん、ハイアットはちょっとな……。

2 ううん、ハイアットがいいよ。

3 えー、やっぱりハイアットにしてよ。

中譯 第6題

F：那個，住宿的地方選凱悅好嗎？

M：1 嗯～，凱悅有點……。

2 不是的，凱悅好喔！

3 咦～，還是選凱悅啦！

解析 乍聽之下，可能聽不懂「ハイアット」是什麼，但若懂得「泊（と）まるところ」意為「住宿的地方」，應該猜得出「ハイアット」就是知名連鎖飯店「Hyatt；凱悅」。接下來要注意選項中的「感嘆語」。選項1「うーん」為考量事情發出的聲音，可譯為「嗯～、這個嘛～」；選項2「ううん」為輕微否定的聲音，可譯為「不是的」；選項3「えー」為覺得有疑問、懷疑的聲音，可譯為「咦～」。三個選項中，「感嘆語」和「敘述內容」搭配得起來的，只有「うーん、ハイアットはちょっとな……。」（嗯～，凱悅有點……。）而已，故正確答案為選項1。

7番 MP3-82

F：新幹線が出ちゃうわよ！急いで！

M：1 走ればぜったい間に合うよ。

2 走ったら間に合わないよ。

3 走らなきゃ間に合うよ。

中譯 第7題

F：新幹線要開了！快一點！

M：1 跑的話，絕對來得及喔！

2 跑的話，來不及喔！

3 不跑的話，來得及喔！

解析 首先要了解問句中「出ちゃう」的意思。「出る」有「出去、開走、畢業、超出」等多重意思，和交通工具搭配時，意思是「開走」。而「出ちゃう」是「出てしまう」的口語用法，意思為「要開走了」。故正確答案為選項1「走ればぜったい間に合うよ。」（跑的話，絕對來得及喔！）

8番 MP3-83

F：日本語の先生はどんな人ですか。

M：1 はい、明るくて優しい先生です。

2 はい、もう50才になりました。

3 はい、駅前に住んでいます。

中譯 第8題

F：日文老師是怎麼樣的人呢？

M：1 是的，是既開朗又溫柔的老師。

2 是的，已經五十歲了。

3 是的，住在車站前面。

解析 問句中的「どんな人」是「怎麼樣的人」，所以要回答的部分，必須針對老師的「特質」來回答，故正確答案為選項1「明るくて優しい先生です。」（是既開朗又溫柔的老師。）附帶說明，三個選項中的「はい」，均為回答他人話時的發語詞，不需翻譯出來亦可。

9番 MP3-84

M：ごめん、遅くなっちゃって。道が混んでてさ。

F：1 事故かと思って、心配させたわよ。

2 事故かと思って、心配したわよ。

3 事故かと思って、心配させられるわよ。

中譯 第9題

M：對不起，遲到了。路上很塞車。

F：1 還以為出了什麼事故，讓你擔心啦！

2 還以為出了什麼事故，好擔心喔！

3 還以為出了什麼事故，強要你擔心了！

解析 本題考動詞。選項1中的「心配させた」為動詞使役形，意為「讓～擔心了」；選項2中的「心配した」為動詞過去式，意為「擔了心」；選項3中的「心配させられる」為動詞使役被動形，意為「強迫～擔心」。本題男生為遲到而道歉，所以女生應回答擔心了好一下，故正確答案為選項2「事故かと思って、心配したわよ。」（還以為出了什麼事故，好擔心喔！）

國家圖書館出版品預行編目資料

新日檢N3模擬試題＋完全解析 新版 /
こんどうともこ、王愿琦著
-- 四版 -- 臺北市：瑞蘭國際, 2023.03
400面；19 x 26公分 --（日語學習系列；70）
ISBN：978-626-7274-14-9（平裝）
1.CST：日語 2.CST：能力測驗

803.189　　　　112002733

日語學習系列 70

絕對合格！

新日檢N3模擬試題＋完全解析 新版

作者｜こんどうともこ、王愿琦・責任編輯｜葉仲芸、王愿琦
校對｜こんどうともこ、葉仲芸、王愿琦

日語錄音｜杉本好美、福岡載豐・錄音室｜采漾錄音製作有限公司
封面設計｜劉麗雪、陳如琪・版型設計｜張芝瑜・內文排版｜帛格有限公司、余佳憓
美術插畫｜Ruei Yang

瑞蘭國際出版

董事長｜張暖彗・社長兼總編輯｜王愿琦
編輯部
副總編輯｜葉仲芸・主編｜潘治婷
設計部主任｜陳如琪
業務部
經理｜楊米琪・主任｜林湲洵・組長｜張毓庭

出版社｜瑞蘭國際有限公司・地址｜台北市大安區安和路一段104號7樓之1
電話｜(02)2700-4625・傳真｜(02)2700-4622・訂購專線｜(02)2700-4625
劃撥帳號｜19914152 瑞蘭國際有限公司・瑞蘭國際網路書城｜www.genki-japan.com.tw

法律顧問｜海灣國際法律事務所　呂錦峯律師

總經銷｜聯合發行股份有限公司・電話｜(02)2917-8022、2917-8042
傳真｜(02)2915-6275、2915-7212・印刷｜科億印刷股份有限公司
出版日期｜2023年03月初版1刷・定價｜450元・ISBN｜978-626-7274-14-9

本書採用環保大豆油墨印製